Vidas provisórias

Edney Silvestre

Vidas provisórias

GLOBOLIVROS

Copyright © 2021 by Editora Globo S.A. para a presente edição
Copyright © 2013 by Edney Silvestre

Todos os direitos reservados. Nenhuma parte desta edição pode ser utilizada ou reproduzida — em qualquer meio ou forma, seja mecânico ou eletrônico, fotocópia, gravação etc. — nem apropriada ou estocada em sistema de banco de dados sem a expressa autorização da editora.

Texto fixado conforme as regras do Acordo Ortográfico da Língua Portuguesa (Decreto Legislativo nº 54, de 1995).

Editora responsável: Amanda Orlando
Assistente editorial: Isis Batista
Revisão: Theo Cavalcanti Silva e Thamiris Leiroza
Diagramação: Equatorium Design
Capa: Renata Zucchini
Imagem de capa: Egon Schiele, *Die Umarmung* (Liebespaar II), 1917

1ª edição, 2013, Intrínseca
2ª edição, 2021, Globo Livros

CIP-BRASIL. CATALOGAÇÃO NA PUBLICAÇÃO
SINDICATO NACIONAL DOS EDITORES DE LIVROS, RJ

S593v

Silvestre, Edney, 1950-
    Vidas provisórias / Edney Silvestre. - [2. ed.] - Rio de Janeiro : Globo Livros, 2021.
    352 p. ; 23 cm.

    ISBN 978-65-5987-024-0

    1. Ficção brasileira. I. Título.

21-73707
    CDD: 869.3
    CDU: 82-3(81)

Camila Donis Hartmann - Bibliotecária - CRB-7/6472
07/10/2021 08/10/2021

Direitos exclusivos de edição em língua portuguesa para o Brasil adquiridos por Editora Globo S.A.
Rua Marquês de Pombal, 25 — 20230-240 — Rio de Janeiro — RJ
www.globolivros.com.br

A vida é tênue, tênue.
"Canção de berço", Carlos Drummond de Andrade

Sumário

Introdução à segunda edição 13

Estocolmo – fevereiro de 1974
Nelson 17

Atlanta – fevereiro de 1991
Exit 23

Rio de Janeiro – junho de 1971
Paulo Roberto Antunes 29

Nova York – fevereiro de 1995
O semicírculo azul de Copacabana 39

Rio de Janeiro – junho de 1971
Codinome Nelson 49

Framingham – julho de 1991
Mais um dia 59

Härnösand – dezembro de 1973
Uma árvore na Espanha 69

Nova York – dezembro de 1991
Merry christmas, bitch 81

Estocolmo – abril de 1974
Os donos do mundo 93

Nova York/Queens – dezembro de 1991
Ya van empezar las fiestas 103

Estocolmo – novembro de 1974
Se eu fechar os olhos agora 113

Nova York – novembro de 1998
Deus se esqueceu de nós 121

Fisksätra – janeiro de 1975
Il avait presque vingt ans. 135

Nova York – agosto de 1999
A felicidade é facil 147

Estocolmo – agosto de 1975
Hotel Grunert 157

Nova York – novembro de 1999
Os ruídos da rua... 167

Fisksätra – setembro de 1976
Este é meu filho 177

Nova York – setembro de 2000
Uma manhã de domingo 185

Estocolmo – setembro de 1976
El cóndor pasa 195

Nova York – agosto de 1991
I will survive 207

Fisksätra – setembro de 1976
Inhaca 221

Nova York – setembro de 2001
Um outro domingo 237

Estocolmo – setembro de 1979
Adeus 247

Nova York – setembro de 2001
Upside inside out 263

Estocolmo – setembro de 1981
Chico Nelson 275

Nova York – setembro de 2001
Aquela terça-feira 281

Paris – setembro de 1984
Meus filhos 289

Nova York – setembro de 2001
Susana 301

Iraque – novembro de 2000
Kein blut für oel 313

Nova York – dezembro de 2001
Um encontro (ou a arte de perder) 327

Agradecimentos 341

Posfácios 345

O LIVRO DE PAULO

Nelson
Estocolmo – fevereiro de 1974
17

Paulo Roberto Antunes
Rio de Janeiro – junho de 1971
29

Codinome Nelson
Rio de Janeiro – junho de 1971
49

Uma árvore na Espanha
Härnösand – dezembro de 1973
69

Os donos do mundo
Estocolmo – abril de 1974
93

Se eu fechar os olhos agora
Estocolmo – novembro de 1974
113

Il avait presque vingt ans
Fisksätra – janeiro de 1975
135

Hotel Grunert
Estocolmo – agosto de 1975
157

Este é meu filho
Fisksätra – setembro de 1976
177

El cóndor pasa
Estocolmo – setembro de 1976
195

Inhaca
Fisksätra – setembro de 1976
221

Adeus
Estocolmo – setembro de 1979
247

Meus filhos
Paris – setembro de 1984
289

Kein blut für oel
Iraque – novembro de 2000
313

O LIVRO DE BARBARA

Exit
Atlanta — fevereiro de 1991
23

O semicírculo azul de Copacabana
Nova York — fevereiro de 1995
39

Mais um dia
Framingham — julho de 1991
59

Merry christmas, bitch
Nova York — dezembro de 1991
81

Ya van empezar las fiestas
Nova York/Queens — dezembro de 1991
103

Deus se esqueceu de nós
Nova York — novembro de 1998
121

A felicidade é facil
Nova York — agosto de 1999
147

Os ruídos da rua
Nova York — novembro de 1999
167

Uma manhã de domingo
Nova York — setembro de 2000
185

I will survive
Nova York — agosto de 1991
207

Um outro domingo
Nova York — setembro de 2001
237

Upside inside out
Nova York — setembro de 2001
263

Aquela terça-feira
Nova York — setembro de 2001
281

Um encontro (ou a arte de perder)
Nova York — dezembro de 2001
327

Introdução à segunda edição
Nossa diáspora

Paulo e Barbara existiram. Fui preso por equívoco durante a ditadura militar, mas não escrevi uma obra de autoficção. *Vidas provisórias* não é um livro documental, tampouco. Ainda que o seja, um pouco. Escrevi-o porque precisava falar desses tempos sombrios. É assustador o que tantos não sabem sobre eles. Ou evitam saber.

Não apenas.

Amigos meus foram torturados. Alguns se suicidaram. Jovens com pouco mais de vinte anos foram expulsos do Brasil. Alguns haviam tomado armas, assaltado bancos, praticado atentados. O embaixador do país mais poderoso do mundo sofreu uma emboscada e foi sequestrado por um grupo de jovens sem nenhum treinamento, em plena luz do dia, num bairro de classe média do Rio de Janeiro. A um deles dei refúgio em sua fuga. Quando invadiram meu apartamento, em seu encalço, Chico Nelson já estava longe. Talvez já tivesse conseguido chegar ao Chile.

Nada disso foi ficção.

Como não foram ficção a Operação Condor para assassinar opositores das ditaduras na América Latina — até mesmo explodindo um carro no centro da capital norte-americana —, a espionagem de exilados brasileiros em Paris e Estocolmo, a destruição ou o sumiço de correspondência enviada do

Brasil aos expatriados, como igualmente não foram ficção a ascensão e a influência global de uma moça do interior de voz fraca e imagem poderosa chamada Madonna, o frenesi provocado por um garoto porto-riquenho chamado Ricky Martin, a Guerra do Golfo, pela posse de campos de petróleo, freneticamente transmitida pela televisão, ao vivo e em tempo real, hipnotizando o mundo com mísseis riscando os céus com o mesmo fascínio de fogos de artifício, o inexpugnável império soviético ruindo às vésperas do ano novo e reais fogos de artifício espocando por toda parte, e outro império inexpugnável sacudido quando dois aviões pilotados por terroristas se chocaram contra as torres do World Trade Center, em 11 de setembro de 2001. Reais terroristas, causando 3 mil mortes. Não eram vilões de ficção. Como não era vilão de ficção um general-presidente do Brasil favorável à tortura e à morte de adversários, aplaudido por multidões quando assistia a jogos de futebol no Maracanã, nem as parcas poupanças de manicures e aposentados apossadas por um decreto de Brasília, assinado por um presidente civil, eleito por voto popular, o mesmo que pouco depois sofreria a humilhação de um impeachment por prevaricação, corrupção, sejam lá quantos e quais crimes tenha cometido e arrastado, tal como seus antecessores militares, um sem-número de brasileiros à ruína, e mais, e mais, e mais dos tantos acontecimentos a emoldurar as vidas de Paulo e Barbara neste romance.

Barbara e Paulo, repito, existiram.

Chamavam-se Antonia, Francisco, Stuart, Neuma, Flavio, Berenice, Ricardo, Elsa, Luís, José, Maria das Graças, uma lista de nomes que começou pelas dezenas, quando partiram os primeiros degredados do regime imposto em 1964, até ultrapassar as centenas, logo os milhares, depois milhões, desde os primeiros escorraçados pela ruína econômica do Plano Collor até nossos dias.

Nossa diáspora.

Alguns conseguiram voltar.

Outros, muitos, ficaram por lá, e lá continuam em 2021, seja esse lá Estocolmo, Framingham, uma aldeia próxima a Lisboa ou o Porto, um lugarejo no interior da Alemanha, um conjugado na *banlieu* de Paris, uma cama-beliche num quarto atulhado de outras camas-beliche em Dublin, uma casa com marido e filhos — talvez, agora, netos — não muito distante de Nova

York, onde continuam fazendo trabalho de babá-faxineira-acompanhante-cuidadora, ou um cubículo em cima de uma bodega no bairro de Queens, onde morava Barbara.

Barbara é personagem de ficção, mas as Barbaras que conheci com outros nomes não o são, não eram. Os Paulos, também não.

São essas mulheres e homens sem pouso, rejeitados pelo Brasil, lutando para não perder sua língua, sua identidade, sua dignidade humana, que estão nas páginas seguintes.

Os índices separados de "O livro de Paulo" e "O livro de Barbara" pretendem dar à leitura de cada experiência deles a individualidade que suas dores e descobertas exigem. E se, igualmente, há um terceiro índice que os une, é justamente porque a travessia desses jovens brasileiros tem dois fortes pontos em comum, a uni-los além das fronteiras de tempo e lugar que os separam.

Resiliência. E esperança. Coisa de brasileiro.

EDNEY SILVESTRE
Rio de Janeiro, 20 de julho de 2021

NELSON

Estocolmo — fevereiro de 1974

— What's your name? — ela perguntou enquanto o despia, primeiro desenrolando o cachecol em torno do pescoço com pontas de barba escura, logo desabotoando e tirando o sobretudo úmido de neve, depois o paletó, em seguida o boné, na quarta língua em que tentava se comunicar.

O rapaz não entendia sueco, como a maioria dos sul-americanos na reunião da Anistia Internacional onde o conhecera algumas horas antes. Francês e alemão tampouco tinham funcionado; de espanhol Anna sabia pouco mais de quatro ou cinco frases.

— *What's your name, Brazilian guy?* — ela insistiu, com um sorriso de dentes perfeitos e hálito de cigarro.

— Nelson — ele mentiu, dizendo o codinome tantas vezes utilizado nos últimos anos, enquanto dobrava o corpo para ela puxar o suéter demasiado largo.

Nelson, mais do que qualquer dos outros codinomes por trás dos quais se protegia. Nelson, falou, tentando ser convincente, como fazia em resposta à pergunta ouvida tantas vezes, dita sem hesitação nem titubeio, firme, automática, neutra, casual como devia, como era necessário, como treinara e se habituara, para policiais, guardas de fronteira, agentes alfandegários e agentes sanitários, médicos, paramédicos, enfermeiras, cada vigia de cada abrigo para onde o haviam transferido, repetindo o codinome por trás do qual se protegera nos últimos anos, antes mesmo de chegar ao Chile, desde quando o deixaram na fronteira entre Brasil e Paraguai, as feridas das torturas fechadas e os hematomas descoloridos, enquanto ela puxava o suéter demasiado largo, como as outras vestimentas ganhas ao desembarcar em Estocolmo, no inverno, ainda usando as mesmas roupas dos dias confinado no aeroporto de Buenos Aires com os outros dezoito brasileiros fugidos do Chile após a queda de Salvador Allende e, poucos meses depois da chegada à Suécia, os agasalhos estendidos pela assistente social ao ser liberado do hospital em Härnösand.

— Nelson, Nelson, Nelson, Nelson — Anna repetiu, enquanto abria sem pressa cada um dos botões da camisa amarfanhada, lançada junto às outras peças na cadeira próxima à cama. — Nelson. Nelson like the British Admiral.

Parou antes de abrir o cinto. Afastou-se um pouco e fitou longamente o tronco do homem à sua frente. Era magro, mas se percebia nele um passado atlético. Uma cicatriz recente, grossa e longa, descia do lado direito do pescoço até perto do ombro.

Anna encostou ali o indicador, percorreu-a, como ao afluente de um rio no mapa antigo de um continente desconhecido. Levou as duas mãos a seu peito, sentindo a aspereza dos cabelos que o cobriam, tão diferentes dos suaves pelos dos homens de seu país.

Acariciou, com a ponta dos dedos de unhas roídas, os mamilos escuros como jamais conhecera. Viu que intumesciam.

Começou então a despir-se.

— Não.

— No? — Ela se deteve.

— Sim. — Ele apontou, indicando a blusa que ela já abrira. — Yes. Tire. Não sei como se diz roupa em inglês. Nem em sueco. *Clothes no* — tentou. — *Naked* — lembrou-se. — *Naked yes*.

Ela sorriu.

— *The British Admiral wants me naked*.

— *No*.

— *No? Not naked?* — Ela estranhou, ainda sorrindo.

— *Yes. Yes naked. But Nelson not admiral.*

Chegando mais perto dele, desafivelou seu cinto e o primeiro botão das calças, que, folgadas depois dos vários quilos perdidos desde a fuga do Chile, quatro meses antes, caíram-lhe aos pés. Seu pênis, endurecido, pulsava nas cuecas, também largas demais.

— *Not British Admiral* — sussurrou, segurando a cabeça dela entre as mãos, enfiando os dedos entre seus cabelos, presos em coque. — Nelson cantor. Não sei como se diz cantor em inglês. *Music, understand?*

Puxou-a para mais perto de si, tentou beijá-la. Ela se afastou, sorrindo levemente.

— *No.*

— Sem beijo? *Kiss no?*

— *No means I don't understand what you are saying* — respondeu, logo percebendo que ele igualmente não atinava o que lhe fora dito. — *Music for Admiral Nelson?*

— Almirante Nelson, não. Nelson cantor, *understand?* Cantor. Muito famoso no meu país. Foi o primeiro cantor que eu aprendi o nome. *Music. Music* do meu país. *Music of Brazil.*

A mulher abriu novamente seu sorriso esplêndido.

Soltou os cabelos, sacudiu-os.

Pareceu bonita a Paulo como se estivesse iluminada por dentro.

Mais uma vez se aproximou dele, puxou sua cueca até o meio das coxas, recuou ligeiramente para que se livrasse da última peça que o cobria.

Esfregando o corpo de pele clara no corpo escuro dele, tirou a blusa azulada, a saia xadrez, os sapatos de couro vermelho, o sutiã, as meias e, só então, a calcinha. Pegou-o pela mão, levou-o até a cama.

— *Music* — ele murmurou, aspirando o perfume que exalava dela.

Enquanto se despia e depois, enquanto o acariciava, lambia, beijava e mordiscava, Anna dizia palavras que o rapaz moreno não entendia. Ele nunca ouvira palavras de amor em sueco. Imaginava que fosse sueco. Imaginava que fossem palavras de amor. Gostaria que fossem palavras de amor. Queria que fossem palavras de amor. Queria que ela entendesse que aquele momento mitigava tantas dores, e não sabia como dizê-lo.

Sem atinar a razão e como nunca fizera diante de ninguém, muito suavemente, pouco a pouco, em voz baixa, mais como um sussurro, se ouviu entoando: "A camisola do dia, tão transparente e macia, que dei de presente a ti, tinha rendas de Sevilha, a pequena maravilha, que teu corpinho ocultava...".

Parou, sem lembrar das outras frases da canção, ouvida tantas vezes nos rádios dos botequins do subúrbio carioca para onde se mudara aos doze anos, da primeira vez que fora expulso de onde vivia. A música de seu primeiro exílio.

— Music — tentou explicar. — Nelson Gonçalves. *Not admiral. Not British.* Cantor. *Very famous* cantor *of Brazil*.

— *You are crying.* — Ela percebeu, enxugando a lágrima que escorria pelo canto do olho do homem jovem, de cabelos encaracolados. — *Why are you crying, Brazilian guy? Don't. Don't cry. It's not worth it. It's never worth it.*

— "Tinha rendas de Sevilha, a pequena maravilha..." — tentou de novo, com a voz embargada, sem conseguir prosseguir, subitamente consciente, depois de tanto tempo e tantas fugas, de tudo que irremediavelmente havia perdido: seu país, sua identidade, seus sonhos, até suas pálidas esperanças. Tudo representado por uma amorosa canção suburbana anacrônica, desaparecida num meandro qualquer de sua vida esgarçada.

— *Don't cry, don't cry, don't cry* — ela sussurrou, acariciando os lábios grossos dele. Percebeu que palavras eram inúteis ali. Calou-se. Abraçou-o.

Ele começou a soluçar, baixinho ainda.

Anna escorregou na cama, levou a boca a seu pênis, beijando-o com delicadeza. Depois começou a sugá-lo, a princípio suavemente. Conforme sentia-o crescer dentro de sua boca, passou a fazê-lo generosa e sofregamente, cada vez mais intensa e ritmada, enquanto Paulo murmurava o restante do que se lembrava da melodia, até gemer, alto, involuntária e aliviadamente, quando gozou e entendeu, ou pensou que entendia, que amava aquela mulher cujo nome não lembrava como nunca amara nenhuma mulher em seus 24 anos de vida.

EXIT

Atlanta — fevereiro de 1991

Nem se dão ao trabalho de checar mais atentamente seu passaporte. Tudo é anódino na jovem que chega no voo lotado do Brasil: os cabelos castanhos presos em rabo de cavalo, o rosto pálido por trás dos óculos arredondados, as roupas em tons de cinza, o suéter de lã acrílica azul-marinho, o cachecol preto, o sapato baixo de couro preto, a bagagem de mão de náilon preto, a única mala de roupas, também preta, igualmente de náilon.

Carimbam o visto de entrada, chamam o brasileiro seguinte na fila, ela contorna a cabine, caminha na direção que indica *Exit*, a primeira palavra que abafa o medo de ser pega antes mesmo de entrar no país para o qual foge, escorraçada por tudo o que a faz sentir-se irrelevante e esmagada no Brasil.

Assim, carregando sua mala de grife falsa comprada numa das muitas lojas de preços populares da rua 25 de março, no centro de São Paulo, Barbara, agora com sobrenome de origem italiana, mais aceitável do que o brasileiro Costa, agora filha de Abelardo e Laura Jannuzzi, e não mais de Carlos Roberto e Karla da Costa, agora nascida em Buenos Aires, no ano de 1970, e não mais em São Bernardo, no dia 25 de janeiro de 1974, agora não mais Assistente de Serviços Gerais do Smart English Course da rua Maria Paula, no centro da capital paulista, mas estudante de biologia chegada para um intercâmbio ali mesmo no estado da Georgia, vê as portas automáticas do aeroporto de Atlanta se abrirem e, à sua frente, dentro de um casaco verde-azul-vermelho que parece inflado, debaixo de um boné do Boston Patriots, o rosto sorridente de Luís Claudio.

Ele avança, abraça-a e, indicando o homem corpulento a seu lado, apresenta:
— Meu irmão, Leonardo.

Apertam-se as mãos, ela aproxima o rosto para o beijo na face, como é costume no país que deixou para trás, mas Leonardo afasta-se, mantendo a distância usual entre os habitantes do país onde ela acaba de chegar, levando dois dedos à aba do boné igual ao do irmão mais novo, quase uma saudação militar. Diz alguma coisa em voz baixa e rouca. Ela não entende. Após uma breve hesitação, percebendo que a fitam aguardando uma reação, responde o que lhe parece adequado.

— Obrigado.

Luís Claudio pega sua mala. Seguem Leonardo. Atravessam o estacionamento. Ela sente frio e pensa no frio, pensa que nunca lhe ocorrera que fizesse tanto frio no sul dos Estados Unidos, pensa que deveria parar de pensar no frio e ficar atenta ao que lhe diz o namorado, a quem não vê desde outubro. Não consegue. Está muito cansada. Não dormiu durante o voo. Estava tensa, temia ser barrada, temia perceberem o passaporte falso, temia parecer amedrontada, temia tremer. Outro tanto por conta da turbulência intensa e intermitente desde o início do serviço de bordo. Não comeu nada, mas não tem fome. Está mesmo um pouco enjoada. Tenta responder às perguntas que Luís Claudio lhe faz. Falam da mãe e do padrasto dela, da família do padrasto no interior de Mato Grosso, da loja que pretendem abrir, da loucura dos preços que não param de subir nos supermercados, do trânsito de São Paulo, do verão em São Paulo, do calor em São Paulo, das chuvas em São Paulo, dos alagamentos em São Paulo, tudo, qualquer assunto, qualquer um, menos sobre o pai dela, as acusações contra o pai dela, as fotos do pai morto junto aos corpos dos traficantes envolvidos no sequestro do filho de um publicitário. Era terreno proibido. Ele sabia.

Chegam juntos a uma van cor de vinho. A placa é de Framingham, a cidade de Massachusetts onde vivem Luís Claudio, Leonardo e mais alguns milhares de brasileiros. Uns 10 a 12 mil, a maioria ilegal, lera em uma revista. "Onde vou morar o resto da minha vida", ela pensa, antes de entrar e sentar-se no banco traseiro, conforme lhe é indicado.

Luís Claudio senta-se ao lado do irmão, ambos colocam os cintos de segurança, o veículo parte.

Vão atravessar os estados da Georgia, Carolina do Sul, Carolina do Norte, Virginia, Delaware, Maryland, Nova Jersey, Nova York, Connecticut e Rhode Island até chegar ao destino. Serão mais de 1.700 quilômetros. Vinte horas de estrada, no mínimo. Sem parada para dormir. Os irmãos se alternarão ao volante. É um longo caminho, porém mais seguro. Há uma brasileira com passaporte falso a bordo. O *Green Card* de Luís Claudio também é falso. Só os documentos de Leonardo são genuínos. Resultado dos 6 mil dólares pagos à americana com quem se casou em agosto do ano passado, economizados centavo a centavo em trabalhos de faxineiro, entregador de pizza, lavador de carro, frentista, pedreiro, vigia noturno, jardineiro, padeiro, balconista, ensacador em supermercado, motorista, carpinteiro, pintor, açougueiro, eletricista, porteiro de boate, auxiliar de fotógrafo de casamentos, bombeiro hidráulico, até finalmente abrir seu próprio negócio *made in USA: Leo's Jobs – You Need It We Do It*. Seu primeiro negócio na América. Por enquanto apenas um miúdo retângulo nas Páginas Amarelas de Boston. Breve, ele confia, uma loja de verdade em Framingham, com nome pintado na vitrine e o irmão por trás do balcão, pois que fala inglês sem sotaque, é despachado e sabe organizar tarefas ainda melhor do que ele. A legalização dos papéis e registros no condado ficará mais azeitada quando arrumar uma mulher americana para se casar com Luís Claudio. Os planos vêm sendo meticulosamente delineados e construídos nos últimos quatro anos. Até surgir essa menina. Filha de um motorista de madame, metido com sequestradores, morto, junto aos comparsas, num confronto com a polícia. Luís Claudio tentou esconder a história, mas ele acabou descobrindo. Nenhum segredo dura muito tempo entre fechadas comunidades de imigrantes, onde informação pode significar proteção.

Entram na autoestrada.

Barbara observa, quieta, a manhã cinza, as árvores sem folhagem, a rodovia larga, com muitas pistas e muitos carros grandes passando em grande velocidade. Aqui e ali há sinais de *Exit*, seguidos de trevos e novamente pistas triplas, quádruplas, sêxtuplas, repletas de carros e vagos sons longínquos, abafados pelas vidraças fechadas e uma música country tocando no rádio.

"Então isso é os Estados Unidos", ela pensa.

Recosta a cabeça, fecha os olhos.

Sem perceber, adormece.

Logo escorrega e se deita no banco, encolhida, ainda com frio, mas amparada na sensação de acolhimento e paz.

Não tinha ideia de como estava enganada.

PAULO ROBERTO ANTUNES

Rio de Janeiro — junho de 1971

Acordou como passaria a acordar sempre, não importava onde tivesse adormecido — leito de hotel, a própria cama, a poltrona de sua futura biblioteca, cabines de trem, assentos de avião —, daquela manhã em diante: com dor no peito, buscando ar, os pulmões, fígado, intestinos pressionados contra as paredes do corpo que os continha.

Não conseguia abrir os olhos.

Tentou erguer-se, mas o tronco pesava demais sobre as pernas, como se ele estivesse dobrado.

Fez novo esforço, ainda uma vez forçando as pálpebras, que resistiam a se abrir.

Percebeu que seus braços doíam.

Suas pernas doíam.

Seu peito doía.

Seus lábios doíam.

As orelhas doíam, e as mãos, as palmas das mãos, os pés, as solas dos pés, o pescoço, em volta do cu, o saco, o pau, os mamilos, os dedos, as pontas dos dedos, as unhas. Cada parte do seu corpo doía, cada uma de forma diferente.

Nunca imaginou que fosse possível sentir tanta dor.

Uma mais aguda, outra mais penetrante, outra queimante, outra mais ardente ainda, junto a todas, muitas, pequenas e grandes dores a se juntar para fazer de seu corpo uma única, asfixiante e total dor.

Precisava se levantar.

Parecia que estava amarrado, os braços às pernas, a cabeça para baixo.

Precisava se erguer.

O corpo não obedecia.

Esforçou-se para levar a mão aos olhos e abri-los.

Elas, tampouco, se mexiam.

Os dedos, então. Abri-los. Fechá-los. Qualquer coisa. Alguma coisa.

Tossiu.

A dor surgida nos pulmões percorreu imediatamente o corpo inteiro. Um gosto azedo subiu até a garganta e invadiu as narinas. Sentiu ainda maior dificuldade para respirar. Se ao menos conseguisse erguer o tronco. Se ao menos conseguisse. O tronco. O peso. Sobre as pernas. Se soltasse as mãos. As mãos. Os pés descalços. Sujos. Inchados. Era sangue, aquilo? No peito do pé e nos dedos?

Abrira os olhos, então.

Conseguiu.

Via os pés sujos descalços manchados de sangue, inchados.

Via os pés porque estava de cabeça para baixo.

Via os pés e o piso de cimento porque estava de cabeça para baixo.

Via os pés e o piso de cimento e os coturnos engraxados e brilhantes.

Dois pares de coturnos.

As pernas das calças de uniformes de duas pessoas usando coturnos.

De cabeça para baixo.

Ele estava de cabeça para baixo.

Ele estava com as mãos amarradas nas pernas.

Ele estava pendurado em um... Um...

As dores que sentia, as fisgadas que sentia, as cólicas que sentia, as ardências na pele que sentia: aquelas pessoas usando coturnos e uniformes as tinham causado.

Nesta madrugada.

Ontem.

E anteontem.

E na noite anterior.

E na tarde anterior.

E na manhã anterior.

E na madrugada antes dela, logo depois de invadirem o pequeno apartamento conjugado em Copacabana, mobiliado com apenas uma cama de solteiro e uma estante feita de tábuas de pinho apoiadas em tijolos, derrubada antes de rasgarem e pisarem seus livros de História, Ciências Sociais e o exemplar de *David Copperfield* que o acompanhava desde a expulsão da cidade onde Anita fora assassinada.

Estava debaixo do chuveiro quando ouviu a campainha. Continuou soando, insistentemente. Saiu, pegou a calça sobre a cama, vestiu-a sobre o corpo mal enxugado, correu e abriu a porta, esperando receber os três colegas da faculdade a quem vinha treinando a utilizar o método Paulo Freire para alfabetização de adultos.

Um homem colocou o cano da pistola em sua testa e o empurrou para o lado, escancarando a porta por onde entraram outros quatro.

Pouco depois o algemaram, encapuzaram, ignoraram seus pedidos para vestir-se e se calçar, empurraram-no para dentro do elevador, para fora do prédio da rua Bolívar, para dentro de algum veículo, dentro do qual foi jogado, deitado, no que deduziu ser o piso junto ao banco traseiro de uma caminhonete como as utilizadas pela polícia e pelas forças armadas. Possivelmente sem identificação. Um dos homens manteve os coturnos sobre seu peito nu.

Levaram trinta, quarenta minutos para chegar ao local onde pararam. Gritaram que saísse do veículo.

Arrastou-se para fora, até sentir o chão áspero sob os pés descalços. Um pátio? De cimento?

Mandaram virar à direita e caminhar em frente. Assim fez, em incertos passos curtos, até tropeçar em um degrau baixo. Alguém o pegou pelo braço antes que caísse.

— Anda — disseram.

— Em frente — falou outra voz.

Seguiu com mais cautela. Pouco adiante a ponta do pé esbarrou em mais um degrau. Subiu-o. A textura era outra, outra a temperatura. Agora fria, lisa, plana. Mármore, pensou.

Ao redor, silêncio. A alguma distância — quanta? —, além das paredes — grossas? Construção antiga? Janelas fechadas? —, ruído de trânsito. Pouco. Seriam umas nove e meia da noite, dez horas. Ônibus? Estariam na Vila Militar? Em um prédio da Aeronáutica, no Galeão? No centro da cidade do Rio, onde o DOPS funcionava em um prédio antigo desde o Estado Novo?

Um gemido.

Um gemido? O eco de um gemido?

Um grito. E o eco do gemido.

Contou um, dois, seis passos até ouvir: escada.

Subiu.

Contou 29 degraus. Cada um lhe pareceu mais frio que o anterior.

Chegou a outra superfície plana. Ouviu vozes, conversas indistintas, passos a seu lado. E novamente algo como ecos de gemidos.

Se cada degrau tem cerca de vinte centímetros em prédios antigos, raciocinou, lembrando-se de alguma informação sobre a Biblioteca Nacional, onde costumava pesquisar, reunir-se com outros estudantes e passar boa parte da tarde, estamos no primeiro andar de um local em que o pé-direito tem uns seis metros de altura.

— Para a direita — alguém comandou.

Andou, em linha reta, treze passos.

— Direita. — Foi a nova ordem.

Novamente contando, pisou dezessete degraus.

Chegou a outra superfície plana.

Uma textura diferente. Morna. Macia. Tapete?

— Esquerda — lhe disseram.

Caminhou quinze passos.

— Pare — comandaram.

Seus braços foram seguros de cada lado: mãos diferentes os apertavam. Ruído de trinco. Uma das mãos o puxou para a frente, a outra o empurrou. O chão sob seus pés era duro, novamente, mas não frio. Taco? Tábua corrida?

A porta foi batida atrás de si.

— Caminhe à sua frente — disse-lhe uma voz grave, em tom neutro.

Assim Paulo fez até esbarrar em um móvel.

— Abram as algemas dele.

Abriram.

Instintivamente, levou as mãos ao capuz para retirá-lo. Imediatamente sentiu o choque de um objeto em suas costas e uma dor aguda entrando por seu flanco e percorrendo seu corpo como se o rasgasse.

Caiu.

Começou a se levantar, apoiado em uma das mãos, enquanto com a outra puxou sem sucesso o saco que envolvia seu rosto, quando sentiu outro choque entre o pescoço e o ombro, seguido de um chute na cabeça. E logo, pelo outro lado, o toque frio de metal nas costas, seguido de mais uma descarga elétrica que repetiu a sensação de esgarçamento de cada músculo de seu corpo. Que dor era aquela? O que a causava? Por que faziam aquilo com ele?

— Levante-se. Com calma. Isso. Ainda está tremendo porque esse é o efeito do bastão de choques que você nos obrigou a usar. Demora a passar.

Paulo agora estava de pé.

— Tire suas calças.

Paulo não se mexeu. Não usava nada por baixo delas, não se despiria.

— Tire.

Ele ficou imóvel, ainda tremendo. Houve um silêncio curto, na sala. E logo uma nova pancada, mais forte que a primeira, no mesmo local entre o ombro e o pescoço.

Paulo gemeu. Levou a mão ao pescoço. Sentiu um líquido grosso e pegajoso brotando da pele esgarçada. Doía.

— Dispa-se.

Levou as mãos até o cós. Parou ali.

— Tire a roupa — repetiu a voz, sempre no mesmo tom indiferente.

Paulo abriu o botão do cós e os outros. Deixou as calças escorrerem, pisou nelas.

— Vá até o móvel em que esbarrou ao entrar aqui. À sua esquerda. Isso. Toque nele. Sabe o que é?

Pareceu a Paulo que tocava o espaldar de uma cadeira.

— Sente-se.

Paulo se sentou. A superfície era de metal.

Seus pulsos foram pegos e presos com algum tipo de correia aos braços do móvel.

— Você está aqui por recomendação do capitão Molina.

Ataram os tornozelos de Paulo às pernas da cadeira.

— Mas por que estou aqui? Por que entraram no meu apartamento? Por que...

— Você sabe quem é o capitão Molina?

— Não, não sei. Nem por que me trouxeram para cá, nem por que...

— Você não conhece o capitão Molina, mas ele conhece você. Sabe que você pode nos passar as informações que impedirão novos sequestros e novos derramamentos de sangue de agentes da lei como Irlando de Souza Régis.

— Não sei quem é Irlando. Não conheço nenhum capitão Molina.

— Claro que sabe. Irlando era o agente da Polícia Federal assassinado dois dias atrás, em 11 de junho, pelos sequestradores do diplomata alemão. O embaixador Ludwig von Holleben. Irlando era um pai de família. Um bom brasileiro. Ah, esqueci de me apresentar. Sou o doutor Sérgio. Sou médico e psiquiatra. Vou supervisionar o seu interrogatório.

— Mas por que me interrogam? Sou estudante, não tenho nada que ver com...

— Estou aqui para impedir que seus interrogadores passem do ponto. Não queremos que você morra. Não se não for necessário. Assim foram as ordens do capitão Molina. Queremos apenas informações. Não tente fingir que está morrendo ou que não está aguentando, porque eu examinarei você a cada momento. Sabe onde está sentado? Não sabe? Você está sentado naquilo que se convencionou chamar cadeira do dragão. Percebe que há metal embaixo da sua bunda? É zinco. Os braços dela também são revestidos de zinco, não sei se chegou a perceber. Zinco é um bom condutor de eletricidade.

— O senhor é médico e vai permitir essa... — Paulo não conseguia dizer a palavra "tortura". Reconhecer aquela situação tornava-a ainda mais assustadora.

— Vou detalhar como será o interrogatório para que o senhor tome uma decisão, antes mesmo que ele se inicie, se vai nos revelar o que precisamos saber.

Percebeu que o médico se aproximara dele. Falava ao seu ouvido.

— A cadeira onde o senhor está sentado está conectada a um dínamo, capaz de gerar uma corrente elétrica de 10 amperes. O que o senhor está sentindo ser colocado pelos interrogadores em sua língua e amarrado em torno de suas orelhas, os dedos de seus pés e de suas mãos são fios. Este próximo vai doer um pouco.

Mãos enluvadas seguraram o pênis de Paulo. Ele recuou na cadeira.

— Não resista. Será pior. É necessário colocar o fio dentro da uretra do senhor.

Paulo gemeu e se mexeu, sentindo o metal fino a penetrar e rasgar sua carne.

— Esses fios, conectados ao dínamo de que lhe falei, quando ligados, vão lhe causar choques e dores como o senhor nunca imaginou que fossem possíveis. Semelhantes ao que o senhor sentiu há pouco, quando tentou retirar o capuz. Só que mais agudas. Muito mais agudas. Percebeu que as correias que o atam à cadeira são forradas de espuma de borracha? A espuma absorve e retém a água. Para melhor conduzir a eletricidade, os interrogadores vão jogar água no senhor. O mesmo bastão que o conteve, minutos atrás, será utilizado para dar choques em seus mamilos e seu saco escrotal. O senhor vai se mijar até mijar sangue, vai se cagar até cagar sangue, vai vomitar até vomitar sangue.

Calou-se. Paulo tentava não gemer. Nada se mexia na sala.

— Ou não — ofereceu doutor Sérgio. — A escolha é sua. Basta nos dar os nomes dos elementos de sua célula subversiva. E o local onde estão escondendo o embaixador alemão.

— Mas eu não sei de nada! Não sou da luta armada! Não tenho nada a ver com esse sequestro! Não conheço, não sei, não tenho como saber!

Houve um novo silêncio. Percebeu que o médico se afastava.

— Joguem água nele.

O SEMICÍRCULO AZUL DE COPACABANA

Nova York — fevereiro de 1995

Ela destrava a fechadura com cuidado para não fazer barulho. Silvio ainda deve estar dormindo. É cedo, ele voltou do hospital ontem, depois de outra internação. Tem acontecido cada vez com mais frequência. Quatro anos atrás, quando começou a fazer faxina para ele, Silvio ainda caminhava. Barbara não sabia de sua doença, muito menos que desde os anos 1980 vinha sendo cobaia de tratamentos experimentais num grande hospital do Upper East Side. Graças a eles sobrevivera, Barbara acreditava. Todos os amigos dele tinham morrido. Silvio fora seu primeiro cliente quando chegou de Framingham, atônita e acuada, num dia abafado do verão de 1991. Um brasileiro, indicado pela amiga brasileira de Leonardo.

O apartamento era outro, atulhado de móveis, fotos, bugigangas e roupas que nunca o vira usando. Ficava no quarto andar de um prédio de tijolos vermelhos, sem elevador, ao sul de Manhattan, numa rua estreita e curta, sem uma árvore sequer, perdida entre a Houston e a Canal, próxima ao túnel Holland. Ela se esqueceu do nome da rua. Nunca se preocupou em memorizá-lo. Não acha necessário: se for uma vez, achará sempre o caminho. Para que decorar nomes e números de ruas, avenidas, linhas de trens ou estações do metrô, se mais dia, menos dia, vai acabar indo embora daqui? Esta é uma vida provisória, ela acredita. Tem que ser uma vida provisória, precisa acreditar.

Silvio não caminha mais. As seguidas amputações dos dedos dos pés foram dificultando seu equilíbrio, mesmo apoiando-se em muletas. *Estão acabando comigo em pequenos pedaços*, ele lhe disse uma vez. Usa cadeira de rodas nas raras vezes em que se movimenta pelo apartamento. (À rua não desce mais, apesar de morar em um edifício de construção recente, com portas, corredores e elevadores amplos, rampas e corrimãos adaptados para pessoas com deficiência.)

Uma organização beneficente fornece suas refeições. No ano em que começara a trabalhar para ele, Silvio tinha estado no Brasil durante o Carnaval. Foi a última vez. Na única foto trazida dali, aparece sorridente, com vários colares de flores de pano em torno do pescoço. O semicírculo azul ao fundo era o mar de Copacabana, ele lhe explicara. Ela desejou ter conhecido Copacabana antes de partir do Brasil. Ela deseja acreditar que um dia irá conhecer Copacabana. Tem medo de pensar que jamais irá conhecer Copacabana.

Fecha a porta devagar, com um clique surdo. Vira-se. O apartamento está às escuras, mas distingue uma figura deitada de costas para ela, na cama estreita sob a janela com a cortina abaixada. Só a cabeça de Silvio está fora das cobertas. A farta cabeleira, como ela ainda tinha conhecido, e da qual Silvio parecia tanto se orgulhar, tornara-se grisalha, depois embranquecera antes de desaparecer completamente sob efeito dos medicamentos.

Não há nada pendurado nas paredes, ao contrário do outro apartamento, atulhado de porta-retratos, cartazes de shows da Broadway e off-Broadway, um pôster com sua foto nu clicado por algum fotógrafo famoso de Chicago, quadros com capas e recortes de revistas de cinema, pratos e toda espécie de pequenos objetos trazidos de viagens. Barbara não sabe se ele optou por não os pendurar aqui ou se é parte das exigências para ocupar o lugar. Seu conjugado, como a maioria dos apartamentos no edifício de 22 andares na Rua 53, é de propriedade do hospital e abriga pacientes como ele, além de médicos estrangeiros, estagiários de outros estados, visitantes, parentes de clientes vindos de fora.

Lembra-se de ter visto duas caixas amontoadas com aqueles objetos, lá ainda. Mas nem elas, nem os móveis foram trazidos para cá. Exceto por três ou quatro peças, tudo neste apartamento pertence ao hospital.

Caminha pé ante pé até a bancada de madeira falsa da cozinha integrada, coloca a sacola de compras e sua bolsa sobre ela, retira as luvas e as enfia, junto com as chaves, no sobretudo, logo pendurado em um dos ganchos de plástico já abarrotados das mesmas peças de roupas que estavam ali na semana anterior, e na outra, e por meses, sem que ele as vista. Os enfermeiros, quando o vinham buscar, levavam-no vestido com o que usa sempre dentro daquele espaço exíguo: calças de moletom (sempre cinzas), camiseta (cinza), algum agasalho por cima. Só os troca às quartas-feiras, o dia em que ela faz a faxina.

Desenrola o cachecol, pendura-o.

— *You may turn on the lights*. — Ouve-o dizer, sem se virar.
— Acordei o senhor?
— Ah, queridona, é você. Bom dia — ele cumprimenta, sempre de costas.
— Pensei que fosse alguém do Meals on Wheels. Em geral trazem comida para mim a essa hora. *I have always depended on the kindness of strangers*. Já é meio-dia?
— São sete e meia. Desculpe acordar o senhor.
— Eu não estava dormindo. Pode acender a luz.
— Vou abrir a cortina.
— Não, a cortina não. Não suporto mais ver a mesma parede em frente.

Ela acende a luz na parte de baixo do armário da cozinha, a mais suave do apartamento.
— Hoje é quarta-feira?
— É.
— Como sabia que eu tinha voltado do hospital?
— Eu venho limpar mesmo quando o senhor não está. Toda quarta, se lembra? E o senhor deixou recado na minha secretária eletrônica, ontem, avisando que tinha voltado.
— Hum... Às vezes esqueço. Os remédios. Me fazem esquecer. Tem café? Por que está me chamando de senhor?
— Vou fazer — ela responde, já colocando água na vasilha de vidro, despejando-a na cafeteira. — Desculpe, mas estou acostumada a chamar as pessoas de...
— Chama as pessoas mais velhas de senhor?
— Desculpe.
— Em inglês é melhor. Todos são chamados de *"you"*. Sem idade. Como sabia que eu estava em casa?
— O recado.
— Ah, claro.

Silvio aguarda, em silêncio.
— Mas só esqueço coisas recentes — observa após algum tempo. — Lembro tudo de antes. *All the good stuff. Some of the bad, too.* Tudo de antes. O ruim e o bom. Aqui, deitado, dia e noite, no hospital também, noite e dia, hora após hora, após hora, após hora, *when I'm not spaced out*, quando não estou doidão pelo efeito dos remédios, mesmo sem fazer esforço, mesmo sem puxar

por elas, as imagens passam pela minha cabeça. Todas. Tudo. Os rostos, os risos, os nomes, o drinque que Mick mandou para mim no Studio 54, o drinque que Bianca jogou na minha cara, as roupas, os brilhos, o som da música, as letras das canções, *o bouncer* porto-riquenho na porta, os leões de chácara que repassavam a cocaína trazida pelos *dealers*, a lourinha do *midwest* que recolhia os casacos na rouparia, era louca por mim, e depois virou estrela de filmes de horror B em Hollywood, até se casar com um milionário iraniano, tudo, tudo, *all of it* passa incessantemente pela minha cabeça. O bom e o ruim. Principalmente o bom. Assim me seguro. Como uma boia, entende?

Ela não responde.

— Entende?

Ela serve o café em uma caneca estampada com a imagem de uma cachoeira e a frase *Souvenir from Niagara Falls* 1990. O ano em que ela decidiu sair do Brasil. Um dos lugares dos Estados Unidos, junto com o Grand Canyon e Las Vegas, que ela gostaria de conhecer. A caneca é um dos poucos objetos que Silvio trouxe do outro apartamento. Ela a coloca numa bandeja de plástico verde, põe ao lado o açucareiro verde e uma colher de plástico verde. Todos têm o logotipo do hospital. Pergunta, abrindo a geladeira:

— Leite?

— *Oh, God, no. I hate milk*. Sempre detestei leite.

— O senhor gosta de café com leite às vezes.

— Senhor?

— Você.

— *That's better*.

— Desculpe.

— Gosto às vezes. De tarde. Quando você faz para mim torradas com *blackberry jam*.

— Quer que eu faça?

— Não, queridona, obrigado. Não tenho fome.

Ela chega ao lado da cama. Ele se vira. Está maquiado. Ela nota. Ele percebe sua surpresa.

— Ah... Um pouco de blush. Para levantar a cara. E uma base leve, para disfarçar as olheiras. Estava muito abatido.

Ela estende a bandeja, ele pega a caneca das cataratas do Niágara.

— Um cubo de açúcar? Dois?

— Três, por favor.

Um a um, os cubos absorvem o líquido preto e afundam. Ela gira a colher até desaparecerem completamente. Ele agradece. Toma um gole, com prazer. Deixa na borda da caneca a marca rosada de batom.

— Só para um realce — justifica, observando para onde o olhar dela se dirige. — Além disso... — Toma outro gole. — Além disso os rapazes que entregam as refeições do Meals on Wheels são *very cute*. Não quero nada com eles. Nem posso. Mas queria parecer atraente, entende?

Ela enrubesce. Silvio nota.

— Desculpe. Não tive a intenção de chocar.

— Não estou chocada.

— Está, sim. Tudo é chocante para você. Ainda não se acostumou com meu jeito de ser, mesmo já me conhecendo há... Há quanto tempo?

— Quatro anos. Quatro anos e sete meses. Desde julho de 1991.

— Sim, exatamente. No apartamento de *downtown*. Aquela sua amiga que morava no Queens trouxe você. Vocês estavam ensopadas.

— Pegamos uma chuvarada quando saímos da estação do metrô. Primeiro corremos, depois desistimos.

— Me dê um guardanapo, por favor.

Ela vai até o armário, pega alguns, leva até ele. Silvio limpa os lábios.

— Pronto. *The same old me is back again*. Não sou uma bicha louca. Nunca fui. *I just didn't want to look so bad today*, você entende? Fico com vergonha quando esses rapazes do Meals on Wheels chegam aqui e me veem assim. Pareço um moribundo. Nos últimos tempos, cada vez que volto do tratamento estou mais abatido. Não tenho mais coragem de me olhar no espelho, você entende?

Ela entendia. Mas não sabia como responder.

— Um pouquinho de blush não faz mal.

Ela quer começar logo a faxina. Ela prefere não conversar. Ela percebe o sofrimento de Silvio e teme ser arrastada a regiões em si mesma com as quais não quer tomar contato. Não pode. Sua vida está construída sobre essa separação: os tumultos internos não devem nem podem interferir com o acordar de cada dia, com os cinquenta e tantos minutos da estação em que embarca no Queens, pela Lexington Avenue Line ou pela Broadway—Seventh Avenue Line, até as diferentes estações em que desembarca em Manhattan, de segunda a sábado, desde 21 de julho de 1991, para limpar apartamentos ou fazer trabalho de manicure e ganhar uns dólares a mais utilizando uma habilidade mal e mal desenvolvida no salão de beleza da mãe, falido com o Plano Collor, depois no Andrade Sisters Beauty Salon de Framingham, e eventualmente ouvir confidências, como das quatro brasileiras, todas casadas, todas mães de filhos, todas moradoras das cercanias de Newark, discretas prostitutas das nove da manhã às cinco da tarde, quando voltam para seus lares, agenciadas por uma ex-atriz carioca em apartamentos a poucas quadras da Bloomingdale's.

— Um blush, um café e... — Sorri, inclinando a cabeça para o lado, buscando conivência. — Um cigarro. Pega para mim, queridona? Estão aqui embaixo.

— O senhor não pode fumar. O pessoal do hospital põe o senhor para fora do programa se descobrir.

— Senhor é Deus nas alturas. Eu finjo que não fumo, eles fingem que não sabem. A esta altura, que diferença vai fazer? Pegue para mim. E me dê mais um café, *ok, baby*?

Ela o serve mais uma vez. Abaixa-se, enfia a mão sob o colchão do sofá-cama, pega o maço vermelho e branco, abre a tampa e o estende.

— O senhor não deveria fumar — comenta, sem convicção.

Um cigarro, ou muitos, não faria diferença. O declínio dele se acelerara claramente. Quando o conhecera, Silvio tinha especial prazer em caminhar pela beira do rio Hudson e, às vezes, pedia que o acompanhasse. Ela nunca aceitou. Atrasaria seu trabalho. Tinha uma segunda faxina às quartas, num apartamento próximo na Greenwich Street, de uma abastada estudante paulista da New York University.

Ultimamente Silvio tem cada vez menos apetite. Naquela época comia fora todos os dias. Buscava não repetir o lugar andando pelo bairro ou até o Greenwich Village, o Chelsea, Chinatown, Little Italy, as delicatéssen do Lower East Side e os *diners* de Tribeca. Mesmo no inverno flanava pelos meandros do sul de Manhattan, pelos becos sempre sombreados e pelas ruas com nomes de pessoas há muito desaparecidas e esquecidas, terminando sempre no subsolo do World Trade Center, onde tomava um expresso e pegava o metrô de volta, duas estações apenas até a da Houston Street, pelo prazer de se misturar às pessoas que, ao contrário dele, eram obrigadas a trabalhar todos os dias. Vivia de quê, ela por vezes se perguntava, até o dia em que revelou ter ganhado aquele apartamento de um amante. Graças à generosidade de outros homens, sempre mais velhos, quase sempre casados e pais de família em cidades próximas a Manhattan, foi comprando conjugados no Rio, no bairro de Copacabana, alugados por temporada para turistas. Tinha dois. Um sobrinho administrava e lhe mandava o dinheiro.

— Ele rouba um pouco, mas não me importo. *Live and let live*, esse é o meu lema — repetia, com seu forte sotaque carioca, no inglês claudicante aprendido como lavador de pratos, primeiro, depois como garçom e, em seguida, barman de uma boate gay na Christopher Street, onde formou, como dizia, uma clientela.

Gostava, particularmente, de ir ao Film Forum, um cinema perto de onde morava, para assistir a velhos filmes de atrizes cujos nomes eram desconhecidos para ela, como Marta Toren, Ida Lupino ou Maria Montez, belas mulheres em poses afetadas e fotos intensamente retocadas, distribuídas pelas paredes do apartamento presenteado pelo dono de uma confecção de uniformes.

Não mais.

— Pega o cinzeiro para mim, *baby*. Aqui embaixo também.

Ela se abaixa novamente. O cinzeiro está cheio de tocos de cigarro. Oito, ela conta, antes de levar até a quitinete, jogá-las na lixeira, limpar o cinzeiro e levar de volta.

— Você me acha ridículo?

— Não, de maneira alguma. Claro que não.

— Estou horrendo, não estou?

— Não. Não está. Está apenas... abatido.

— *In other words*, horroroso. Entendi. *Forget it*. Compra um pacote de cigarros para mim e...

— Não posso.

— Claro que pode. Cigarros e aqueles biscoitos de chocolate redondos, com recheio de baunilha. É o que estou com vontade de comer hoje.

— Trouxe legumes e peito de frango. Vou fazer para o senhor almoçar.

— *Oh, girl, you are impossible!*

CODINOME NELSON

Rio de Janeiro — junho de 1971

— Ele está acordado?

Aquela voz...

— Saiam.

Aquela voz. Conhecia aquela voz.

— Eu fico com ele.

Está pendurado no pau de arara, sujo do próprio sangue, fezes, urina e vômito. A posição não lhe permite ver o rosto de quem ordena a saída de seus torturadores, mas a voz autoritária, segura, essa ele conhece. Vem de um outro tempo.

— Sim, senhor.

— Voltaremos quando o senhor chamar.

Ouve-os saindo. Ele e o homem ficam sozinhos na sala.

— Em que merda você se meteu agora...

Era a voz de... Não podia ser. Não podia. Não ali. A voz que reconhecia não podia pertencer ao homem a quem via apenas as calças do uniforme de campanha e os coturnos. Não podia ser. Ali, naquele lugar, não. Não podia.

— Neguinho?

— Antonio — ele balbucia.

— Que cagada.

— Antonio? — repete, incrédulo.

— Bem que o pai dizia que você não prestava.

— Antonio... — sussurra, pasmo.

— Sangue ruim.

— Antonio! — exclama, sem conseguir dar sentido à situação. Delirava? Sofria os efeitos de tantas pancadas na cabeça?

O homem que lhe fala movimenta-se. Vai até um dos cantos da sala. Tem a voz de seu irmão Antonio. Mas não pode ser seu irmão Antonio. Não faz sentido ser seu irmão Antonio.

A distância permite vê-lo melhor. O tronco amplo. Os cabelos louros, agora cortados em estilo militar. A pele clara. Como a de seus antepassados visigodos. Os antepassados por parte de seu pai. Do pai deles dois.

— Sangue ruim. O pai sempre disse.

Reconhece, perplexo, o homenzarrão em roupas militares.

— Antonio — repete, debilmente.

Não se veem desde que Paulo saiu de casa, seis anos atrás. Nunca se procuraram.

— Aqui não tem nenhum Antonio.

— O que está acontecendo, Antonio? O que você está...?

— O pai sabia que você não ia dar em nada. Tu é mesmo um merda, Neguinho.

— Antonio, o quê...

— Aqui não tem nenhum Antonio, já disse.

— Me trouxeram para cá, me...

— Meu nome aqui é capitão Molina.

— Antonio... Por quê...? O quê...?

— Capitão Molina.

Pareceu-lhe que as dores se tornavam ainda mais agudas.

— Bateram muito em mim, Antonio.

— Capitão Molina.

— Tá doendo muito, Antonio.

— Capitão Molina.

— Me tira daqui, Antonio.

— Capitão Molina, seu neguinho de merda.

— Por favor, me tira daqui.

— Você sabe onde está?

— No DOPS? No Galeão? Na Vila Militar?

— Nem vai saber.

— Você...

— O senhor.

— Por que vo...
— O senhor. Capitão Molina.
— Aqui... Me trouxeram...
— Este lugar não existe. Não há registro da sua entrada aqui.
— Bateram tanto em mim.
— Iam te matar.
— Mas...
— Essa era a ordem.
— Mas por quê...?
— Seu codinome é Nelson. Nós sabemos. Você ia servir de exemplo para esses seus amigos comunistas.
— Eu não sou...
— Você, Paulo Roberto Antunes, codinome Nelson, e seus amigos de codinomes Úrsula, Gerson e Hélio usaram o disfarce de alfabetizadores de adultos para se reunir e planejar o sequestro do embaixador alemão. Vocês são parte do grupo que inclui Vera Lúcia Thimóteo, Júlio Cesar Covello, Lúcia Maurício de Alverga e Alex Polari.
— Antonio, eu não...
— Capitão Molina.
— Nenhuma dessas pessoas eu...
— Seu grupo roubou quatro carros. Um Opala, uma Rural Willys, dois Fuscas. O Opala é de cor azul. Nele seu grupo transportou o embaixador alemão Von Holleben.
— Eu não sou...
— Não deixei nem quebrar teus dentes. Iam te matar de porrada. Como exemplo. Eu não deixei. Devia ter deixado.
— Eu nunca fui...
— Uma nota com seu codinome e endereço estava entre os objetos deixados para trás no cativeiro do embaixador, em Cordovil.

Não é possível. Antonio está enganado. Ou mente. Não pode haver nenhuma referência a ele. Alex Polari, Lúcia Thimóteo, Júlio Cesar Covello, Lúcia Maurício de Alverga, aqueles nomes não lhe dizem nada. Não sabe quem são aquelas pessoas. Não as conhece. Do sequestro do embaixador alemão, só tomara conhecimento pelo noticiário. Seus colegas do grupo

de alfabetização de adultos são contrários à ditadura, sim, como tantos outros estudantes da Faculdade Nacional de Direito, mas nenhum deles está envolvido com os grupos de luta armada. Nunca se metera com os radicais do grupo acadêmico. Era um equívoco. É um equívoco. Tem que ser. Tinha que ser. Ou pior:
— Mentira.
— Mentira, Neguinho?
— Não conheço essas pessoas. Não entendo por que...
— Não tem nenhum envolvimento com elas? Com Gerson, Hélio, Úrsula?
— Sim, mas estes, nós, nós fazemos parte do grupo que...
— Grupo de alfabetização pelo Método Paulo Freire, proibido desde 1964.
— Sim, mas...
— Uma fachada para a composição de grupos de oposição armada ao governo.
— Não, Antonio...
— Capitão Molina.
— Nós, nosso grupo, nós somos estudantes da Faculdade Nacional de...
— Úrsula é o codinome de Helena Lysias, nascida em Juiz de Fora, Minas Gerais, em 5 de janeiro de 1950 — Antonio leu, dos papéis que tinha na mão —, prima do subversivo Bernardo Linhares, foragido desde 13 de dezembro de 1968. Gerson é paulista, nascido em 19 de abril de 1947, em Araçatuba, onde foi registrado com o nome de Mauro Luís Dolinski de Oliveira. Fichado como agitador. Veio para o Rio em janeiro de 1979. Hélio é carioca mesmo, e novo no grupo. Chama-se Aírton. O pai, Diomedes Valladares, foi dirigente no Sindicato dos Estivadores, preso em abril de 1964, depois preso novamente em agosto, e uma terceira vez em janeiro de 1965. Desde janeiro de 1969 está no Chile, conforme relatório de nossos funcionários na embaixada do Brasil em Santiago.
— Não é possível. Nós nunca...
— Respeite minha inteligência, moleque. Você sempre se achou melhor, porque ficava lendo livros e essa merda toda, mais essa porra

dessa faculdade de Direito e o caralho a quatro, enquanto eu era o burrão que só podia mesmo entrar para o exército. Pois quem está por cima agora, Neguinho?

— Antonio, eu não tenho nada a ver com...

— Antonio foi quem te salvou. Mas quem está falando com você é o capitão Molina. Você podia foder com a minha carreira, seu puto. Acabar com a minha reputação. Destruir tudo o que eu construí desde que saí daquela merda daquela casa de subúrbio que bastavam para você e o pai. Mas não vai me foder, Neguinho. Não vai, não.

— Antonio, tenho tantas dores, não consigo atinar o que está acontecendo, mas posso te garantir que eu nunca...

— Cala a boca. Quem fala sou eu.

Paulo ouve, sem ter certeza de estar entendendo, sem ter certeza de não estar alucinando. Não está, como se recordará anos e noites insones mais tarde.

— Você vai ser solto — Antonio lhe diz — depois que essas marcas desaparecerem do seu corpo. Você não vai ter chance de mostrar para ninguém o que aconteceu aqui. No Brasil não tem tortura, não há tortura no Brasil, entendeu? Você não esteve aqui. Não há nenhum registro. Nenhum documento. Esse corte comprido aí, perto do pescoço, vai virar apenas uma cicatriz. Será uma boa lembrança desses dias. Você vai ser solto — Antonio repetiu —, mas você, Neguinho, não existe mais. Paulo Roberto Antunes, irmão de Antonio Carlos Antunes, não existe mais. Sua certidão de nascimento, sua carteira de identidade, seu certificado de reservista, seus registros escolares de lá daquela merda daquela cidade do interior de onde você veio até essa merda dessa faculdade no Rio de Janeiro, tudo, todos os documentos de Paulo Roberto Antunes foram apagados. O babaca que vai ser solto não é meu irmão, nem tampouco filho do meu pai e da minha mãe. Você vai ser solto. Mas não aqui. Não no Rio. Você não pode ficar aqui. Não quero você aqui. Para cá você não volta mais. Se voltar, você fode com a minha carreira. Se voltar, você morre.

— Eu sou um estudante, Antonio, eu não tenho nada com a resistência à ditadura, não pertenço a nenhum grupo de...

— Cala a boca, Neguinho. Ouve.

Cada frase fazia menos sentido que a seguinte. Que intenção havia nelas? Quem achavam que ele era? Com quem o confundem? Um codinome? Dele? No refúgio dos sequestradores do embaixador alemão? Como? Se não era invenção de Antonio e dos interrogadores, por que agora seu irmão descreve como o deixarão em uma estrada de terra batida no Paraná, com algum dinheiro e documentos com seu codinome, a poucos quilômetros de uma cidade, onde deverá tomar um ônibus e cruzar a fronteira? Para onde? Por quê? O curso de Direito, os conhecidos, os colegas, o pai...

— O pai está cagando e andando para você, Neguinho. Aposto que você nem sabe para onde ele se mudou, nem mesmo em que bairro o pai está morando.

Constatou: não sabia que o pai se mudara. Para onde? Desde quando não o via?

— Sou estudante. Nunca...

— Cale a boca. Me ouça e pare com essas babaquices, Neguinho. Aliás, Nelson.

Antonio dissera Nelson? Antonio o chamara de Nelson? Por que Nelson? O que significava Nelson?

— Nelson, não. — Antonio volta a conferir entre as páginas datilografadas. — Que codinome mais falso você foi escolher, Neguinho. Francisco Nelson dos Santos. Isso lá é nome de alguém que pretende derrubar o governo? — Leu mais uma vez. — Francisco Nelson Gomes dos Santos.

Francisco. Nelson. Francisco Nelson. Francisco Nelson? Francisco, Nelson. Nelson. Francisco. Francisco. Nelson. Francisco... Francisco... Francisco!

Então Paulo entendeu a ligação entre as torturas que sofrera, as perguntas aparentemente sem sentido, as acusações de possíveis conexões com ativistas da luta armada. Francisco Nelson Gomes dos Santos. Chico Nelson. Chico. O amigo de Úrsula. Ou seria Helena, como afirmava Antonio? O amigo que, a pedido de Úrsula, ou Helena, ficara alguns dias hospedado em seu conjugado em Copacabana. O sujeito magro, moreno, de cabelos crespos encaracolados como ele, com quem trocara poucas frases e a quem não fizera perguntas, tal como a amiga comum pedira.

Tinha uma cópia da chave e só entrava no apartamento de dia, quando Paulo saía. Nunca estava à noite, quando voltava. O único sinal de sua presença eram guimbas de cigarro Continental sem filtro. Até quando não mais as encontrou. O Chico Nelson havia chegado e sumido sem aviso. Parecido com ele. Tinham o mesmo tipo. Agora entendia. Sim, agora entendia. Tudo. O que acontecera e suas consequências. Chico Nelson, Úrsula/Helena, Gerson/José Luís, Hélio/Aírton eram parte do grupo de apoio ligado, de alguma forma, ao sequestro do diplomata alemão. Guerrilheiros. Subversivos, como os militares gostavam de classificar. Fichados. Tal como ele passara a ser. Agora, também, era um subversivo. Também fichado. Também interrogado. Também marcado para morrer. Porém, salvo pelo irmão. Pelo irmão oficial do... Exército? Seria mesmo do Exército? Os interrogadores eram do Exército? Inclusive o médico? Da Aeronáutica? Dos Fuzileiros Navais?

— Você não tem dinheiro, conta bancária, mulher, filho, família, nada para deixar para trás — Antonio lhe diz, enumerando detalhe por detalhe o que Paulo deveria fazer desde a libertação perto da fronteira do Paraguai até os meandros para chegar ao Chile, sem em nenhum momento alterar o tom da voz, sem se perder em informações adicionais, como quem conhece todas as etapas do percurso, ignorando as tentativas de perguntas do irmão, tal como o chefe de repartição sonolenta de um ministério público descreveria ao funcionário recém-admitido as tarefas a cumprir.

— Quando chegar a Santiago você se vira com seus amigos comunistas que fugiram para o Chile e estão acobertados pelo governo de Salvador Allende. Vai dar aula, vai cantar nas esquinas, pede uma pensão de exilado, se vira, Neguinho. E foda-se.

Enfiou o capuz de novo na cabeça do irmão.

Paulo ouviu seus passos a sair da sala, abrir a porta, batê-la.

Seria a última vez que veria seu irmão, pensava.

Estava enganado.

MAIS UM DIA

Framingham — julho de 1991

"Mais um dia, mais trinta dólares", diz de si para si enquanto fecha a porta de tela, em seguida a de madeira e vidros bisotados da casa da comerciante americana a quem serve de babá e doméstica há quatro meses e meio, toda segunda, quarta e sexta. Leonardo arrumara o serviço antes mesmo de sua chegada. Os outros foram acontecendo. Sempre para quem, como mrs. Eunice Scholze, se mostrava disposto a fazer vista grossa e pagar menos pelo trabalho de uma imigrante sem documentos legais.

Sabia que seria assim. Não se importa. Quanto mais serviços conseguir, mais cedo termina de pagar a dívida contraída com Luís Claudio e Leonardo para a compra do passaporte argentino e da passagem. Depois começará a economizar. Não tem planos definidos para o dinheiro que poupará, mas vez por outra lhe passam pela cabeça algumas ideias. Comprar uma casa. Comprar um carro. Viajar. Ir à Europa. Ir ao Grand Canyon. Às cataratas do Niagara, a Nova York, ir a muitos lugares. Voltar a estudar. Fazer um curso universitário aqui nos Estados Unidos. Medicina. Ou Biologia. Poderia começar com Enfermagem. Estudaria à noite. Mas antes precisava aprimorar o inglês. Não tinha ideia de que falava tão mal e sabia tão pouco inglês até chegar aqui. Deduzia mais que entendia o que lhe diziam.

Às terças, faz faxina para a família de Natanael Luna, pastor evangélico salvadorenho a quem viu apenas um par de vezes, sempre fora de casa em missões na comunidade, acompanhado da mulher Yolanda e da filha adolescente Esperanza.

Toma um ônibus para a periferia de Framingham, depois caminha quinze minutos pela área degradada onde vivem o pastor e outros refugiados da guerra em seu país. Vai depois de terminar a limpeza do local onde mora em troca do pagamento do aluguel do quarto na casa estreita, de dois andares e cômodos exíguos onde se apertam nove membros de uma mesma ruidosa família hondurenha. Recebem visitas frequentes de parentes, jamais os mesmos, hóspedes temporários por alguns dias, sem bagagem, sumidos de uma noite para outra. Talvez nem sejam da mesma família. Talvez tenham entrado no país da mesma forma que ela. Ou com maior dificuldade ainda.

Os nove moradores permanentes raramente falam com ela. Estão sempre a discutir entre si. Baixam a voz quando se aproxima. Ela, tampouco, conversa com eles. Menos por desinteresse do que por cansaço. Chega quase sempre exausta. Tudo o que quer é tomar um banho e se deitar. Não tem fome à noite, nunca teve. Há um aparelho de televisão no quarto, antiquado, mas funcionando, que ela não liga. Acha as telenovelas hispânicas aborrecidas, espantosas as apresentadoras de noticiários sob pesadas maquiagens multicoloridas. Nos canais americanos todos falam rápido demais para que compreenda. Não há transmissões em português. Nas residências de brasileiros, assistem em aparelhos de VHS *made in Japan* a telejornais brasileiros, jogos de futebol de campeonatos de Minas Gerais, São Paulo e Rio de Janeiro, telenovelas e programas de auditório brasileiros com semanas de atraso, em videoteipes adquiridos de um fornecedor brasileiro em Newark.

("*Newark*" se pronuncia igual a New York, Luís Claudio lhe ensinou, mas não é o mesmo lugar, embora seja muito perto. Em Newark também vivem muitos brasileiros, ele lhe contou.)

Tem um telefone na cabeceira, com seu próprio número, outro luxo espantoso da vida nos Estados Unidos. As linhas telefônicas aqui são baratas, instaladas no máximo dois dias após a solicitação. É comum as pessoas terem diversos números dentro de uma mesma residência. Até em casa de gente de poucos recursos, como seus locatários. O dela foi presente de Luís Claudio. Mas não o utiliza. Não gosta de falar ao telefone. Nem com Luís Claudio. Não está acostumada. Nunca teve telefone em casa. Pouca gente no Brasil tem. São caros, comprados à prestação, pagos em carnês. Em São Paulo utilizava orelhões e sempre carregava fichas de telefone na mochila e na bolsa. Daqui telefonou para a mãe, ligando para uma vizinha da família do padrasto, uma única vez, pouco depois da chegada. Nenhuma das duas se sentiu à vontade. Ademais as tarifas internacionais são altíssimas.

Passou a escrever cartas, pouco mais que bilhetes, com resumos curtos sobre o tempo ("sempre frio e feio"), o trabalho ("muito fácil, os produtos de limpeza americanos são muito eficientes"), a saúde ("sem problemas, exceto por aquela sinusite que me ataca desde criança") e os shoppings centers ("aqui são fora da cidade e chamados de *malls*"). Não menciona, tal como jamais mencionou, Luís Carlos e os meandros atravessados para chegar aqui. A mãe também nunca perguntou. Recebia os poucos dólares que Leonardo a autorizava a enviar com uma frase curta ("sua encomenda chegou"), sempre a mesma, jamais acrescida de um agradecimento à filha. Assinava "com um abraço da sua mãe Kátia".

Um salão de cabeleireiro de duas irmãs mineiras, solteironas, é a primeira faxina da quinta-feira. Precisa acordar mais cedo, chegar duas horas antes da abertura e terminar a tempo de as freguesas entrarem. Por razão que não atinou nas primeiras vezes, o Andrade Sisters Beauty Salon lotava de senhoras de cabelos brancos logo nas primeiras horas das manhãs de quinta. Era a maneira que as argutas Vânia e Vanda Andrade encontraram de faturar alto no dia mais fraco da semana, oferecendo desconto para toda cliente acima de 50 anos.

Sai do Grey Charm Day para faxina em outra loja de brasileiros, de material de construção, a poucas quadras dali. Há indianos, paquistaneses, coreanos e a lavanderia de um vietnamita na área, mas a maioria dos negócios pertence a brasileiros. O dono da Garrett Hardware, onde é possível comprar de pregos e parafusos a janelas e tubulações hidráulicas, um paranaense, herdou o nome e a viúva do antigo proprietário. Mineira como as irmãs Andrade, a elas recorre toda semana para retocar as raízes brancas dos cabelos tingidos de negro e armados no mesmo estilo amplo dos anos 1970, quando conhecera em Belo Horizonte e se casara com o agrimensor americano Ernest "Ernie" Garrett Jones. A limpeza da Garrett Hardware se limita ao escritório e ao banheiro privativo de Ludovico Dias, patrão de Luís Carlos antes que Leonardo o incluísse em sua equipe de construção. É rápida, paga os mesmos 20 dólares do Andrade Sisters Beauty Salon, mas não envolve embaraço como a seguinte.

Nesses quase cinco meses aqui, indo ao apartamento em cima da Bronson Bakery toda semana, ainda não aprendeu como lidar com a rudeza da mulher muito branca e muito obesa para quem deve preparar o almoço (frango frito, batata frita, purê de batata) antes de limpar o banheiro, os dois quartos, a sala e a cozinha. No ônibus, a caminho, passa os vinte minutos do percurso imaginando como se comportar sem provocar a irritação, os gritos e palavrões ditos na voz aguda e em inglês acelerado e com o sotaque de Nova Jersey que ela ainda não sabe identificar. Talvez seja uma louca, ela conjetura em busca de explicação para o comportamento irascível da patroa. Talvez eu tenha vindo justo nos dias ruins. Talvez ela esteja com dores e extravase dessa forma. Talvez isso, talvez aquilo. Ou não sei o quê. Seja qual for a razão, acaba sempre se sentindo humilhada e com vontade de chorar. E não quer. Não pode. Se chorar, toda a proteção que ergue à sua volta, todas as horas do dia, pode desmoronar. O que seria dela sem o alheamento à própria dor?

A cada vez, como da primeira vez, tem a impressão de que o lugar não é limpo há meses e se admira como alguém pode viver em meio a tanto desmazelo. Queria não ter que ir ali toda semana. Gostaria de não ter que voltar àquele apartamento cheirando a azedo, gordura e mofo. Mas não pode. A limpeza semanal e o pagamento do aluguel, por dois anos, foi parte do acordo de Leonardo para que a desconhecida, desempregada, aliciada por um advogado acostumado a esse tipo de negociação, aceitasse os 6 mil dólares para se casar com ele. Daí conseguiu o *Green Card*. Daí resultou a vinda de Luís Claudio. Daí veio sua própria saída do Brasil.

Aos sábados trabalha como manicure e pedicure, das nove da manhã às seis da tarde, no salão das irmãs mineiras. Elas cobram doze dólares por cada serviço, lhe repassam cinco. As gorjetas são pequenas e raras.

A família hondurenha acorda cedo e mais ruidosa do que sempre aos domingos. Pais, filhos, noras e genros vão juntos para o culto em uma igreja batista, ex-católicos convertidos e gratos à congregação que os retirara da miséria em seu país e lhes conseguira visto, trabalho e vida nova.

Ela se levanta, toma banho, faz a cama e, agora que já não está tão frio, senta-se à janela sem vista, junto ao beco pontuado por latas de lixo, aguardando Luís Claudio, que a levará a um shopping center onde verão vitrines (sem comprar nada), assistirão a um filme (ela não tem coragem de dizer que se confunde cada vez mais com a língua inglesa) e comerão uma pizza (calabresa ele, margherita ela) antes de pegarem a caminhonete de volta (ele acaba de comprar uma, grande, de segunda-mão) e ser deixada em casa, onde se enfurna no quarto e volta a se sentar à janela, acima dos latões de lixo, com a mesma pergunta revolvendo na cabeça: e agora? E agora? E agora?

Hoje é segunda-feira, são seis da tarde. Ainda está claro.

Mrs. Eunice Scholze chegou há pouco de Boston. Encontrou o jantar pronto, as duas crianças de banho tomado, as roupas de cama e toalhas de banho lavadas, secas, dobradas e guardadas nos armários. Deixou uma lista de artigos de limpeza e alimentos para a patroa comprar. Não sabe cozinhar muita coisa, nem o faz muito bem. É suficiente para o paladar pouco exigente dos americanos. Na quarta-feira assará uma carne, cozinhará umas batatas. Na sexta ainda não sabe o que fará. Também na quarta lavará camisetas, cuecas, pijamas, camisas e blusas do mr. e da mrs. Scholze. As roupas mais delicadas serão lavadas à mão.

É a segunda semana de julho. O verão ainda não chegou. Está fresco, como foi por toda a primavera. Frio, para ela.

Fecha o casaco, ergue a gola, põe as mãos nos bolsos, caminha mais rápido para o ponto do ônibus. Uma van emparelha com ela. O motorista abaixa o vidro. É Leonardo.

— Entre — comanda o irmão de seu namorado.

— Por que... — Começa a perguntar tão logo se senta. Leonardo nunca viera pegá-la na saída do trabalho. Nem Luís Claudio jamais fizera isso. — Aconteceu alguma coisa com Luís...

— Preciso falar contigo — ele corta. — Longe do Luís Claudio. E não pode ser no lugar onde você mora.

Leonardo dirige devagar pelas ruas do bairro.

— Só te peço calma para ouvir e entender o que vou te contar. Não precisa ficar com medo. Está tudo resolvido.

— Tudo o quê? Medo de quê?

— Fique calma, Barbara. Fique calma.

— Aconteceu alguma coisa? O que aconteceu?

— Sem medo, eu já disse. Fique calma.

— Onde está o Luís Claudio?

— Mandei para um lugar onde a polícia não vai encontrar.

— Polícia? O que ele fez? O que aconteceu?

— Nada, não fez nada. Não aconteceu nada. Ainda.

— Então por que a polícia...

Em nenhum momento Leonardo se vira para ela. Nem altera o tom de voz.

— Amanhã, aqui em Framingham, vai ter uma blitz.

Barbara tenta não demonstrar sua inquietação crescente. Mantém-se quase imóvel.

— Blitz?

— Um promotor de Boston, um republicano que quer ser candidato a governador, fez uma denúncia.

— Mas o que o Luís Claudio...

— Denúncia de trabalho de imigrantes ilegais.

— Mas o que isso...

— Os policiais da Imigração baixam aqui amanhã.

— Amanhã?

Leonardo percorre ruas desconhecidas para ela. Uma rota diferente da feita pelo ônibus. Deve ser um bairro vizinho ao de mrs. Scholze. As casas são mais próximas umas das outras, menores os jardins na frente. Uma senhora negra cochila num pórtico, em uma cadeira de balanço. Há outras pessoas negras caminhando nas calçadas. Não se lembra de ter visto pessoas negras no bairro do casal Scholze.

— Cedo. *Full force*.

— A polícia virá... — Ela suspira, perdida. Não sabe o que significa, mas deduz o sentido de *full force*.

— Começam pelos locais onde moram os brasileiros.

— Como você sabe?

— Meu advogado é bem informado. Luís Claudio está a salvo. Agora temos que te tirar daqui.

— Me tirar?

— Isso.

— Me tirar daqui?

— Sim.

— Tirar como?

— Sair daqui.

— Sair?

— Você não pode ficar aqui.

— Não... Posso? — Ela tenta entender.

— Isso.

— Sair de onde estou morando? Ir para a casa de quem?

— Sair de Framingham.

As palavras se embaralham na cabeça de Barbara. Como durante os telenoticiários em que os locutores falam depressa demais.

— Sair de Framingham, Leonardo?

— Isso. Tem que ir embora de Framingham.

— Ir embora?

— Agora.

— Agora? Ir? Embora?

— Hoje.

— Hoje?

— Imediatamente.

— Ir? Embora? Embora, ir, como?

— Hoje. *Now*.

— Mas eu não tenho para onde ir, Leonardo. Minhas roupas, minhas coisas, meu passaporte, meu...

— Suas malas estão aí.

Estavam. As duas sobre o banco de trás.

— Abre o porta-luvas.

Ela abriu.

— Está vendo esse tíquete? É uma passagem de trem para Nova York.

A van entrou na autoestrada. Ela percebeu.

— Para onde você está me levando?

— Boston. O trem para Nova York sai daqui a uma hora e meia. Você vai embarcar nele.

— Mas, Leonardo... — Sua voz tremia. — Eu não conheço ninguém em Nova York. Eu não tenho dinheiro. Eu não tenho documentos.

— Tem o passaporte argentino. Está aí, junto com o tíquete do trem.

Barbara os vê, mas não os toca. Pegá-los significa concordar com os comandos de Leonardo.

— Não posso. Não posso ir, Leonardo, assim para um lugar que eu nem, que eu nunca... Eu nunca... Como é que eu vou... Viver em Nova York? O que eu...?

— Muita gente vive e trabalha nos Estados Unidos sem documentos. Nova York é uma cidade grande, você vai sumir no meio de tanta gente que tem lá. Você será apenas mais uma.

Leonardo continua dirigindo sem desviar os olhos da autoestrada. Como se estivesse sozinho na van.

— Mas eu devo dinheiro a você. Devo dinheiro ao Luís Claudio. Cadê ele? Ele sabe que você quer que eu vá para Nova York? Quando eu vou voltar? Como eu vou me sustentar? Como eu vou comer?

— Outra hora a gente combina como você me pagará. Isso a gente resolve depois — ele diz, em tom de discurso pronto e pensado. — Neste momento o importante é tirar você de Framingham. Botar você longe do Luís Claudio. Só quero que você suma daqui. Sim, o Luís Claudio sabe.

— Sabe?

— Você está empatando a vida dele. Se você for presa, vão descobrir que seu pai era um sequestrador, metido com traficantes de drogas.

— Meu pai não era sequestrador! — Barbara reage, intensa pela primeira vez. — Meu pai não era um bandido! Meu pai nunca tinha dinheiro, meu pai vivia num apartamento sem nada, meu pai não tinha nada, meu pai...

— Se te pegam, meu irmão acaba preso e deportado. Não vou permitir isso. Meu irmão não pode se afundar por sua causa.

— Não é minha culpa se pegaram meu pai para bode-expiatório! Eu saí do Brasil por causa disso! Não tinha ninguém para defender ele, nem a mim, ninguém! Em Nova York eu não...

Leonardo tirou um bolo de notas do bolso, estendeu para ela.

— Tem 665 dólares aqui. Foi o que eu pude tirar do banco. Leve.

Havia um pedaço de papel com um número de telefone anotado.

— Quando chegar a Nova York, ligue para esse número. É uma amiga minha, da minha cidade. Ganha a vida fazendo faxina. Ela vai te arrumar um lugar para dormir.

UMA ÁRVORE NA ESPANHA

Härnösand — dezembro de 1973

Branco.
 Branco.
 Branco.
 Tudo branco.
 Tudo branco quando abre os olhos.
 Cegueira branca.
 A cortina da janela em frente, branca.
 Branco além da cortina.
 Lá fora. Branco.
 Branco nas baças imagens com formato de árvores, na elevação adiante delas, branco nos rasgos acima delas.
 Nesgas brancas de céu.
 Junto dele, lençol branco.
 Edredom branco.
 Mão escura sobre edredom branco.
 Tubo transparente preso à mão escura por retângulo de esparadrapo branco.
 Dedos escuros.
 Sua mão.
 Seus dedos.
 Tubo transparente subindo até bolsa de plástico transparente, gotejante — soro? Anestesia? Sonífero? —, presa por gancho em haste de metal branco.
 Branco acima.
 Teto branco.

Lustre branco. Aceso.

Mas é dia. Está branco lá fora.

Parede branca em volta.

Cama branca, de tubos de metal, a seu lado.

Outra cama de tubos de metal branco ao lado desta.

E mais outra cama branca de tubos de metal ao lado da outra cama de tubos de metal branco.

E outra, e outra, e outra, e outra.

Todas brancas.

Cobertas com edredons brancos, lençóis brancos, travesseiros brancos e homens brancos, de cabelos brancos e mãos brancas sobre os edredons.

Alguns tinham barba branca.

Não havia ninguém moreno por perto.

Não havia nenhum rosto conhecido.

Que lugar era aquele? Como foi parar ali? Onde estava? Desde quando?

Não era um dos dormitórios de Alvesta.

Não era um dos dormitórios do campo de refugiados para onde o tinham levado após chegar a Estocolmo.

Não era um dos dormitórios do campo de refugiados a trezentos quilômetros da capital sueca para onde o tinham levado na tarde de... Na tarde de... De algum tempo atrás. Pouco tempo atrás. Quanto tempo? Dias? Semanas? Meses?

Ninguém ali era do grupo de brasileiros caçados pelos militares chilenos depois do golpe e da morte de Salvador Allende em... Morte de Salvador Allende, no Palácio de La Moneda em... Em setembro, em 11 de setembro. Ninguém ali era dos que encontraram abrigo na embaixada da Argentina em Santiago. Em 11 de setembro e nos dias subsequentes. Ninguém ali. Nenhum moreno. Nenhum negro. Nenhum jovem.

Não estava mais no Chile. Tinha saído do Chile. Por mais confuso que se sentisse, tinha certeza de ter escapado de lá. O embaixador argentino os tinha escoltado, a ele e os outros brasileiros, até o avião. E embarcado junto.

"Como se chamava o embaixador argentino? Por que não me lembro? Por que tudo está branco?"

O peito doía. Podia ouvir a própria respiração. Por que seu peito doía? Fora torturado outra vez?

Não. Não.

Não?

Não. Não em Alvesta.

Por que não está em Alvesta?

O que aconteceu em Alvesta?

Entre os velhos homens brancos, em camas brancas ou perambulando entre as camas brancas, não via nenhum dos brasileiros de Alvesta, adultos e crianças, um recém-nascido, jornalistas e operários, estudantes e professores, economistas, geólogos, cujos rostos e vozes se tornaram familiares quando, depois de escapar do Chile, ficaram retidos por dez dias num hotel do aeroporto de Buenos Aires. Os dezoito não tinham para onde ir. Não havia lugar para eles na França, nem na Itália, nem no México, onde outros perseguidos haviam sido acolhidos e os dezoito, acreditavam, também obteriam asilo. Inutilmente. O presidente argentino Juan Perón tampouco os aceitava. Queria mesmo devolver alguns deles ao Brasil, agradar o general Garrastazu Médici e os militares no poder. Não havia leite para o bebê. O pai recorria a uma máquina de cappuccino, ele se lembra. A criança teve uma infecção. Nenhum médico veio atendê-la. A criança chorava. Chorava continuamente. O impasse só terminou quando um diplomata sueco conseguiu embarcá-los para Estocolmo, sem visto, sem documentos, exceto um papel no qual cada um tinha escrito uma declaração, iniciada com a frase "O abaixo assinado diz chamar-se...".

Que nome dissera ser o seu? Que nome usou? Qual deles? Nelson, Francisco, Alberto, Raul, Vítor, Carlos, Augusto, qual deles?

Errante. Novamente em fuga. Errantes. Ele e os outros brasileiros exilados no Chile desde o golpe militar que derrubara João Goulart em abril de 1964. De novo em vidas provisórias.

"Estou confuso", ele pensa. "O tubo enfiado em minha mão: talvez estejam me drogando. Gota a gota. Por que me drogam? Quem mandou me drogar? Ordens do capitão Molina? Ele me encontrou aqui? Ele tem poder aqui?"

"Não resista", a voz retorna. "Será pior."

Contraiu-se sob uma sensação súbita de enjoo e cólica.

"Meu nome é doutor Sérgio, não resista, não resista, é necessário colocar o fio dentro da uretra do senhor."

Achou que seus intestinos iam explodir. Mas nada aconteceu.

"Quem são estes velhos?", perguntou-se mais uma vez. O que era aquele lugar? Para onde o tinham levado? Por que o tinham levado? Por ordem de quem? Por que não se lembra de onde está? Não estava a salvo na Suécia?

Fechou os olhos.

Uma voz, cálida, pausada, tranquilizadora, lhe disse ao ouvido: "Isto vai doer um pouco. É um fio que está sendo enfiado na sua uretra".

Abriu os olhos.

Não havia ninguém junto dele.

Um velho chegou mais próximo de sua cama, sorriu, se afastou.

A cólica veio outra vez. Gotas de suor frio escorriam de sua nuca, desciam pelas costas.

Correu os olhos em volta.

Não havia guardas à vista.

Não havia grades nas janelas.

Ele não estava algemado.

Ninguém estava algemado.

Por que sentia medo? De que sentia medo? De quem?

"Não se mova", sussurra novamente a voz sem corpo, em calmo e claro português. "O que o senhor está sentindo em sua língua e amarrado em torno de suas orelhas, os dedos de seus pés e de suas mãos são fios elétricos."

Não havia ninguém ali, mas havia alguém ali. Não conseguia respirar. Fazia um grande esforço. Arfava. "É um delírio", raciocina. "Estou tendo um delírio. Tem que ser um delírio. A voz, o lugar branco, as camas brancas, os velhos, tudo tem de ser um delírio."

— Estou com febre, estou com frio — diz, em voz alta, precisando se ouvir para que o som da própria voz traga alguma consistência ao que o rodeia. — Isto é um delírio. Tenho febre. Febres provocam delírios. Ninguém está falando comigo. Eu é que estou falando comigo. Eu estou delirando.

Os velhos se viraram para ouvi-lo.

— Estou falando português. Eu preciso falar português. Ouvir minha voz. Não a voz dele. Não a voz do doutor Sérgio. Não. Não. Não, não, não, não, não, não, não...

Então se dá conta: ontem, ou talvez anteontem, ou algumas noites atrás, de madrugada, quando todos dormiam, levantou-se, descalço, despiu-se e, nu, saiu do dormitório em Alvesta para o amplo terreno em volta. Caminhou, com a neve pelos joelhos, cada vez para mais longe do alojamento, até as luzes ficarem muito pequenas e sumirem. Não sentia frio. Obedecia à voz sem corpo. Quando ela ordenou que parasse, ele parou. "Você está muito cansado", a voz lhe disse. "Sim, estou", ele respondeu. "Você está fugindo há muito tempo", a voz acrescentou. "Sim, estou fugindo há muito tempo." "Não precisa mais fugir", a voz lhe assegurou. "Você chegou ao seu destino. Chegou o momento de descansar. Deite-se. A neve está macia. É um leito acolhedor. Vê como ela se derrete à sua volta e se molda ao seu corpo. Apoie a cabeça em seu braço. Feche os olhos."

Abriu os olhos, novamente com falta de ar, novamente os pulmões ardendo. Sufocou.

— Estou delirando. Estou delirando. Estou delirando.

Um homem jovem, de pele morena e cabelos pretos, surgiu à porta. Vestia um uniforme branco, como um médico. Estava acompanhado de uma mulher madura, pálida, igualmente vestida de branco. Como uma enfermeira.

Caminhavam até ele.

Tremeu. Sentiu medo.

— *No tenga miedo* — o jovem de branco lhe disse, percebendo que tremia.

— Não estou com medo — mentiu em português. — Não tenho razão para ter medo. Estou na Suécia. Não estou mais no Brasil.

Entretanto, continuava tremendo.

— Tenho febre.

A enfermeira entregou um termômetro ao jovem moreno, vestido como um médico.

— Si, lo sé — disse o rapaz com roupa de médico, num sotaque que Paulo não identifica, colocando o instrumento na boca do homem emaciado sobre o leito número 11.

Os lençóis alvos e a camisola branca faziam o paciente parecer ainda mais escuro. Uma longa cicatriz, larga como se a pele tivesse sido esgarçada, ia de sua nuca até alguma parte oculta pela roupa.

— ¿Usted és chileno?

Ele sacodiu a cabeça

— ¿No?

Sacodiu outra vez a cabeça. Queria revelar o mínimo possível ao rapaz vestido como médico, ao lado da mulher vestida como enfermeira.

"Mas estou na Suécia", raciocina em seguida, tentando se acalmar. "Antonio não tem poder aqui. Doutor Sérgio não tem poder aqui. Não tem? Tem?"

— Então me desculpe por lhe falar em espanhol — disse o rapaz vestido como médico. — Não falo sua língua. Posso lhe falar em inglês se preferir.

Novo aceno negativo.

— Em espanhol, então. Para mim também é mais fácil. Meu nome é Miguel Echemendia. Pensei que o senhor fosse chileno. Assim consta em sua ficha. Seu nome não é Nelson Castro Reyes?

— Sim — mentiu outra vez, retirando o termômetro. — Nelson de Castro Reis. Mas não sou chileno. Sou brasileiro. Vivi no Chile desde 1971.

— O senhor é pedagogo?

— Estudante de Pedagogia — respondeu, evitando mastigar o termômetro. — Por que me pergunta? Por que quer saber? Quem é o senhor?

— Sou médico — o rapaz vestido de médico lhe disse, retirando o termômetro.

— Não é sueco.

O rapaz vestido de médico sorriu. Colocou a mão de pele morena junto da sua.

— Com esta cor? Seguramente que não.

— Por que está aqui? Por que me atende?

— Compreendo sua desconfiança. Posso imaginar o que o senhor passou. O senhor falou muito durante seus delírios de febre alta.

— O que eu disse? O que eu dizia?

— Nomes. Frases soltas.

— Que nomes? Que nomes?

— Muitos.

— Quais nomes?

— Muitos. Mas, repetidamente, Antonio. E doutor Sérgio.

— Disse quem eram?

— Não. Mas eu deduzi. O senhor repetiu, muitas vezes: "Está doendo muito, Antonio". E gemia. Muitas vezes.

O homem no leito 11 fechou os olhos e abaixou a cabeça, envergonhado como um menino pego mentindo.

— Não se preocupe. Ninguém nesta enfermaria entendeu o que o senhor disse. São todos suecos. De uma geração que não fala outras línguas. Exceto, alguns, um pouco de alemão.

— Quem é você?

— Sou médico voluntário. Também sou refugiado.

— De onde?

— Cuba.

— De que lado o senhor estava?

— Isso faz diferença?

Não soube responder.

O homem de branco checou o termômetro.

— Sua temperatura ainda está alta. Menor do que nesses dois dias, porém ainda alta.

— Estou aqui há dois dias?

— Cinco. Desde que o trouxeram de Alvesta.

— Por que me trouxeram para cá? Que lugar é este? Que dia é hoje?

— Hoje é 13 de dezembro. Este é um asilo de velhos, um lugar onde se trata quem tem pneumonia grave.

— Eu tive pneumonia?

— Sim. Que altura o senhor tem? Quanto o senhor pesa?

— Uns setenta quilos. Um pouco menos, um pouco mais. Tenho um metro e oitenta. Por que pergunta? Que diferença faz? Quem é você, realmente?

— O senhor está pesando 61 quilos. Está subnutrido. O senhor foi encontrado desacordado, sem roupa, deitado na neve. Podia ter morrido de hipotermia. É uma morte sem dor. A pessoa adormece primeiro. Quando o coração para, ela já não sente mais. Era isso que o senhor queria? Se matar? Sem dor?

Percebeu que não sabia responder. Ou que sabia, mas não podia admitir.

A enfermeira permanecia de pé, ao lado do rapaz de branco. Carregava uma pequena bandeja de metal. Dentro, havia uma seringa e duas ampolas de vidro.

— São vitaminas — o rapaz de branco esclareceu, percebendo seu olhar. — O senhor pode tomar ou não tomar, a escolha é sua. Posso lhe dar pílulas, mas injeções são mais eficientes.

— Não queria me matar.

O rapaz de branco permaneceu em silêncio.

— Foi uma ordem.

O rapaz de branco colocou a mão morena sobre sua mão negra.

— A enfermeira é sueca, não entende o que o senhor e eu estamos a conversar. Temos total privacidade. Não precisa me contar o que não quer. Lido com exilados e vítimas de tortura há muito tempo. Tentativas de suicídio não são desconhecidas para mim.

— Ora! — Irritou-se, retirando a mão. — O que um médico fugido de Cuba pode saber de tentativas de suicídio?

— Quem fugiu foi minha mãe. Eu ainda era um menino em 1958. Ela vendeu tudo o que tinha, subornou quem pôde, conseguiu tirar meu pai da prisão, fomos para a Espanha. Meu pai tinha sido barbaramente torturado. Um dia sumiu. Foi encontrado pendurado pelo pescoço em uma árvore.

Novamente não sabia o que responder.

— Há aqueles que não suportam as sessões de tortura e se matam na prisão. E há aqueles a quem a memória da dor continua atormentando e esmagando por dias, semanas, meses, anos depois. Uns se enforcam, uns se deixam cair de janelas, alguns pulam nos trilhos do metrô. Há muitas formas.

— Lamento por seu pai.

— Eu também. Eu o conheci tão pouco. Mas compreendo sua dor. A dor incessante em sua memória. Esse é o grande poder dos torturadores. A dor não passa. O domínio deles continua.

— Sim — ele, finalmente admitiu, dois anos e cinco meses após ser liberado, já sem marcas dos choques e espancamentos, exceto aquela longa cicatriz da nuca ao peito.

— Eu sei — concluiu o médico Miguel Echemendia, nascido em Cuba, filho de Raquel e Joaquin Echemendia, ambos falecidos na Espanha. — O que mais lamento é que o suicídio é a vitória final dos torturadores.

MERRY CHRISTMAS, BITCH

Nova York — dezembro de 1991

Daqui a pouco é Natal.
À medida que a data se aproxima, mais atarantada Barbara fica.

Quanto mais numerosas e brilhantes se tornam as luzes a piscar nas árvores das ruas e dos lobbies das portarias dos arranha-céus de Manhattan, onde trabalha, assim como as das fachadas das casas e jardins dos cinco bairros que compõem Nova York, esparramadas por gramados, emoldurando janelas e portas, enroscadas em torno de cercas, varandas, telhados, chaminés e edifícios mistos de comércio e residência, como pelo bairro do Queens, onde mora, quanto mais as xaroposas canções natalinas incessantemente engolem os salões das lojas de departamentos atulhadas de compradores, e hordas de Papais Noel ocupam esquinas a badalar seus sinos diante de panelões aguardando donativos, quanto mais coruscantes se tornam as vitrines, menos Barbara sabe como atravessar seu primeiro Natal fora do Brasil.

Esquecera que a data existia, que se repete todos os anos, e agora se vê diante de uma situação (mais uma) jamais cogitada: é Natal. Será Natal daqui a duas semanas (dentro de onze dias exatamente, uma terça-feira).

Não quer admitir para si mesma, nem que ninguém saiba: não tem para onde ir à noite de 24 de dezembro, nem no dia seguinte. Sente medo por antecipação. Será um dia de silêncio e isolamento, como tantos têm sido. Mas este a intimida. Mais que os outros.

Para a maioria de seus clientes esta é a época de novo endividamento com prestações de passagens aéreas para reencontrar parentes em Varginha, Valença, Paracuru, Indaiatuba, Tubarão, Maringá, Santa Rita de Sapucaí, Anitápolis, Belo Horizonte, Fortaleza, Campo Grande, Porto Alegre, capitais e um monte de cidades cujos nomes nunca ouvira antes.

Chegarão sobraçando roupas e calçados para os pais, madrinhas, avós, afilhados e irmãos, brinquedos eletrônicos para os sobrinhos, vitaminas e suplementos encomendados pelos amigos, jogos de cama e mesa que não amassam nem requerem passar, batons e esmaltes de cores e marcas impossíveis de serem encontradas no Brasil, toalhas e guardanapos com imagens de renas, trenós, sinos, flocos de neve.

Lenira, Susana, Gloria e Wanda fazem as compras de Natal na Rua 14, onde os preços são mais em conta e os vendedores de origem hispânica entendem o inglês arrevesado falado por quem raramente se relaciona fora da própria comunidade. Não vão à Rua 46, cheia de lojas e compradores brasileiros, por receio de encontrarem os vizinhos, serem reconhecidas por algum frequentador do apartamento ou mesmo darem de cara com o marido.

— Somos putas — Wanda deixara claro logo no primeiro dia de faxina.

— Garotas de programa — corrigira Susana.

— Mas nossos maridos não sabem — acrescentara Lenira.

— A gente diz que vem aqui para Manhattan fazer o que você faz — explicara Glória. — Faxina, manicure, babá...

— Ela já entendeu — Susana constatara, diante do olhar admirado de Barbara.

— Não precisa ter medo, somos limpinhas, não transmitimos doenças — rira-se Wanda.

— Que idade você tem? — Susana quisera saber.

— Vinte e um — Barbara inventara, de supetão.

— Parece menos — desconfiara Susana.

— Fiz 21 mês passado — Barbara mentira de novo.

— Pelo sotaque, é paulista — percebeu Lenira.

— É casada? Tem marido, namorado, amante? — indagara Susana. — Ou você gosta de meninas?

Barbara enrubescera.

— Isso não é da nossa conta. Se a Nadja mandou ela vir fazer a faxina é porque ela é de confiança — encerrara Wanda.

As quatro mulheres moram fora de Manhattan, em Newark, perto umas das outras, em um bairro com muitos brasileiros, mas evitam conviver entre si. Quanto menos contato tiverem, menos suspeitas despertarão. Evitam, igualmente, todos os sinais de sua atividade. Perucas vistosas, vestidos colantes, decotes agudos, maquiagem colorida, sapatos de saltos muito altos e finos ("*Fuck me shoes*", ensinara Wanda) são usados apenas ali e nas proximidades do apartamento. A proprietária é uma ex-atriz brasileira, amiga de Silvio, por intermédio de quem Barbara conseguiu mais esse serviço.

Foram as primeiras prostitutas que Barbara conheceu. Nos anos seguintes conhecera outras, brasileiras, hispânicas, russas, ucranianas, americanas, e passara a identificar as garotas de programa que regularmente chegam do Brasil, hospedam-se em vagas e pequenos apartamentos no Queens, faturam durante algum tempo atendendo homens em hotéis ou dançando em clubes de *striptease* e voltam para suas cidades de origem, onde completam cursos universitários, casam-se, têm filhos.

No trabalho em Manhattan, Wanda, Susana, Gloria e Lenira usam nomes diversos, inspirados em cantoras, modelos e atrizes. Por vezes os trocam, ainda que prefiram serem chamadas de Andressa, Charlene, Cindy, Naomi, Veruska, Vanessa, Sharon, Natasha, Melissa, Glenda.

— São nomes que combinam mais com putaria — Wanda conta a Barbara.

— Não gosto quando falas palavrão — reclama Lenira.

— Não tenho vergonha de ser puta, como você e a Susana.

— Não sou puta — protesta Susana.

— Chupar pau, abrir as pernas, dar a boceta, dar o cu por dinheiro é o quê? Santidade?

— Que horror, Wanda. Já disse que não sou prostituta — irrita-se Susana. — Faço programa, só isso.

— Putaria é putaria. Não tem outro nome. Você é puta envergonhada. Eu, não.

— Não tenho vergonha. Não roubo, não faço mal a ninguém. Não tenho por que ter vergonha.

— Se não tem vergonha de ser puta, por que esconde do seu marido?

— Sou puta. Não sou burra.

— Viu? Admite que é puta.

— Não sou puta!

— E quem disse que seu marido não sabe?

— Seu marido sabe? — Espanta-se Barbara, que em geral não interfere nas discussões do quarteto.

— Os maridos não sabem porque não querem saber — Wanda afirma.

— O meu não tem como saber — corta Susana. — Não tenho cartão de crédito, não compro nada para mim. A maior parte do dinheiro que eu ganho aqui vai direto para minha família no Brasil. Já comprei casa para minha mãe e estou pagando a faculdade da minha irmã.

— Chupando muito pau e dando muito essa xoxota — diz Wanda, rindo. — Uma santa puta. Uma puta santa.

— Pare, Wanda, você está encabulando a Barbara — intervém Gloria. — Ela está roxa de tão vermelha. Não fique assim, não, menina. A gente está de brincadeira.

A reunião do quarteto é rara. Em geral trabalham em duplas, em dias alternados, cada uma em um dos quartos do apartamento. Elas mesmas se encarregam da limpeza básica do lugar ao fim do expediente. A faxina mais pesada e a lavagem das roupas de cama e banho são tarefa de Barbara nas tardes de terças e sábados. Estão juntas hoje porque se cotizaram para pagar a van que as levará até Newark com suas dezenas de sacolas de compras de Natal. Voltarão a seus lares com o mesmo senso de dever cumprido de qualquer outra esposa e dona de casa dedicada. Que realmente são.

— *Merry Christmas, bitch*! — Brinda Wanda, levantando a taça com refrigerante (são proibidas de tomar bebida alcoólica no trabalho) e saudando a todas, indistintamente.

— *Merry Christmas, bitch*! — Elas retribuem, erguendo as delas.

— Não vai abrir seus presentes? — Wanda pergunta a Barbara, indicando as duas caixas embrulhadas em papel metalizado, um de listas vermelhas e verdes, outro vermelho, prata e azul, ambas fechadas com larga fita dourada e amplo laço no topo.

Barbara continua com a taça na mão, sem beber, ainda surpresa pelo mimo inesperado, embaraçada por não ter como retribuir. As caixas estão em seu colo.

— Gostou da embalagem? Eu que fiz — Wanda acrescenta, orgulhosa. — Como nos meus tempos de balconista em Belo Horizonte.

— Nós escolhemos juntas, viu, Barbara? — lembra Susana.

— Pensando no seu futuro — diz Gloria.

— Foi mesmo — Lenira confirma. — Abra.

Ela desfaz o laço e, com a ponta da unha cortada curta, delicadamente, vai levantando a fita adesiva do embrulho menor, sem rasgar o papel. Desdobra-o.

Encontra um estojo de plástico preto brilhante, com a marca gravada em dourado sobre a tampa. Levanta-a. Na parte superior há um espelho. Na de baixo, um pincel de cabo curto está preso a uma reentrância, ao lado de vários retângulos com pós de cores e tons do vermelho mais intenso até um rosa pálido.

— Maquiagem pra você ficar mais feminina. — Lenira se adianta, ao perceber a maneira desajeitada como segura o objeto. — Mais atraente.

— Mais sedutora — completa Wanda.

— Eu nunca tive uma caixa assim. Eu não sei como usar. Nunca aprendi a me pintar.

— Maquiar — corrige Lenira.

— Nós ensinaremos — oferece Susana.

— Eu não gosto de...

— Você tem que se maquiar, menina — interfere Wanda. — Do jeito que está, parece uma fanchona triste.

Barbara nunca ouviu a palavra "fanchona", não sabe o que significa e sua expressão traduz isso.

— Fanchona, lésbica, sapatão, paraíba, mulher-macho — desfia Wanda.

— A gente sabe que tu não és fanchona — contemporiza Lenira.

— Mas, se for, também não tem problema — Susana se apressa a esclarecer. — Nós não ligamos. Só queremos que você fique mais bonitinha.

— Mais atraente — sugere Susana.

— Agora abre o outro presente.

O estojo de maquiagem é colocado ao lado. Com a mesma vagareza delicada com que desembrulhara a primeira caixa, abre o papel que envolve o segundo presente. Ao levantar a tampa da caixa de papelão cinza, encontra outro papel. Desdobra-o. Vê uma peça de roupa de tecido transparente azul claro, ornado com rendas da mesma cor. Pega-a pela alça estreita, ergue-a diante de si. É uma camisola.

Lenira não consegue evitar o riso diante da visão admirada de Barbara.

— É para usares naquelas noites especiais com o teu namorado! — comenta.

— Ah... Eu não...

— Não vai me dizer que você é virgem?
— Não, Wanda, não sou. Claro que não sou. Mas eu não tenho nenhum...
— Gostou? — Susana quer saber.
— É... — Gagueja Barbara, sinceramente encantada. — É linda.
— E você vai ficar linda nela.
— Conhece a música da camisola? — Wanda pergunta.
— Acho que não.
— Tocava nos bailes da minha cidade. Era para dançar agarradinho. — Wanda cantarola, imitando voz masculina. — "A camisola do dia, tão transparente e macia, que dei de presente a ti..."

Lenira se recorda da canção que o pai ouvia e junta sua voz à de Wanda.
— "Tinha rendas de Sevilha, a pequena maravilha que o teu corpinho ocultava..."

Todas riem. Barbara, ainda com a camisola nas mãos, pela primeira vez desde que as conheceu se atreve a perguntar.
— O que vocês faziam antes... Antes de vir para os Estados Unidos?
— Você quer saber se a gente já era puta no Brasil? — provoca Wanda.
— Não, não — Barbara recua, temendo ofender.
— Quem é puta já nasce puta.

Lenira finge irritação:
— Que é isso, Wanda? De jeito nenhum. Só se for o teu caso.
— Ah, é? E você fazia o que em Goiânia?
— Não sou de Goiânia, eu sou de Campo Grande.
— Aposto que você fez muito programa com aqueles fazendeiros de Campo Grande.
— Eu casei virgem, tá?
— Virgem? Duvido.
— Só tinha transado com meu marido. Com meu noivo.
— Jura?
— Juro.
— Não acredito.
— Nem sacanagem eu fazia.
— Nada? — Foi a vez de Gloria duvidar.
— Nada.

— Nadinha de nada? Nem um boquetezinho? Nem a mãozinha no peito, nem um dedinho lá dentro? — insiste Wanda.

— Nada.

— Pois eu dei muito em Divinópolis — Wanda conta. — Saí de lá falada. Em Belo Horizonte também conheci muito homem. Por essas e outras é que não faço a menor questão que meu marido aprenda a falar português.

Outra informação nova para Barbara.

— Pensei que todas vocês fossem casadas com brasileiros.

— É libanês. Conheci em uma excursão a Foz do Iguaçu. Você já foi a Foz do Iguaçu?

— Eu era comerciária em Ribeirão Preto — recordou Lenira. — Meu marido é de lá também. A gente se casou antes de vir para cá.

— Eu fui bancária, trabalhei no comércio, vendi cosméticos de porta em porta lá em Minas, mas só virei puta aqui.

— Antes você nunca... — Barbara não sabia como fechar a pergunta.

— Dei por dinheiro? Nunca — Wanda confirmou. — Nunca. Nem nunca imaginei que viraria puta um dia.

— Mas você acabou de dizer que quem é puta já nasce puta — lembrou Lenira.

— E nasce mesmo. Às vezes demora a descobrir que é puta. Eu demorei. Só depois que conheci a Nadja é que eu descobri que podia ganhar dinheiro fazendo isso. Não me importo de pagar metade a ela.

Barbara sabia que a ex-atriz funcionava como agenciadora, Silvio lhe avisara antes de apresentá-las. Mas desconhecia os detalhes que Susana agora apresentava.

— Quem arruma clientes para nós é a Nadja. É ela que vai às festas no consulado, que frequenta os políticos em visita a Nova York, que conhece os representantes das agências de turismo e seleciona para nós com cuidado. Ela comprou este apartamento, ela comprou os móveis, as roupas de cama, os telefones, os sabonetes, ela paga tudo. É a Nadja quem dá gorjetas para os porteiros e zeladores, foi ela que comprou esses quadros, o aparelho de som, os tapetes, as cortinas, quem organiza nossa agenda é ela.

— Sem falar que a Nadja também paga nossas consultas com o médico — acrescentou Lenira.

— E pagou o silicone dos meus peitos — lembrou Gloria.

— Dos meus também — disse Wanda.

Susana segura os dela, cobertos por um casaco de lã *pied-de-poule*, parte do conjunto que compõe seu figurino de esposa bem-comportada de Newark.

— Eu nunca precisei.

— Vocês, nordestinas, são muito peitudas — observou a mineira Wanda.

— Não sou peituda. Sou normal. Vocês é que não tinham nada, só bundão.

— Os homens americanos gostam de peitos grandes. Só por isso é que coloquei silicone — justificou Gloria.

— Conselho da Nadja — afirmou Susana, sem ser contestada.

Os seios aumentados, as roupas sensuais, as lingeries lascivas, as perucas volumosas, a atitude agressiva, meiga ou despudorada adequada a cada tipo de cliente, até mesmo os nomes de guerra tinham o dedo, quando não a intervenção aberta, da ex-atriz que as reunira, uma a uma.

— Conheci a Nadja em uma festa — rememora Susana. — Pouco depois que cheguei aqui. Em 1987. Eu tinha vinte anos. Nem sei como surgiu o assunto de faturar fazendo programa com homens. Acho que eu estava meio altinha. Ou não estava, não sei mesmo, não me lembro. Só me lembro, só sei que, quando vi, ela tinha me convidado e eu resolvi experimentar. A Wanda e a Lenira já recebiam clientes e me orientaram. Ainda era no outro apartamento, na Rua 87. Era um apartamento alugado.

— E você gostou! — Riu Wanda.

— Para ser sincera, eu nem gosto de... disso.

— Não gosta de piroca? Que mentira.

— Deixe de ser grossa, Wanda. Não gosto. Nunca gostei. Pau é uma coisa feia. E aquelas bolas penduradas, balançando...

— Mas é tão fácil, né?

— Não. Não é fácil. Não acho fácil. Não gosto.

— Não gosta de piroca?

— Pare de falar assim, Wanda! Deixe de ser grossa! Que linguagem horrível.

— Sou realista, meu bem. Se você não gosta de piroca, por que trabalha aqui com a gente?

— Não gosto de ficarem enfiando... aquilo... em mim. E me lambendo. Não gosto. Detesto. E detesto mais ainda ter de chupar. Odeio.

— Ah, pelo amor de Deus, Susana! Faz programa e diz que faz contra a vontade?

— Não disse que faço contra a vontade. Eu disse que não gosto de ficarem enfiando dentro de mim. Em lugar nenhum.

Barbara mantinha-se calada. Não sabia o que dizer nem se deveria dizer alguma coisa. As quatro mulheres eram mais velhas e mais experientes que ela. Nunca testemunhara uma conversa naquele tom. Nunca partilhara uma conversa íntima com moças de sua idade. Sempre tivera uma relação formal com a mãe, nunca se permitira confidências nem com ela, nem com as poucas colegas de colégio ou do bairro.

— Se tem tanto asco, então por que faz programa? — Irritou-se Gloria.

— Porque, senão, iria terminar que nem essa aí — respondeu apontando Barbara. — Fazendo faxina em apartamento de putas brasileiras.

OS DONOS DO MUNDO

Estocolmo — abril de 1974

O BRASIL TEM DONO, ele se dá conta.

Donos.

O Brasil tem proprietários.

Já é primavera no calendário, mas Paulo sente frio no trem de volta ao apartamento nos arredores de Estocolmo, onde mora desde março. Desligaram ou diminuíram o aquecimento nos vagões. Pois que é primavera, informa o calendário, é primavera, decidem os suecos ao cortar a calefação. A temperatura no carro, baixa demais para ele, um homem dos trópicos exilado num país onde o inverno se estende por mais da metade do ano, afasta o cansaço da noite insone como vigia do Hotel Grunert e aguça seus pensamentos.

Mantém-se atento. Sequer se permite dormitar ali ou em qualquer lugar público. Prefere cochilar a dormir. No sono mais profundo é frequentemente assaltado por terrores sem rosto. Nem sempre. Menos que antes. Mas ainda. Ainda.

Acompanha com o olhar cada passageiro que entra ou sai. Nunca se senta ao lado de ninguém. Levanta-se, se o fazem no lugar vago a seu lado.

Esta madrugada, rabiscando distraído figuras aleatórias nos cadernos de exercício de língua sueca nas horas mais quietas do trabalho, quando todos os hóspedes estão, ou parecem estar, a dormir, viu a frase, escrita por ele mesmo, naquela noite mesmo, sem o perceber: o Brasil tem dono.

Os donos do Brasil, pensa, cá no trem para Fisksätra. Os donos, repete para si mesmo. Aqueles que decidem o que somos e seremos, qual nossa utilidade, onde e de que forma iremos servi-los, se viveremos ou nos farão desaparecer sem traços, se nos querem cegos e surdos e incapazes de ler sequer a placa do ônibus que nos leva da fábrica para casa e de casa para a fábrica.

Vem recuperando aos poucos o peso que teve um dia. A aversão à comida vai passando. Armou um truque para tentar despertar algum apetite. Salta do trem cada vez a uma estação mais distante do Hotel Grunert e caminha. Já não arfa, como nas primeiras tentativas. Dá passos mais rápidos e mais abertos. Em casa tentou flexões de braço, não conseguiu erguer o tronco. Tentará de novo.

Lê muito. Livros desbeiçados, velhos ou lançados recentemente no Brasil, marcados e anotados por outros exilados que os tiveram antes. Há três intensamente folheados. Um é de memórias: *Por onde andou meu coração*, de Maria Helena Cardoso. O outro tem contos, *Lúcia McCartney*, de Rubem Fonseca. Leu os dois, gostou de ambos. Mas ainda está sob o impacto de *Quarup*, de Antonio Callado, que lhe pareceu o romance mais enraizado na história recente do Brasil de todos os que conhece. Por vezes, hóspedes deixam livros em inglês ou francês. Ele os folheia, lê trechos. Quando o cativam, vai até o fim, como fez com *Johnny got his gun*, de Dalton Trumbo, e os contos de *L'Exil et le Royaume*, de Albert Camus. Sabe que não os apreende totalmente. Mas sente-se enriquecido com o que consegue captar daquelas páginas estrangeiras.

Lê também, ou tenta ler, jornais e revistas suecos. Consegue pegar o sentido geral das manchetes e, cada vez mais, reconhecer palavras e verbos no corpo do texto.

Ernesto, vigia diurno no mesmo emprego arranjado pela Anistia Internacional, deixara-lhe um livro fino, em inglês. "Para praticar a língua dos nossos imperadores", escrevera, com a ironia de sempre. "É uma obra de 1916", acrescentara, "de um poeta americano que viveu e morreu bêbado."

Não entendeu o significado do título.

O primeiro poema do livro, mesmo com seu conhecimento limitado da língua, o perturbou.

Duas estradas bifurcavam à frente do poeta, de quem nunca ouvira falar, cada uma indo em direção diferente. Pouco se interessava por poesia, menos ainda em língua estrangeira. Mas aquela... Aquela...

"*Two roads diverged in a yellow wood*", iniciava o poema, "*and sorry I could not travel both.*"

Leu-o e releu-o inúmeras vezes durante a noite. Quis apossar-se dele. Sentia que Robert Frost falava do que ele, Paulo, conhecia. Dos caminhos que outros não tomaram, mas ele, Paulo, sim. E ao tomar o outro outra, a estrada evitada, não tinha volta. Era um ganho e uma perda.

"*I shall be telling this with a sigh, somewhere ages and ages hence.*"

Quantos de nós tomamos estradas evitadas como aquela, quantos de nós suspiraremos e contaremos nossas histórias por tantos e tantos anos, ele se perguntou.

Não escolhi a estrada.

Fui lançado nela.

Sou da equipe dos perdedores.

Há 90 milhões de nós, agora, no Brasil, pensa. Éramos 60 milhões, 10 anos atrás, me lembro de ter estudado na aula de Geografia. Pela primeira vez em nossa história, me recordo do professor nos ditar, em 1961, um presidente civil sucedeu a outro presidente civil por eleições diretas. Um intelectual. Um professor chamado Jânio Quadros.

O atual ditador do Brasil é um militar fã de futebol e da música ufanista e piegas que celebra nossa fertilidade. "Noventa milhões em ação, pra frente Brasil, do meu coração."

Trinta milhões de novos cidadãos brasileiros, 30 milhões de novos empregados em apenas uma década.

Os donos do país devem estar satisfeitos e decidindo quais serão os milhares enviados aos canaviais, quais os destinados às linhas de montagem das multinacionais de automóveis, quais às plantações de café, aos engenhos, aos prédios e rodovias e pontes e viadutos e represas em construção. A caboclada desta área de mata será deslocada para aquela e passará a marchar pelas fronteiras a protegê-las de invasões de nossos vizinhos. Aqueles milhões de esfomeados dali e dali serão colocados em caminhões paus-de-arara e ônibus, descidos de suas terras áridas e despejados nas portas das fábricas de tornos e peças para os automóveis e caminhões. Que serão conduzidos por aqueles outros milhares, a quem permitiremos aprender a ler e escrever apenas o suficiente para assinarem seus nomes nas carteiras de trabalho e lerem placas de estradas e jornais estampados com crimes e fotos de mulheres nuas que os divirtam e aliviem enquanto não enfiam suas pirocas nas bocetas de suas mulheres recém-chegadas da faxina ou da fábrica de macarrão ou da confecção de roupas de tecidos sintéticos, malhas e couros falsos que serão vendidos para eles mesmos.

Noventa milhões de brasileiros. Serão 20 milhões a mais em dez anos.

Na época da Copa do Mundo no México, quatro anos atrás, a cada jogada de Gerson, Carlos Alberto, Rivelino, Jairzinho, Tostão ou Pelé, ouvia-se por todas as esquinas:

Noventa milhões em ação,
pra frente Brasil, salve a seleção...

Os proprietários do país devem estar satisfeitos. A patuleia é cada vez em maior número. O valor de seu trabalho, mais baixo. As ordens que recebe são fáceis de acatar.

Ao pedreiro, ao açougueiro, ao motorista, ao barbeiro, ao gari, ao motorneiro, ao mestre de obras, ao padeiro e ao lavrador, ao metalúrgico, ao marceneiro, ao barbeiro, ao eletricista e ao baleiro, ao bibliotecário, ao vigia, ao porteiro, ao zelador e ao enfermeiro, ao guarda-costas, ao mecânico e ao lavador de carros, ao farmacêutico, ao feirante, ao anotador do jogo de bicho e ao vendedor de bilhetes de loteria, ao pipoqueiro, ao jornaleiro e ao manobrista, ao mendigo, ao carpinteiro, ao bombeiro hidráulico e ao gráfico, ao sapateiro e ao estivador, ao taxista e ao tintureiro, ao engraxate e ao vendedor ambulante, ao técnico em eletrônica, ao bancário, ao ferroviário, ao caminhoneiro, ao motoqueiro, ao vaqueiro, ao pescador, ao tratorista, ao confeiteiro e a seus semelhantes cabe enfiar seus membros nas tecelãs, nas faxineiras, nas colhedoras de café e cortadoras de cana, nas babás, nas enfermeiras e nas radiologistas, nas cozinheiras e nas doceiras, nas balconistas, nas donas de casa, nas caixas e empacotadoras de supermercado, nas lavradoras, nas vendedoras de cosméticos de porta em porta, nas merendeiras, nas artesãs, nas manicures e podólogas, nas recepcionistas, nas bilheteiras e lanterninhas, nas arquivistas, nas parteiras, nas camareiras, nas garçonetes, nas coristas, nas bordadeiras, nas rendeiras, nas vagabundas e nas trabalhadeiras, nas telefonistas, nas secretárias, nas funcionárias públicas, nas trapezistas e acrobatas, nas amanuenses, nas mães e filhas de santo, nas catadoras de lixo, nas auxiliares de dentistas, nas assistentes de advogados, nas cobradoras de ônibus, nas inspetoras de escolas primárias e similares, que, por sua vez, deverão emprenhar o máximo de vezes suportável por seus úteros, e mesmo além, ainda que venha a causar danos irreversíveis a seus corpos, assim gerando a maior quantidade possível de filhos e filhas para dar à nação vasta mão de obra barata e cordata, enfileirada em busca de trabalho nas residências, indústrias, empresas e quartéis de senhores e senhoras bem nutridos, por vezes com bela aparência, eventualmente elegantes, com senso de liderança, os senhores, particularmente, com sobrenomes herdados de seus antepassados donos de terras, plantações e currais eleitorais, retornados do exterior com títulos de pós-graduação e MBA, executivos confiáveis para ocupar postos de comando em São Paulo-Rio-Belo Horizonte-Curitiba-Recife-Salvador-Porto Alegre ou os enviados pelas sedes em Detroit, Frankfurt, Poissy, Stuttgart, Londres, Milão, Tóquio, Toslanda, Paris, Lisboa, Washington, Madri, Bilbao, Nova York.

    A primeira vez que um dono do Brasil me mostrou seu poder foi dentro de uma escola. Na cidade em que eu vivia. Era o diretor. A escola era pública. A única escola pública das redondezas.

    Ele se chamava Leonel, o diretor.

    Leonel de vários sobrenomes nos chamou, a mim e ao meu amigo Eduardo, para avisar que deveríamos parar de buscar o assassino da mulher que havíamos encontrado esfaqueada e mutilada à beira de um lago.

    A mulher era a puta da cidade. Anita. Aparecida era seu nome verdadeiro. Antes. Quando ainda não se tornara branca. Quando ainda não a haviam casado com o dentista, do círculo social dos proprietários do Brasil.

    O diretor não nos disse para parar de bisbilhotar a vida dos amigos dele, não com todas as letras. Não precisou. Mostrou que sabia tudo sobre nós e nossas famílias. Lembrou, entre citações latinas, que Eduardo era filho de um ferroviário e uma costureira; eu, de um açougueiro e uma tecelã. Que a escola era gratuita, que sua criação se devia à generosidade da elite da cidade, que a escola representava o futuro talvez possível para gentalha como nós e que podia nos expulsar se assim o desejasse e aprouvesse, cortando de vez nossos sonhos de nos tornarmos médicos, engenheiros, dentistas, astronautas, escafandristas, sertanistas ou o que quer que nos encantasse naqueles tempos e de que já nem me lembro direito.

Eu tinha doze anos. Eduardo, também.

Era um outro país, aquele.

Era um outro mundo, aquele.

Eduardo e eu acreditávamos que aquele mundo e aquele Brasil caminhavam para um futuro melhor e mais justo. Eu não sabia que nosso futuro tinha dono.

Onde andará Eduardo? Onde estará hoje?

Não sei como encontrá-lo.

Ele não tem como me encontrar.

Mesmo se conseguisse informações sobre meu paradeiro cá na Suécia, Eduardo não saberia que eu não existo mais. Que o Paulo Roberto Antunes que ele conheceu teve todos os registros de existência destruídos. Os aliados da ditadura infiltrados nas embaixadas e consulados tampouco deixariam notícias dele chegarem a mim.

Perdi Eduardo.

Perdi o Brasil.

Perdi minha vida.

O Brasil é apenas um retrato na parede agora.

Nem isso.

Não existo. Não tenho mais o nome que era meu. Não tenho o passado que era meu.

"*My name is Nelson*", eu disse a ela.

"Como o almirante inglês?", ela perguntou.

"Anna."

"Não, Anna", acho que respondi, nesse inglês claudicante que eu falo. "Não como o almirante Nelson. Nelson como o cantor. 'A flor do meu bairro tinha o destino da lua; a camisola que um dia, tão transparente e macia, eu dei de presente a ti; essa linda normalista, não pode se casar ainda, só depois que se formar; em Gioconda fui buscar o sorriso e o olhar, em Du Barry *l'amour*.' Esse Nelson. Das canções de cabaré. Do subúrbio. Do Rio. Esse Nelson. Um cantor brasileiro."

Anna. Anna. Anna.

Pedi que soltasse o cabelo. Ou eu mesmo soltei seus cabelos. Tão bonita, tão bonita que parece iluminada por dentro.

Anna.

Anna.

Anna.

Por que não peguei seu telefone, seu endereço, onde a encontrar?

"Sou mais velha que você", ela me disse. "*I'm older than you*", ela falou. Eu entendi. *Older* é o superlativo de *old*. Mais velha. "*You are just a boy*", me lembro que ela me disse, um menino. "*My Brazilian boy*", ela me chamou. Eu entendi. Eu gostei.

Bela. Tão bela quanto um pequeno milagre, se eu acreditasse neles.

Quero encontrá-la. Quero reencontrá-la. Anna. Bela Anna. Bela Anna que me acolheu em sua boca e me deixou gozar lá dentro. Anna.

Anna.

Eu a perdi? Tomei a outra estrada?

Eu não quero mais perder. Não posso mais perder. Não ela. Não a Anna.

Ela disse que trabalha na Anistia Internacional, não disse? Foi na festa de Natal que a encontrei. Foi lá que ela me encontrou. Ela me viu. Ela me escolheu. Ela atravessou a sala e veio até onde eu estava. Ela me levou a seu apartamento. Tomamos o metrô. Ela pagou minha passagem. Nevava. Estava frio. Eu tinha estado no campo de Alvesta. Ela sabia que eu tinha estado em Alvesta. O que mais ela sabia? Tinha minha ficha? Tinha pena de mim? Teve dó de mim e por isso me escolheu? Os suecos selecionam os mais solitários para levarem às ceias de Natal em suas casas, com suas famílias. Ela me tomou pela mão e me tirou da festa. Não sei o que me disse. Não me lembro do que me disse, nem em que língua, nem mesmo se me disse alguma coisa para me tirar dali.

Ela me tomou pela mão e eu a segui.

Nevava quando saímos da estação do metrô perto de onde ela morava.

Era um apartamento pequeno.

"Qual é o seu nome?", ela me perguntou, mais de uma vez.

Eu já nem me lembrava.

Do meu nome, já nem lembrava.

"Nelson", eu lhe disse, como dizia desde que saí do Brasil. "Nelson."

Duas estradas bifurcavam num bosque amarelado.

Cada uma ia em direção diferente.

Qual eu tomei?

Podemos escolher nossas estradas?

YA VAN EMPEZAR LAS FIESTAS

Nova York/Queens — dezembro de 1991

Os vizinhos falam alto, mas hoje a algazarra é maior. Devem estar recebendo parentes e amigos, ela imagina, quieta em seu apartamento de quarto e sala conjugados, cozinha e banheiro. É isso que as pessoas fazem nesta data, não é mesmo? Era assim que sua avó fazia nos Natais. Isso foi antes de sua avó se mudar de São Paulo. Isso foi antes de seu pai ser assassinado pela polícia. Isso foi antes do que a imprensa chamou de ação contra a quadrilha de traficantes que sequestrou o filho do publicitário, liderada por seu pai. Antes da mentira que transformou seu pai em bandido. Antes. Nos natais do Brasil.

O Brasil ficou para trás.

Este é o Natal no Queens.

Este é o *Christmas in New York*. Esta é a *Navidad en la Calle 43 en el barrio de Astoria*. O Natal/*Navidad*/*Christmas* que ela temia, seu primeiro no *United States of America*, o país escolhido por ela, por seus vizinhos hispânicos e pelos incontáveis brasileiros, gregos, coreanos, russos, persas, ucranianos, israelenses, irlandeses, jordanianos, moradores do mesmo bairro do Queens, para um novo começo.

Tenta ligar mais uma vez para a mãe na esperança de ouvi-la dizer que sente sua falta e que gostaria de tê-la perto, filha e mãe juntas como antigamente, comendo mais um bolinho de bacalhau ou outra rabanada, mesmo sabendo que a mãe jamais diria isso, como nunca disse, porém (felizmente?) o telefone no Brasil só dá ocupado, ocupado, ocupado.

Senta-se na única pequena cadeira do pequeno apartamento, em frente à pequena mesa onde mantém o pequeno aparelho de televisão portátil Sony Trinitron dado por uma cliente que iria jogá-lo fora. Sem assinatura de TV a cabo, tem acesso apenas aos canais abertos.

É hora dos noticiários em todos eles.

Troca de um para o outro, acaba sempre na mesma imagem do homem com um sinal avermelhado no alto da cabeça e a legenda "Mikhail Gorbachev". Ela sabe ser alguém muito importante, o presidente da Rússia ou algo assim, embora não se recorde exatamente. A fala dos apresentadores é muito rápida, mas ela entende que comentam o pronunciamento dele. Dizem, repetidamente, a mesma frase que aparece escrita na parte de baixo da imagem do homem gordo, vestido com um terno escuro: *The end of the Soviet Union*. O fim da União Soviética, é isso que dizem?

The end. O fim. No Natal. União Soviética é Rússia. Isso quer dizer o que, no Natal? Falam tão rápido, os apresentadores...

O assunto não lhe interessa especialmente, e política internacional, além de terreno desconhecido, lhe parece tema esquisito em pleno Natal.

Desliga a tevê, vai até o telefone, tenta nova ligação para o Brasil.

Novamente ouve o sinal de ocupado.

Vai à geladeira, abre, olha, pega a caixa de leite, serve um copo, toma um gole, coloca sobre a pia, volta à mesa, liga a televisão.

The end of Soviet Union. Troca de canal. Um filme antigo com pessoas num trenó cantam "*I'm dreaming of a White Christmas, just like the one...*". Troca de canal. *Mikhail Gorbachev and the end of Soviet Union*. Troca de canal. *Christmas in Vermont*, anunciam. Troca de canal. Um homem de cabelos brancos fala em transmissão direta de Moscou. Cita o nome de Gorbachev repetidas vezes.

Levanta-se, pega o telefone, disca. Desta vez ouve soar do outro lado. Depois de cinco ou seis toques, uma mulher atende. Barbara cumprimenta a vizinha da mãe, deseja boas festas e pergunta se pode chamá-la. A vizinha diz que sim. Alguns minutos se passam. Em seguida um homem grita ao fone, rindo, "Alô? Alô?". Reconhece a voz do padrasto. Está mais eufórico do que de costume. Barbara o cumprimenta, deseja feliz Natal e pede para falar com a mãe. Kátia já está dormindo, ele lhe diz, rindo ainda. Tão cedo, ela estranha. A gente fez um churrasco, tomou umas cervejas, Kátia cansou de esperar seu telefonema e foi se deitar. Liga amanhã, que você encontra ela, o padrasto recomenda. Mas liga antes das onze, porque a gente vai almoçar na casa da minha irmã. Está bem, Barbara responde.

O padrasto desliga.

Barbara demora alguns instantes antes de colocar o telefone de volta no gancho.

A tevê continua ligada.

A imagem é a mesma de antes: o presidente (primeiro-ministro? Barbara não se lembra direito) Gorbachev lendo um texto em russo, com uma bandeira vermelha à sua direita. "*I hereby discontinue my activities at the post of the President of USSR*", o apresentador traduz simultaneamente.

Os vizinhos cantam, acompanhando a música alta. Ela reconhece a voz de José Feliciano.

Feliz Navidad
Feliz Navidad
Feliz Navidad
Prospero año
Y felicidad...

Não sabe o que fazer. Não queria estar aqui. Não: queria estar aqui, sim, mas não nessa situação. Mas não quer pensar nisso.

Não quero pensar nisso.

Não hoje.

Não quer sentir pena de si mesma nem pensar que cometeu um erro, um engano irreversível quando decidiu vir para este país com Luís Claudio. As dívidas, os documentos falsos, a ilegalidade, tudo, tudo. Um erro. Erros. Não quer pensar nisso, mas não consegue evitar. Não era para cá que queria ter vindo. Para onde queria ter ido, então? Um outro lugar que não fosse o Brasil. Um outro lugar onde não sentisse medo toda vez que visse um policial.

Mas aqui isso não mudou.

Tem medo da polícia, aqui, também.

De outra forma.

Tem medo de que peçam seus documentos, tem medo de que perguntem detalhes sobre seus documentos, tem medo do guarda na entrada da estação do metrô, sente medo a cada carro de patrulha que cruza perto dela.

Medo. Aqui, como lá. Apenas diferente.

Esta cidade é fria demais, aqui venta demais, aqui chove demais, aqui neva demais, aqui faz calor demais, aqui os vizinhos ouvem música alta demais.

Feliz Navidad
Feliz Navidad
Feliz Navidad
Prospero año
Y felicidad...

O telefone toca. Ela se apressa a atender. Espera ouvir a voz da mãe. É de novo uma garota que só vai completar dezoito anos no mês que vem querendo ouvir a voz da mãe na noite de Natal.

— Barbara? — uma voz masculina pergunta do outro lado.
— Silvio? — Ela se surpreende. — Silvio? — repete, decepcionada. — É você? Silvio?
— Eu — Silvio confirma.

A garota de dezessete anos, onze meses e 31 dias, ansiando por bolinhos de bacalhau e rabanadas de afetuosas noites de Natal que nunca realmente aconteceram, desaparece. A contida e sóbria imigrante ilegal está de volta.

— Oi, Silvio.
— Oi, Barbara. Feliz Natal.
— Ah, feliz Natal para você também. Vou te visitar amanhã no hospital.
— Obrigado, mas...
— Comprei uma lembrancinha para você. Uma besteirinha.
— Não precisava. Barbara, estou te ligando porque...
— É um postal.
— Obrigado, mas...
— Encontrei numa banca de objetos antigos na *Street Fair* perto do Museu de História Natural quando estava saindo da faxina do apartamento da dona Cristina Reis, acho que entre as ruas 82 e 84, sabe qual? — Barbara fala sem real atenção ao que diz, atropelando as palavras, que apenas fazem sua voz abafar a aflição de não ter conseguido ouvir a voz da mãe e de não conseguir se lembrar da voz da avó ou do pai. — Uma fotografia em preto e branco daquela atriz que você gosta. Aquela do filme da mulher-cobra que você me mostrou.

— Maria Montez.
— Essa mesma.
— Obrigado, Barbara.
— Amanhã te dou.
— Me dá hoje. O que você está fazendo hoje?
— Hoje? — Ela tenta ganhar tempo. — Hoje?
— Hoje. Esta noite, Barbara. O que você vai fazer?
— Eu? O que eu vou fazer?
— Sim, Barbara: o que você vai fazer hoje à noite? E pare de repetir minhas perguntas.
— O que eu vou fazer?
— Pare de repetir minhas perguntas, Barbara.
— Eu... Eu vou passar a noite aqui com meus vizinhos.
— Os colombianos?
— São peruanos.
— Eles te convidaram?
— Convidaram — ela mente. — Eles me convidaram. Sim.
— Que pena.
— Que pena por quê?
— Nada, não.
— Fala, Silvio.
— É verdade, mesmo, que te convidaram?
— Claro que é verdade — Barbara responde, sem convicção. — Estou até assando um pernil para levar.
— Ok.
— Não fui ao hospital te ver hoje porque terminei o trabalho tarde, depois da hora de visitas. Amanhã eu vou te ver. E levo teu presentinho.
— Não estou no hospital.
— Não?
— Não.
— Está onde?
— Em casa.
— No apartamento?
— É.

— Desde quando?

— Desde o início da tarde.

— E... Está precisando de alguma coisa? Deixei pão na geladeira, queijo, tem presunto, tem... frutas. Deixei umas peras, deixei...

— Não, Barbara, não estou precisando de nada.

— Então por que...?

— Você vai passar esta noite sozinha?

— Eu? Eu? Claro que não.

— Você está mentindo, Barbara. Você não tem ninguém aqui em Nova York, Barbara. As poucas pessoas que você conhece estão fora. Ou não te chamaram.

— Claro que chamaram. Claro que me chamaram. Não falei que meus vizinhos peruanos me convidaram para a ceia no apartamento deles?

— Barbara, eu também estou sozinho. O pessoal do Meals on Wheels trouxe peru, purê de batatas e uma torta de maçã. Não é a melhor ceia do mundo, eu sei. Mas é uma boa comida. É uma ceia decente. Vem comer comigo. Não fica sozinha aí na sua casa, não.

Ela não sabe o que dizer.

— Vem para cá — ele insiste. — Agora.

— Silvio — ela começa, em busca de argumentos. — Silvio, eu não posso...

— Pode, Barbara. Pode, sim. Eu sei o que você está sentindo. Eu sei como é isso. Eu conheço esse medo. Eu sei que você acha que não pode fraquejar. Eu sei. Porque você acha, a gente acha que, se ceder à tristeza, ela vai nos dominar e nós vamos acabar enlouquecendo de solidão e melancolia. Não vai, Barbara. Eu sei, eu já passei por isso. Quando eu estava na mesma situação que você, sozinho nesta cidade, sem ninguém, sem dinheiro, eu saía pela noite, pegando qualquer homem que me aparecesse pela frente e trepando com ele até meus miolos estourarem. Desculpe falar assim, mas assim é que era. Eu tinha que foder, foder, foder, me drogar e foder até me esquecer de tudo o que estava em volta. Mas não dá para esquecer, Barbara. A gente está sozinho, mesmo. Esta cidade é cruel. Esta cidade é foda. Eu não tinha ninguém. Eu só tinha, eu só podia ter, quem eu fodia. Mas você tem a mim, Barbara. Eu posso ser veado, posso ser grosso, posso ser desbocado, mas... mas...

Calou-se. Barbara tampouco sabia o que dizer. Ficaram assim, em silêncio, por um minuto, dois, três. A música dos vizinhos voltou a invadir o apartamento de Barbara. Agora tocavam uma salsa.

> *Ya van empezar las fiestas*
> *Las fiestas de Navidad*
> *Y el libarito cantando*
> *A todos nos va alegar.*
> *Vamos a que no recuerdan*
> *El más remoto rincón*
> *Se escucha al jibarito*
> *Cantando su inspiración.*

— Mas — Silvio finalmente retomou. — Eu tenho aqui na minha casa peru assado, purê de batata e uma torta de maçã. E isso é tudo do que nós precisamos para comemorar essa porra desse Natal.

Novo silêncio.

— Você está aí, Barbara?

— Estou.

— Que voz é essa, queridona? Você está chorando?

— Não. — Ela evita admitir. — Não estou chorando.

— Então venha para cá.

— Está bem.

— E traga um vinho para nós. Compre um bom vinho branco para nossa ceia.

— Eu não entendo nada de vinho, Silvio. E você não pode beber álcool.

— Por isso é que vai ser bom. Compra um *chardonnay*.

— Um o quê?

— *Chardonnay*. Tem papel? Escreve aí: cê, agá...

SE EU FECHAR OS OLHOS AGORA

Estocolmo — novembro de 1974

— A PRIMEIRA MULHER QUE EU VI nua foi a primeira pessoa que eu vi morta — ele conta a Anna. — Eu tinha doze anos.

— *Why? What happened to her?*

— Ela estava morta num matagal. O corpo cheio de perfurações. O sangue já tinha coagulado. Perto de onde eu e meu amigo fomos. Eduardo, ele se chamava. Chama. Chamava. Nunca sei o tempo de verbo correto quando me refiro a pessoas e situações lá no Brasil. Em inglês é pior ainda. Você está me entendendo, Anna?

— *Yes, I do understand. Please go on. If you feel comfortable talking about it.*

— Com você eu me sinto à vontade, sim, Anna. Você me dá um... conforto, acho que essa é a palavra. Conforto.

— *Thank you.*

Estar com ela era exatamente isso, ele pensou. Um conforto. Um acolhimento. Como nunca sentira antes.

— Foi num lago, Anna. Na cidade onde eu vivia. Na cidade do interior do Brasil onde eu nasci e vivi até os doze anos. Eu estava brincando com meu amigo Eduardo. Tropecei. Caí. Tropecei no corpo dela. Da mulher. Assassinada.

— *Who was she?*

— Não sabíamos quem era. Não a conhecíamos. Nunca a tínhamos visto. Ela era linda. Loura, como você. Alta e grande, como você. Um dos seios dela estava... — Prefere omitir a mutilação.

"Se eu fechar os olhos", ele tampouco lhe diz, "eu ainda posso sentir o sangue dela grudado nos meus dedos."

— Os seios eram grandes e pesados. Como os seus. Mas os mamilos eram escuros, não rosados como os seus, Anna.

Beija-os, com delicadeza. Acaricia os suaves pelos claros que cercam os lábios rosados de seu sexo. Puxa os quadris dela para junto dos seus. Estão nus sob os cobertores. Roçam, encantados, suas peles de tons e continentes diferentes.

Por semanas e meses não conseguira encontrá-la em nenhuma das vezes em que a procurara no escritório da Anistia Internacional. Deixara recado após recado. Sem resposta. Até se lembrar de que estava assinando Paulo. Então pediu, sob o número de telefone do Hotel Grunert, em inglês truncado: "Please call your Brazilian boy between 10 of the night and 6 of the morning". E assinou: "Nelson, *the singer, not the admiral*".

Anna era a mulher mais bonita de toda sua vida. E seria, até o fim.

— Você é a mulher mais bonita de toda a minha vida — ele lhe diz, num ímpeto.

Ela ri.

— De toda a minha vida.

— Nelson — ela sussurra, roçando os lábios em seus ouvidos. — Nelson — repete. — *My sweet Brazilian boy.*

— Não sou mais um *boy*, Anna. Deixei de ser garoto naquela manhã de abril. Minha infância acabou no momento em que encontrei o corpo ensanguentado de Anita.

— Anita? *Was that her name?*

— Anita. Aparecida.

— *You said neither you or your friend knew who she was.*

— Anita e Aparecida. Usava um nome que não era dela. Mas nós não sabíamos quando encontramos o corpo. Meu amigo viu primeiro. Mas quem tropeçou no corpo fui eu.

— *Your friend's name was Edoardo?*

— Eduardo. Com U. O sobrenome era Vanni. Os avós eram imigrantes italianos, eu acho. Eduardo Vanni. Era meu melhor amigo. Era meu único amigo.

— *Your only friend?*

— Ele me dava palavras.

— Words?

— Sim. Palavras. As palavras que eu não sabia o que significavam. Ele ia ao dicionário, anotava o significado em tiras de papel e me dava.

— Palabras. Like in Spanish.

— Não, Anna. "Palavras", com V, como em "Viktor".

— Pa-la-vrras.

— Sim. Palavras. Quase todo dia ele me dava uma palavra. Ou mais. Várias, às vezes: "embate", "metafórico", "resplandecer", "ventríloquo", "estupro", "incesto." Tantas palavras. Que me ajudavam a definir, até hoje me ajudam a definir, definir, não, a dar uma forma, consistência ao que há em volta de mim, o que entendo, o que não entendo, tudo. Palavras, Anna. Na minha língua.

— Pa-la-vrrass.

Eduardo era a única pessoa da escola que tinha um dicionário em casa. Quando fomos expulsos da cidade, levei as tiras de papel. E um exemplar de *David Copperfield* que ele tinha me emprestado e não quis de volta. Ficaram comigo até a noite em que a polícia entrou no meu apartamento. Rasgaram tudo.

— You lost it all? The book, the strips of paper, everything?

— Nunca mais voltei ao apartamento. Me levaram para a prisão, mais tarde me largaram na fronteira. Fui para o Chile. Depois para cá. Nunca mais voltei ao Brasil. Sim, Anna. Perdi tudo.

— Where is Eduardo now?

— Não sei onde Eduardo está. Perdi o contato. Perdemos o contato. Não sei por quê. Eu me mudei. Ele se mudou. Eu fui para o Rio, ele foi para São Paulo. Para uma cidade no interior de São Paulo. Não me lembro qual. O pai dele foi transferido. Era ferroviário. Foi forçado a se transferir. O meu ganhou um emprego no Rio, num ministério. Compraram o açougue dele e lhe deram um emprego de funcionário público. As pessoas que mataram Anita fizeram isso. Os assassinos de Aparecida. Um emprego para o meu pai, a transferência para o pai de Eduardo. Um aceitou, o outro não teve opção. Fomos forçados a ir embora de lá. Eduardo e eu. Sem saber o que tinha acontecido com Ubiratan. Um velho. Aliado nosso. Um velho e dois meninos. Investigando um crime. Como fomos ingênuos. Chamava-se Ubiratan, o velho. Tinha sido preso político na época de uma outra ditadura. Torturado. Na ditadura de Getúlio Vargas. Nos anos 1940. Eu não poderia imaginar que um dia eu também seria...

Cala-se. Não quer lembrar-se das imagens que começam a ressurgir. O capuz, a caminhada descalço sobre o mármore frio do local de tortura, a voz metódica do médico explicando o que lhe fariam, os fios enfiados em sua uretra, os...

O lago. Pensa no lago. O lago azul, brilhando ao sol daquela manhã morna de abril. Ele e Eduardo saindo da estrada asfaltada e deixando suas bicicletas deslizarem pela estrada forrada de cascalho. O ruído do cascalho sob os pneus. O grito das maritacas no bambuzal.

— Sabe o que são maritacas, Anna? São como papagaios. Porém maiores. Mais coloridos. Não falam, como os papagaios. Dão uns gritos. Altos. E fazem ninhos no alto das árvores do meu país. Em bambuzais. Havia muitas perto do lago. Maritacas. E plantações de manga. Você gosta de manga? Como eram doces aquelas mangas. Como são doces as mangas do meu país. E as bananas. E as jabuticabas. Como eu posso te explicar o que são jabuticabas?

Ela ri, uma risada límpida e curta. Ele não tinha notado que lhe falava em português.

— Você está rindo porque acha que eu falo muito? Ah, Anna, há quanto tempo não sou assim. Tão... falastrão. Eduardo deve ter-me ensinado essa palavra também. Se Eduardo tentar me encontrar, hoje, não conseguirá. Não terá como. Ele vai procurar por Paulo Roberto Antunes, e Paulo Roberto Antunes não existe mais. Eu não existo mais. Meus documentos foram destruídos. Minha certidão de nascimento, meus registros escolares, minhas fichas de emprego, meus documentos, tudo. Queimaram, rasgaram, picaram, sumiram com tudo o que havia em nome de Paulo Roberto Antunes. Eu fui extinto.

— *Don't say that. You are here. I am here. This is real.*

— Sim, Anna — ele diz com gratidão. — Sim, o que tenho com você aqui, neste momento, é real. Aqui, com você, eu volto a existir.

Desvia os olhos para a janela. Lá fora continua nevando, constata. É apenas novembro, e o inverno sueco já se instalou.

— Falastrão! — exclama. — Falastrão — repete, alto. — Falastrão papagaio tagarela palrador sem papas na língua — diz, em português, buscando todos os sinônimos de que é capaz de se lembrar.

Quer diverti-la. Consegue. Ela ri de novo. De novo acaricia seus cabelos. Ele se arrepia. Ela passa o dedo em suas sobrancelhas, ele fecha os olhos, ela corre a ponta dos dedos sobre seus cílios negros, depois sobre seu nariz, em torno de seus lábios. Ele abre os olhos. Percebe riscos escuros irradiando-se da íris sobre a placidez de seus olhos azuis.

— Eu não conversava com os outros meninos. Eles me achavam esquisito. Talvez eu fosse mesmo. Eu me sentia esquisito. Eu não podia contar o que acontecia na minha casa. A maneira como meu pai me tratava. A violência dele. Como me batia. Como me xingava. O que me dizia. Você não presta, ele me dizia. E eu achava, mesmo, que não prestava.

— *What did your mother do about it? Didn't she stop your father?*

— Minha mãe não existia mais. Não conheci. Não sei o que aconteceu com ela. Eu achava que ela tinha morrido. Hoje já não tenho certeza. Talvez ela tenha fugido. Sozinha ou com outro homem. Nunca soube. Nunca saberei.

— *Do you have brothers? Sisters?*

— Não — ele diz, após uma curta hesitação, escondendo a verdade que o envergonha. — Não tenho. Nem irmãs, nem irmãos. Éramos só meu pai e eu. Meu pai é branco. Não sei se é vivo ainda.

— *But you had Eduardo.*

— Tinha. Sim, eu tinha Eduardo. Eu confiava inteiramente nele. E ele em mim. Eu contava tudo para ele. Quase tudo. Teve uma coisa que eu nunca contei.

— *You hid something from him?*

— Não escondi. Não falei porque era algo que eu não gostava sequer de admitir para mim mesmo. Meu ódio, Anna. Um ódio imenso. Avassalador. Um ódio que me enchia de culpa e me mostrava que ele tinha razão. Que meu pai tinha razão. Quando ele dizia que eu não prestava. Que eu tinha sangue ruim, como a família de minha mãe. Um ódio que, eu temia, um dia ainda me faria matá-lo. Matar meu pai cruelmente. Esfaqueá-lo, furar seus olhos, esmigalhar sua cabeça com uma pedra, queimar seu corpo. Um ódio que eu não entendia, não conseguia entender, Anna. Essa é a primeira vez que eu falo disso. Desse ódio. Talvez porque eu esteja longe de lá, talvez porque eu confie em você sem saber o que me leva a isso, talvez porque ache o inglês que falo tão precário, que espero que você não entenda direito a confissão que estou lhe fazendo e, assim, não se horrorize, não me despreze, não se afaste de mim.

Enfia o rosto entre seus seios. Anna o abraça.

No silêncio que se segue, ouve claramente as batidas do coração dela.

Gostaria de prolongar aquele momento. Gostaria que aquele momento não acabasse. Mas daqui a pouco, daqui a alguns minutos, poucos ou muitos, não importava quantos fossem, daqui a meia-hora, uma hora talvez, mesmo que fosse daqui a duas horas ou três, este momento teria de acabar. Ele teria de levantar-se, vestir-se, deixar o apartamento dela, descer as escadas, tomar a rua, caminhar até a estação do metrô, de volta ao centro de refugiados, junto a outros brasileiros escorraçados de seu próprio país, como ele, todos à espera do dia, em um futuro imponderável, quando poderiam voltar às casas, aos bairros, às famílias deixadas para trás. Um dia. Se houvesse esse dia. Não para ele. Ele não tinha para onde voltar. Ele não tinha para quem voltar. Ele havia encontrado seu refúgio e era ali, nos braços dela, entre os seios dela. Hoje. Agora.

DEUS SE ESQUECEU DE NÓS

Nova York — novembro de 1998

Percebe que ele fala cada vez mais devagar e baixo. Murmura, como num delírio, cala-se, volta, cala-se de novo. Mistura palavras em inglês e português. Há longas pausas entre uma frase e a seguinte. Por vezes não fazem sentido. Sua voz debilitada se perde entre os ruídos da Rua 53 e os barulhos do trânsito e das sirenes da Décima Avenida (chegam pela janela aberta; o ar-condicionado está desligado, apesar do calor fora de época deste novembro; *Indian Summer*, os americanos chamam aquelas temperaturas altas em pleno outono).

— *The Saint!* — exclama, em súbito entusiasmo. — *Yes, yes, yes, many times yes, The Saint!*

Ele tem pneumonia, mais uma vez. Está sentado no sofá. A próxima perna a ser amputada será a esquerda.

— Uuurrú, como eu dançava, e dançava, e dançava — ele conta, agora em voz alta, à jovem magra que entrou trazendo o cesto de plástico com as roupas recém-lavadas e secas do subsolo do prédio. Fala como se a conversa com Barbara não tivesse sido interrompida quarenta minutos atrás. — Eu adorava dançar. Claro que não ia a esses lugares só para dançar. *Of course not.* Eu ia por causa dos clientes também, você entende, não é, queridona? Era trabalho. *Business. And pleasure.*

Ela já ouviu essas histórias outras vezes. Muitas outras vezes. Nos últimos dois anos, e especialmente nos últimos meses, Silvio se repete. Ela imagina que seja efeito dos remédios: são cada vez em maior número, e diferentes a cada internação. Silvio é cobaia nos testes de novos medicamentos contra a aids. Alguns efeitos colaterais são brutais. Entre os benefícios, o mais prático é a moradia gratuita, próxima do hospital.

— Eu não era um *trick*, um *hustler*, um michê, entende? Não transava com aqueles homens mais velhos por dinheiro. Eu já tinha minha pequena loja de flores na Charles Street, *the prettiest little fower shop in the whole West Village*, dava para viver e pagar as contas, para mim bastava. Mas à noite... A noite era minha. Só minha. Totalmente minha.

Há outros voluntários hospedados ali. Barbara os encontra pelos corredores. Alguns já estão alquebrados, caminham com dificuldade, circulam em cadeiras de rodas. Outros não aparentam sinais da doença, como Silvio nos primeiros anos. Na lavanderia, tal como nas máquinas de refrigerante e na lanchonete, cruza com médicos, cientistas e pesquisadores vindos do exterior. Vê muitos indianos, paquistaneses e funcionários vindos da Ásia e do interior dos Estados Unidos.

— Eu era lindo, Barbara. Eu parecia com aquele ator francês dos filmes de Luchino Visconti. Ou ele era austríaco? Melhor. Com meus olhos verdes e minha pele morena... Uuurrú... Eu era alto, tinha coxas grossas, bem brasileiro, ah, eu era rei nas pistas, queridona. Como eu dançava. Eles ficavam loucos por mim, os americanos, especialmente os casados. Os enrustidos de Long Island, de Nova Jersey, de Hoboken, do Brooklyn, de White Plains, os *out-of-towners*, principalmente. Executivos, médicos, advogados, comerciantes, publicitários, todos eles. Não havia mal nenhum em aceitar os presentes que me davam. A ajuda financeira que me davam. Era um pagamento? Era, sim, de certa forma. *But I was worth it*. Eu valia. Cada centavo. Depois de uma noite comigo, eles podiam voltar para suas vidas respeitáveis de pais de família. Até quando me encontrassem novamente. Até quando me encontrassem de novo. Até quando reencontrassem Sandro Bergher, *the beautiful, irresistible Brazilian fucking machine*. Estou com frio. Põe um outro cobertor em cima de mim, *please? Thank you*, queridona.

Nos últimos tempos ele vem tendo febre constante. Baixa, mas constante. E tosse. Nem por isso deixa de fumar. Como está fumando agora.

— Eu era jovem. Eu era bonito. *I was beautiful!* Todos me achavam parecido com um ator francês, famoso no mundo gay na época. Fazia filmes de arte com Luchino Visconti, um grande diretor gay de filmes e óperas com Maria Callas. Ou esse ator era austríaco? O nome dele era Alain Berger. Ou Ludwig Berger? Louis Berger? Teve um filme em que ele fez o papel do rei Ludwig da Baviera. Por causa dele adotei o sobrenome Bergher. Sandro Bergher. Bem melhor do que Silvio Pereira. Nenhum americano consegue pronunciar Pereira, *anyway.*

Ele se cala e a observa dobrando as roupas, formando pilhas e, em seguida, colocando-as nas gavetas e no armário de portas espelhadas, na tentativa inútil de dar ilusão de mais espaço ao apartamento mínimo que o hospital lhe destinou gratuitamente. A tevê está ligada (ela ligou ao chegar) com o som baixo. Nenhum dos dois presta atenção ao noticiário econômico da CNN. (Nem a um nem à outra interessa o anúncio da fusão entre a alemã Daimler-Benz e a americana Chrysler.) Silvio pressiona alguns botões do controle remoto, passa por algumas *soap operas*, acaba por desligar o aparelho.

— Eu o vi algumas vezes — retoma. — Esse ator francês. Esse Alain Berger. Ludwig Berger. Louis Berger. Era como se eu estivesse me olhando no espelho. Assim como eu me vejo agora. Não assim, não como agora, claro. Éramos parecidos mesmo. A mesma altura, o mesmo cabelo alourado liso caído da testa... A diferença é que eu tinha a pele morena e olhos verdes. Ele era branquelo, com olhos azuis desbotados. As pernas dele eram compridas, não finas, mas... Eu tinha coxas grossas. Grossas mesmo. Grossas de tanto futebol que jogava nas areias da praia de Copacabana. Enchia as calças. Enchia com o volume do que estava por trás da braguilha também. Eu e esse Ludwig uma noite nos encontramos no The Saint. Era um clube no East Village. Na Segunda Avenida. No mezanino, onde sempre era possível um *quick blow job*... Um boquete rápido. Depois... Mais. Muito mais. Tivemos uma... Coisa. Sem limites. Uma loucura. A música tocando, as luzes piscando, as sombras, a penumbra e... Ele e eu, frente a frente. Como num espelho. O outro e eu. Aliás, eu e eu. *I was so fucking beautiful. We were, both of us. Beautiful. Fucking machines.*

Ele delira, Barbara pensa. Sempre evitara falar palavrão na sua frente, agora nem percebe o que diz. Já não raciocina com clareza. Os remédios somem com as muitas dores, mas apagam suas vontades. Já não ouve mais os poucos CDs trazidos do apartamento antigo, não liga a televisão, nem mesmo abre as revistas de escândalos de celebridades que lhe compra no supermercado. As centenas de filmes antigos de Hollywood e alguns europeus de arte, quase todos em preto e branco, não puderam ser trazidos e foram doados para um amigo dono de locadora de vídeos da Christopher Street. Nunca mais citou o nome de Maris Montez, nem nenhuma das outras divas para ela desconhecidas e que tanto o arrebatavam.

Silvio está sumindo, ele mesmo lhe dissera.

— Pedacinho por pedacinho, Barbara. Cada vez tiram uma parte podre de mim. Você acredita em Deus?

Sempre teve esse jeito inquieto de pular de um assunto a outro. Deus apareceu e tem sido tema recorrente desde a mais recente amputação. Ela não responde, não sabe o que lhe responder, e ele geralmente passa a outro tópico. O mais recente rumor sobre estripulias sexuais de Bill Clinton em meio ao julgamento do impeachment, o fim de alguma boate do *Meatpacking District* que foi moda nos anos 1980 para dar lugar a um condomínio de novos-ricos da Bolsa de Valores, a fortuna deixada pelo recém-falecido Frank Sinatra, a cara de brasileira da jovem atriz de lábios carnudos chamada Angelina não-sei-o-quê, filha de John Voight ("*Sexy, sexy, still a veeeery sexy man.*"), a pasteurização à la Disneylândia da antes sórdida Rua 42, alguma fofoca sobre supostos namorados de Tom Cruise ou John Travolta.

Desta vez, insiste.

— Acredita, Barbara?

Ela se esquiva.

— Acredita em quê?

— Deus.

— Eu rezo.

— Não foi isso que eu perguntei.

— Eu rezo toda noite.

— Mas acredita?

— Minha mãe me levava a uma igreja. Aprendi o Pai Nosso.

— Mas você acredita?

— Acredito? Como assim? Eu rezo.

— Stanley me dizia que tinha medo de não acreditar. Aí nada faria sentido.

— Sei também a Ave Maria.

— Stanley me deu o apartamento que você conheceu quando começou a trabalhar para mim.

Tem dificuldade para acompanhar o fluxo de associações de Silvio. Tampouco quer saber mais um nome de mais um homem da vida dele. Não sabe como interrompê-lo. Tenta:

— Mas não rezo a Ave Maria. Não sei por que não rezo a Ave Maria. Também sei o Credo. A Ave Maria eu podia rezar, mas nem me lembro de rezar. Só rezo o Pai Nosso. Sempre o Pai Nosso.

— Também foi o Stanley que comprou o espaço na Charles Street e financiou tudo do que eu precisei para montar a loja de flores.

Talvez lhe faça bem lembrar daqueles tempos em que tinha saúde e *a mais bonita pequena loja de flores do West Village*, como costuma dizer, Barbara intui. Mas as menções a um passado de prostituição sem remorsos a deixam desconfortável. Tenta driblá-las.

— Outra que sei: "Com Deus me deito, com Deus me levanto, com a graça de Deus e o Divino Espírito santo". Sei muitas orações. Nem sei por que sei.

— Eu nunca paguei o dinheiro que Stanley me emprestou. Ele nunca cobrou. Stanley tinha dois filhos. Um já era rapaz. Trabalhava com Stanley na confecção, na Sétima Avenida. Acho que a mulher sabia que o Stanley era um homossexual enrustido, mas preferia não tocar no assunto. Nenhum homem sério de negócios era gay naquela época. Nem se usava essa palavra, "gay".

Havia um mundo sobre o qual nunca soubera nada nem jamais realmente ouvira falar quando vivia no Brasil, Barbara pensa. Mundos. Sobre os quais eu nunca saberia se não tivesse vindo para cá, compreende, ou não tivesse conhecido Silvio.

— Stanley morava numa mansão em Long Island. — Silvio continua rememorando. Ou delirando. Barbara não tem certeza. — Vi fotografias. Da casa, da mulher, dos dois filhos. Um rapaz e uma garota. Stanley me mostrava.

Subitamente, cala-se. Talvez tenha entrado em outro desvio da memória. Talvez seja melhor assim.

Barbara não tem certeza se preferiria nunca ter sabido desses novos mundos trazidos por Silvio. Talvez fosse melhor ignorar. Ignorá-los. Os mundos, as nuanças, a complexidade do amor pago, do sexo para aliviar o desespero. Tudo parecia mais simples antes. Antes de Silvio. Antes de sentir aquela mistura de aversão e fascínio sempre que estava perto dele.

— Só o Stanley escapou do campo de concentração — Silvio comenta, em voz baixa, como voltando para concluir uma longa narrativa, sem se dar conta de nunca a ter feito. — Era criança. Uma mulher católica o escondeu quando os nazistas levaram os pais. Não sei se foi na Polônia ou na Checoslováquia.

Deus se esqueceu de nós, o Stanley dizia. Ele preferia acreditar que Deus tinha abandonado os judeus do que acreditar que Deus não existia. Você não disse se acredita ou não acredita.

— Em Deus?

— De quem mais estamos falando? Monica Lewinsky? Nicole Kidman?

— Acredito. Senão, para que ia rezar?

— Você pede?

— Peço o quê?

— Eu que perguntei: você pede?

— A Deus?

— Não ia ser ao Stanley, não é mesmo? Ele sumiu. De uma hora para outra. Desapareceu da minha vida. *Puft! Vanished! Gone! Forever! Gone with the wind!*

Ele se cala. Ela aguarda. Mas Silvio se mantém em silêncio. Fecha os olhos. Passam-se cinco, dez, quinze, vinte minutos sem que nenhum dos dois dirija a palavra ao outro. Ela se dedica a todas as pequenas atividades que compõem seu trabalho e a distraem do indesejado sentimento de piedade por saber que as duas únicas escolhas de Silvio são as dores ou o embaralhado trazido pelos medicamentos. Observa-o entre uma ação e outra. Os olhos de Silvio continuam cerrados. A respiração é quase imperceptível. Mergulhou, imagina, em novo round de imagens vagas e lembranças desfocadas. Dormita, talvez. Melhor assim.

— Stanley desapareceu porque tinha morrido — ele lhe diz, como que acordando. — Só fui saber mais de um ano depois. Tomou vários comprimidos para dormir, enfiou um saco plástico na cabeça e se deixou sufocar. *Puft!*

Silvio acende um cigarro, o quinto ou sexto desde que ela chegara.

— Este fim de semana arrumou um namorado? Ou se trancou dentro de casa novamente?

Ela enrubesce.

— Ah, não me diga que passou o domingo fechada dentro de casa.

— Trabalhei sábado. Estava tão cansada no domingo, que preferi...

— Queridona, assim não dá. Você não pode continuar vivendo em Nova York sem um marido, um namorado, um noivo, um companheiro. Será que não há homens no Queens?

— Eu não preciso de...
— Precisa. — Ele corta, subitamente alerta. — Precisa, sim. Todo mundo precisa de alguém, queridona.
— Não sou assim. Eu não tenho necessidades desse tipo.
— Não estou falando de sexo. Aquele seu noivo... nunca mais deu notícia?
— Não era meu noivo.
— Aquele que te trouxe para cá. Aquele de Framingham, aquele de Massachusetts. Leonardo, não era? Aquele que mandou você para Nova York com promessa de te resgatar depois e nunca mais deu...
— Luís Claudio nunca me prometeu nada. — Agora é ela quem interrompe. — Leonardo é o irmão dele.
— Cadê esse tal de Luís Claudio?
— Se casou com uma americana — ela responde, tentando parecer indiferente, mas num tom que a Silvio parece doído. — Tiveram um filho.
Silvio desvia os olhos, dá uma baforada, bate a cinza.
— Desculpe, Barbara — acaba por lhe dizer, apagando o cigarro. — Desculpe. É que eu estou muito cansado. Confuso e cansado. Não consigo mais raciocinar direito. Não sinto dores. Mas uma fadiga. Permanente.
— Tudo bem. Não fiquei ofendida — ela lhe diz, sinceramente.
— Eu fico preocupado com você.
Que absurdo, ela pensa. Silvio está cada vez mais debilitado e se preocupa comigo?
— Está tudo bem, Silvio.
— Está?
— Está. Claro. Por que não estaria?
Barbara dá as costas, finge procurar alguma coisa debaixo da pia, depois mexe nos talheres em uma das gavetas, abre e fecha portas de um armário, evita que Silvio veja sua expressão. Ele já a conhece bem após todos esses anos. Saberia que está mentindo.
— Quando eu... — Barbara o ouve dizer, ainda de costas para Silvio. — Se eu, um dia, eu morrer... Você vai ficar sem... Se um dia eu...
Acende mais um cigarro. Ela ouve o clique do isqueiro descartável.
— Você está fumando além da conta, Silvio.
— Não mude de assunto. Nós estávamos falando de você.

— Não estávamos, não.

— Olhe para mim, Barbara.

Ela continua de costas, remexendo e realocando um copo, um pacote de biscoitos, checando a data de validade de algum produto em lata comprado recentemente, como tudo ali.

— Olhe para mim.

Barbara se vira, pretendendo ser desafiadora. A fragilidade e doçura do homem a fumar sentado no sofá a desarmam.

— Você passa os fins de semana trancada dentro daquele maldito apartamento no Queens, não vê ninguém, não fala com ninguém, não sai, não se distrai, não namora, não se interessa por homem nenhum, nem mulher nenhuma, o tempo vai passando e você continua sozinha aqui em Nova York, não é possível, Barbara, não está certo, você é muito moça para... Para... Para se aposentar da vida.

— Que frase cafona, Silvio. Parece novela brasileira.

— O deboche não lhe cai bem, Barbara.

— Não estava debochando de você. Eu só achei que...

— Há quantos anos você está aqui?

— Em Nova York?

— Nos Estados Unidos.

— Sete anos e nove meses. Desde fevereiro de 1991.

— Quantos anos você tem?

— Você sabe.

— Esqueci.

— Vinte e quatro.

— Você tem 24 anos. — Ele se espanta. — Você chegou aqui com dezessete!

— Faço vinte e cinco daqui a dois meses.

— Vinte e quatro anos, Barbara! Vinte e quatro! Você está no topo da juventude! Vinte e quatro anos, Barbara! O que está esperando para sair por aí aproveitando esse... Esse... — Aponta para o corpo sem relevos, coberto por uma blusa descolorida e calças jeans, em busca de palavras. — Essa juventude toda? Solte esses cabelos! Passe um batom! Onde está a bolsinha de maquiagem que as *Brazilian hookers* te deram?

— Não trouxe. Não uso. Você sabe.
— Pegue a minha, então.
— Você jogou tudo fora.
— Barbara, 24 anos é...
— Vou fazer 25.
— Vinte e cinco, 24, não importa, você está no topo, Barbara. É o máximo da juventude. Você pode tudo. Tudo é possível para quem tem 24, 25, 26 anos. Quando eu tinha essa idade, ah, Barbara, eu aprontava todas. Transava com quem eu queria. Transei com todos os homens e todas as mulheres que eu quis. Homens, principalmente. Todos. Casados, solteiros, viúvos, todos. Tinha um lugar no East Village, uma boate, meio teatro, meio clube de dança, chamado The Saint. Era uma loucura. Tinha uma parte de cima, um mezanino...

Ele conta a mesma história do ator francês/austríaco com o mesmo entusiasmo de meia-hora atrás.

— Como se eu estivesse diante do espelho, entende? Mas eu tinha as coxas mais grossas, ele abriu minha braguilha e...

O futebol nas areias de Copacabana, a loja de flores na Charles Street, seu poder sobre homens casados, os presentes, o prazer, a dança, a troca do sobrenome brasileiro, repete e repete, sempre com pausas prolongadas entre as frases. Até que fecha os olhos.

"Adormeceu", ela pensa.

Vê que se encolhe.

Ela pega a escada de quatro degraus, sobe, retira outro cobertor na parte superior do armário, desce, vai até ele e o cobre.

— Por que você não volta para o Brasil? — ele lhe diz, baixinho, ainda de olhos fechados.

Ela não ouve a pergunta e volta para a roupa que estava guardando.

Um caminhão de bombeiros passa pela Décima Avenida. O som da sirene cresce, domina os outros barulhos, vai diminuindo até se misturar aos ruídos comuns do centro da cidade.

— Hein, Barbara?

— Hum?

— Eu te fiz uma pergunta.

Ela está distraída. Acredita que ele ainda delira.

— Hein, Barbara?

— Hum?

— Por que você não volta para o Brasil?

Ela para com a pilha de camisetas nas mãos, surpresa. Silvio repete:

— Por que você não volta para o Brasil?

Ele está lúcido. Tem os olhos verdes bem abertos. A frase foi dita sem nenhuma hesitação.

— Por quê? — Ela se ouve dizer, chocada, pega de surpresa pela questão que nunca lhe ocorrera.

— Onde está sua mãe? — ele pergunta, como um adulto se dirigindo a uma criança traquinas.

— Ela se mudou para Goiânia. Eu te disse.

— Eu esqueço tudo, você sabe. Os remédios. Você fala com ela?

— Às vezes.

— Vai morar com ela.

— Não posso.

— Não pode ou não quer?

— Não posso.

— Sua mãe não te quer?

— Que diferença faz?

— Volte para o Brasil, Barbara. Vá embora daqui. Não fique aqui. Não fique velha aqui, fazendo faxina. Volta para o Brasil. Vai, estuda, tira um diploma, se forma em alguma coisa, se casa, tem filhos, volte para lá. Volte para São Paulo, volte para Goiânia, volte para um lugar onde você tenha uma tia, um parente, qualquer lugar. Volte para o Brasil. Você não tem ninguém aqui, Barbara.

Barbara desvia os olhos. Dói-lhe ouvi-lo dizer que não tem ninguém ali. Parece a verdade da vida provisória da imigrante ilegal a pagar contas com intermináveis faxinas, serviços de manicure e depilação. E assim deve ser, na visão de quem não atravessa a densa máscara por trás da qual ela se abriga.

A pergunta que Silvio faz em seguida magoa-a mais fundo ainda.

— Por que você não volta?

Para algumas perguntas jamais saberemos as respostas, por mais insistentes que sejamos em buscá-las. Para outras, seria preferível não as saber nunca. Dali em diante tornam-se cada vez mais doloridas conforme somos obrigados a encará-las, a aceitar o inaceitável, a cada momento em que afloram. Para Barbara, este era um deles.

— Por que você não volta para o Brasil, Barbara?

— Por que eu não volto? — Ela tenta ganhar tempo, sem saber como dizer o que jamais terá coragem de confessar. — Por quê? Por que eu não volto para o Brasil? — ela mesma pergunta, quase indignada, elevando a voz, virando-se para ele. — Por que eu não volto para o Brasil, Silvio? Por que eu não...

Ela se cala. Abre os braços. Tenta, sem conseguir, trazer para ali, naquele momento, muito mais do que seria capaz. Vira-se, fica, de novo, de costas. Pega a pilha de roupas. Separa-as. Junta-as. Fecha a porta do armário. Abre-a. Fecha. Abre-a. Coloca parte da pilha lá dentro. Vira-se de novo para Silvio. Sacode a cabeça. Enrubesce.

Ele compreende, finalmente. Mas não através das camadas de proteção dela. Não como Barbara gostaria. Não como precisaria.

— Você ama alguém aqui. *Oh my God,* você está apaixonada. Por isso você fica.

"Sim", ela pensa. "Você está certo, Silvio. A razão de minha permanência não é a indiferença da minha mãe. Nem a inexistência de um endereço aonde eu possa chegar, colocar minhas malas, tirar meus sapatos, deitar no sofá e adormecer, sem medo e sem aflição.

A razão de eu ficar em Nova York está aqui mesmo, Silvio.

Neste cômodo.

Bem aqui à minha frente.

Olhando para mim com estes olhos um tanto febris, dizendo frases um tanto delirantes, mergulhado em lembranças de uma cidade divertida como um playground para rapazes bonitos como atores de cinema, anterior ao AZT e a ineficazes tratamentos experimentais contra a aids, aquela Nova York desaparecida, sem dores nem amputações.

Mas você nunca saberá."

IL AVAIT PRESQUE VINGT ANS

Fisksätra — janeiro de 1975

Anna se levanta quando ele entra no apartamento. Espera que chegue perto, então o abraça. Paulo sente seus seios, começa a se excitar, enfia as pernas entre as dela.

— Não, Paulo, não, agora não — diz, sorrindo, afastando-se. — My sweet Brazilian boy sempre me quer — fala, lisonjeada, misturando inglês e sueco, como sempre faz desde que se mudou para o apartamento dele, nos arredores de Estocolmo. — Querido doce menino — Anna acrescenta, em palavras decoradas desde que passou a pedir a Paulo para lhe ensinar português. Fala com muito leve sotaque, tem bom ouvido, é dotada para línguas.

Paulo puxa-a novamente para perto de si:

— Quero você muito. Agora — sussurra em sueco elementar, mas razoável, ao ouvido dela enquanto a empurra em direção à mesa, pensando em deitá-la e possuí-la ali.

— Daqui a pouco. — Ela se esquiva. Mostra uma garrafa de vinho e duas taças. — Antes temos de comemorar.

— Você comprou essas taças. Não tínhamos taças aqui em casa.

— Sim.

— Comemorar o que às sete da manhã?

— Que dia é hoje, Paulo?

— Domingo. O dia em que você vai à sua igreja luterana e reza pelos nossos pecados.

Ela ri e sua gargalhada cristalina termina por excitá-lo ainda mais. Paulo se esfrega nela, esquecido da fadiga da noite sem dormir como porteiro no Hotel Grunert.

— Amor não é pecado. Mesmo o amor de uma mulher velha por um menino brasileiro.

— No meu país o que nós estamos fazendo é pecado. Muito pecado. Gostoso bom pecado. E você não é velha, Anna. — Agora é ele quem ri, enquanto apalpa seus seios. — Você é balzaquiana.

A palavra é incompreensível para ela.

— Bal-za-qui-ana — Paulo repete. — Mulher bonita com mais de trinta, no meu país, é chamada assim — explica, e logo começa a cantarolar em português uma canção, surpreso ao se dar conta de que a lembrava. — "Você, mulher, que já viveu, que já sofreu..."

— Por favor, traduza.

— É sobre mulheres que viveram e tiveram experiências que as mais jovens não conhecem.

Anna ri, desviando o corpo. Acaricia com a mão muito branca o rosto negro de Paulo, sentindo a aspereza de sua barba por fazer. Pega garrafa e abridor, dá nas mãos dele. A rolha sai com facilidade. Paulo serve as duas taças, com a experiência de quem, entre tantas outras atividades no Chile, trabalhou de garçom.

— O que estamos comemorando?

— My *sweet Brazilian boy*, você não se lembra mesmo, doce menino.

— De que, Anna?

Nos olhos dela percebe lágrimas se formando.

— Magoei você? Estou esquecido de alguma coisa importante de que deveria me lembrar?

— Não — responde, uma primeira lágrima escorrendo pelo canto direito do olho, logo outra. Beija os lábios dele, com delicadeza. — Não me magoou. Nada. Nem um pouco. Estou comovida por você. Com você.

Bate, levemente, a taça de vinho na dele, toma um gole pequeno.

— Toda a felicidade do mundo para você, meu doce menino brasileiro. — Ela brinda. — Neste domingo, 11 de janeiro de 1975, dia do seu 26º aniversário.

Só então Paulo se dá conta da data. Continua com a taça na mão, mas não bebe. Não se move. Não sabe o que fazer. Não sabe o que dizer.

— Não sei o que dizer.

Anna leva a mão à taça de Paulo. Delicadamente ela a conduz aos lábios dele, até que beba. Desabotoa seu casaco, desenrola o cachecol em torno do pescoço. Para. Ele tenta sorrir. Ela sorri de volta, lembrando-se de uma tarde tão ou mais fria do que a deste domingo. A primeira vez que o despiu. Nevava, como hoje, como sempre neva nesta época do ano. Ele usava roupas doadas, largas demais para seu corpo. Podia perceber suas costelas por baixo da pele escura. Mais de um ano atrás. Não sabia, nem jamais saberia, por que se aproximou dele na reunião da Anistia Internacional. Ao atravessar o salão, lotado de adultos e crianças do Brasil, da Argentina, do Chile e do Uruguai, foi ao canto para onde ele recuara desde a chegada. Estendeu-lhe a mão e se apresentou. Talvez uma hora depois, talvez mais, talvez menos, conduzia-o para fora dali, para a rua, para a estação de metrô, para seu apartamento. Em que momento decidiu fazer isso? Não imaginava que se apaixonaria por aquele rapaz sete anos mais moço, terno, assustado, magro, isolado dos outros exilados de seu país, falando mal inglês e nada de sueco, sem passado nem documentos exceto uma declaração do próprio punho em que afirmava chamar-se Nelson. "Como o almirante britânico?", ela lhe perguntou, então. "Não", ele respondeu, "como o cantor."

— Não diga nada, Paulo. Não é necessário.

Abraçou sua cintura. Paulo, por sua vez, envolveu os ombros dela, com cuidado para que não respingasse vinho em seu vestido. O que sentia? Não atinava. A surpresa dera lugar a um embaraço, como alguém a involuntariamente apresentar um documento de identidade equivocado, logo ele, que utilizara tantos falsos. Um aniversário, por que lembrar um aniversário e ser cumprimentado por isso? O seu, sim, claro, o seu aniversário. Mas, se em 26 anos a data fora tão insignificante quanto uma quarta-feira de agosto ou março, por que hoje isso seria diferente? Entretanto... Entretanto...

— Anna, eu nem sei... Nem sei como... Gosto, aprecio você ter lembrado, mas... Em nenhum momento da minha... Em nenhum momento da minha vida eu comemorei, ninguém nunca comemorou o meu...

Ela coloca o dedo sobre seus lábios, pede silêncio.

— Sei que jamais celebrou seu aniversário, *my sweet* Paulo. Eu sei. Não mais. De hoje em diante, não mais. De hoje em diante, nunca mais seu aniversário vai passar em branco, meu doce menino brasileiro. Deste 11 de janeiro em diante, todo 11 de janeiro nós vamos comemorar você estar vivo, você ter sobrevivido a tudo o que sobreviveu, você estar aqui, você estar construindo uma outra forma de vida... Vamos comemorar até você ter aprendido a falar sueco fluentemente.

Ele a abraça com mais intensidade.

— Vamos comemorar com um piquenique.

É sua vez de rir agora. Aponta para fora:

— Na neve?

— Não — Anna responde, saindo do abraço, pegando uma toalha xadrez vermelha e branca, abrindo-a e estendendo no chão. — Piquenique aqui dentro. Sente-se. Aí, mesmo.

Paulo obedece, divertido.

— Comprei algumas coisas que nós raramente comemos — acrescenta, pegando prato por prato, passando para ele, que os coloca sobre a toalha, enquanto enumera: — Queijo brie, queijo camembert, queijo roquefort.

— Nunca comi nada disso.

— Eu tampouco, até ir para a França. São os três queijos básicos para o aprendizado de novos prazeres. Celebraremos o seu aniversário com aquilo que você nunca comeu.

Traz uma cesta com diversos tipos de pães, talheres, guardanapos. Em seguida a garrafa de vinho e as taças.

— Hoje vou lhe ensinar o que aprendi com meu namorado francês em Paris.

— Tenho ciúmes.

— Não tenha. Ninguém nunca me deu prazer como você. Nunca amei tanto.

— E ele?

— Mathieu Molinari, arquiteto, dez anos mais velho, cínico, fascinante.

— Você?

— Moça sueca de 23 anos, noiva de um bom e decente rapaz sueco, vai pela primeira vez a Paris no inverno de 1967. Conhece Mathieu, se apaixona, termina noivado, fica em Paris toda a primavera, conhece refugiados de muitas ditaduras, continua em Paris no verão, vai com Mathieu à Grécia e à Turquia, volta a Paris, conhece mais refugiados, trabalha em organizações que os apoiam, conhece estudantes, passa o outono, passa o inverno, chega maio de 1968. Moça sueca vai para as ruas, joga pedras, apanha de cassetete e tem as roupas rasgadas pelos *flics*, descobre que o amor pelo arquiteto acabou, termina a relação, volta para a Suécia.

Senta-se de frente para Paulo. Corta um naco de queijo camembert, dá a ele, serve um pedaço a si mesma.

— Quer que eu conte a origem de cada queijo?

— Não precisa.

— Gostou?

— É... diferente.

— Também estranhei da primeira vez. É um gosto adquirido, vem com o tempo. Tome um gole de vinho.

Ele toma.

— Agora prove esse. Chama-se brie.

Paulo prova.

— Gostei mais desse do que do outro.

— Tome mais um gole de vinho e experimente mais este.

O sabor agrada a Paulo.

— É o queijo roquefort.

— Bom. E o pão parece com o pão francês do Brasil. Só que mais fino e mais comprido.

— Isto é uma baguete.

— Os franceses almoçam e jantam esses queijos?

— Queijos são como sobremesas para os franceses. Eles comem ao final da refeição. Depois da salada.

— Eu como tudo junto, salada, carne, arroz, massa...

Ela ri.

— Eu sei. Eu vejo. Seu prato é sempre uma mistura. E muito feio!

Riem os dois. Brindam. Ele se deita, fecha os olhos. Pensa: nada do que jamais imaginou, ou sequer imaginou, era tão bom quanto aquilo, quanto aquele momento pacífico e banal.

Anna se deita a seu lado. Ele a ouve cantarolar, num sussurro. Não entende as palavras. É uma canção que nunca ouviu, numa língua que não reconhece. Poderia ouvi-la para sempre.

— O que você está cantando? — finalmente pergunta.

— Uma canção sobre você.

— Você fez uma música para mim? — Paulo se surpreende.

Ela ri novamente. Levanta-se, vai à estante que trouxe na mudança, onde estão discos compactos e um toca-discos portátil, semelhante a uma mala. Tira da prateleira um disco pequeno. Mostra a ele.

— Conhece?

A foto na capa mostra uma mulher pálida, de cabelos curtos, escuros como os olhos negros, quase oblíquos. Um rosto que Paulo nunca vira.

— É a autora da música sobre você.

— Francesa?

— Francesa, judia, cantora e compositora, amiga de Jacques Brel.

Percebe o vago olhar de Paulo.

— Você não conhece Jacques Brel?

Ele acena negativamente com a cabeça.

— Nunca ouviu "*Ne me quitte pas*"?

Novo aceno negativo.

— "*Moi je t'offrirais des perles de pluie*". — Anna cantarola. — "*Venues du pays où Il ne pleut pas…*". Nunca ouviu?

— Nunca.

— Você é da geração dos Beatles e dos Rolling Stones.

Paulo concorda.

— Não sabe quem é Jacques Brel, mas deve conhecer as músicas de Johnny Hallyday, Sylvie Vartan, Françoise Hardy, Christophe…

A cada nome Paulo respondia com uma negativa.

— Nem Gilbert Bécaud?

— Não.

— *Mon Dieu*. — Ela reage, forçando um sotaque jocoso. — Não tocam música francesa no Brasil?

— Não sei. Talvez. Não me lembro.

— Que tipo de música você ouvia no Brasil?

— Todo tipo.
— De quais você gostava?
— Não me lembro.
— Você cantou uma para mim quando nos conhecemos.
— Ah... Foi.
— Uma canção do almirante Nelson.
Riem juntos.
— Nelson Gonçalves. Era uma música do Nelson Gonçalves.
— Seu cantor favorito?
— Não sei. Ouvia música sem pensar nisso.
— Quem você gostava de ouvir?
— Acho que ele: Nelson Gonçalves.
— Só ele?
— Vou tentar lembrar. Ele. Um outro Nelson, o Nelson Cavaquinho. Pixinguinha. Noel Rosa. Maria Bethânia cantando Noel Rosa. Altemar Dutra. Geraldo Vandré. Milton Nascimento... Nem sabia que me lembrava de tantos nomes.
— Bossa Nova?
— Muito chata. Quem é essa mulher morena na capa do disco?
— Chama-se Barbara.
— Bárbara, sem sobrenome?
— *Barbarrá* — ela pronuncia, exagerando e arrastando o erre.
— Barbarrá — ele repete.
— *Oui, mon doux Brazilian boy. Barbarrá. Ouça.*

Anna coloca o compacto 45 RPM no prato da vitrola, aciona o braço, leva a agulha até a faixa inicial.

A música abre com notas ao piano. Então, suavemente, surge a voz da mulher. Barbara. *Barbarrá*, como lhe ensinou Anna há pouco.

Il avait presque vingt ans
Fallait, fallait voir
Sa gueule, c'était boul'versant
Fallait voir pour croire...

Sua voz não se parecia à de nenhuma cantora que ouvira antes. Era... Rascante. Como seu nome.

A l'abri du grand soleil
Je ne l'avais pas vu venir
Ce gosse, c'était une merveille
De le voir sourire...

— O que ela diz?
— Ela fala de você, ainda que não fosse você. Mas é, para mim a canção descreve você. A letra diz: "Ele tinha quase vinte anos e uma expressão desconcertante; eu mal o vi chegar, esse garoto, que maravilha vê-lo sorrir". É o que diz a canção. É como eu me sinto com você.

Paulo quer acreditar no que Anna lhe diz. Sabe que ela é sincera e direta, agora que a conhece melhor. Mas as palavras que ela traduz para ele lhe parecem... Demais para ele.

Il avait presque vingt ans
Et la peau si douce...
J'ai cueilli du bout des dents
La fleur de sa bouche...

— Você tem quase vinte anos — Anna prossegue, traduzindo para Paulo o restante da canção de amor da mulher mais velha. — "E a pele tão doce. Colhi com a ponta de meus dentes a flor de sua boca. E para você eu folheei um livro de imagens que não foi escrito para meninos bem-comportados."

Ele não sabe se agradece ou se desculpa pelo engano.

— Essa canção já foi muito triste para mim — ela diz, voltando a sentar-se junto dele. — Me parecia falar dos filhos que eu não tive.

Beija a testa dele.

— *My sweet, sweet...*

Paulo se acomoda junto aos seios dela.

— Eu estava grávida em maio de 1968.

— A violência da polícia fez você perder a criança?

— Não. Preferi o aborto. Não contei para Mathieu que esperava um filho dele. Voltei para a Suécia e tirei o bebê. Hoje eu penso que...

Não prossegue. Paulo aguarda. A voz da cantora francesa prossegue, sem que ele saiba o que confessa.

Anna desce e coloca a cabeça no colo de Paulo. Ele enfia as mãos em seus cabelos bastos, acaricia seu crânio, lembra-se de uma palavra há muito esquecida, diz em voz alta:

— Cafuné...

Ela parece não ter ouvido. Agora ele quer dizer um verbo que nunca usou. Quer lhe dizer algo que nem mesmo sabe direito o que é, mas que vem, e vem, e vem sem parar em sua mente. Reconhece com pudor e vergonha que é o verbo "amar". Apenas repete:

— Cafuné.

Novamente, Anna parece não o ouvir. Segura a mão dele, beija-a.

— Um dia você voltará para o Brasil.

— Isso é uma pergunta, Anna?

— Você voltará. Eu estarei muito velha para ir com você. Como no final da canção, em que ela diz: um dia perderei meus encantos, você amará uma mulher mais jovem e eu terei de aceitar a derrota. Você voltará. Os exilados voltam às suas pátrias.

— Não.

— Não voltará?

— Isso eu não sei. Mas sei que não quero viver sem você a meu lado. Aqui, lá, em qualquer lugar.

Anna mete os dedos entre os botões da camisa dele. Sente a pele morna, os pelos duros de seu peito.

— Mesmo que você parta sem mim — murmura —, algo seu ficará.

A FELICIDADE É FÁCIL

Nova York — agosto de 1999

Vê sacolas espalhadas pela sala. Uma, bem junto a seus pés, logo à entrada do apartamento da 62nd Street, próximo à Terceira Avenida, é preta, estampada com a marca em branco da loja de artigos de luxo Barneys. Há um pé de sapato dentro, outro largado sobre o tapete de motivos persas que delimita a área de estar.

— Oi? Tem alguém em casa? — diz, em tom de aviso.

Ouve vozes femininas no quarto mais próximo. Toca a campainha, ainda com as chaves na mão. Diz alto:

— Alô, cheguei.

As vozes continuam a conversa, entremeada de risinhos. Ninguém vem checar quem entrou. Não a conhecem, mas sabem que a faxineira viria naquela tarde, incluída no preço semanal do apartamento mobiliado, de dois quartos, alugado às turistas brasileiras por Nadja Nardel.

— Cheguei, estou aqui — Barbara alerta, para evitar sustos, como já aconteceu uma vez.

A ex-atriz/vedete/cantora carioca aproveitou a ebulição do mercado imobiliário nova-iorquino, obteve novo financiamento para o *mortgage* do apartamento onde morava, comprou dois menores, vendeu-os e acabou por financiar mais um para si mesma e aquele onde agencia as esposas de Newark, as suas (como ela chama) *Brazilian Girls*. As mesmas a quem Silvio se refere como *The Brazilian Hookers*.

— Estou entrando.

Nadja continuou surfando o bom momento imobiliário em Manhattan. Fez novo empréstimo, a juros mais baixos, dando como garantia o apartamento das atividades das *Girls*, e adquiriu, igualmente financiado em 30 anos, este no segundo andar do prédio razoavelmente elegante da Rua 62. As diárias, pagas pelos turistas brasileiros em dinheiro vivo, sem recibo, são mais baratas do que as de hotéis três estrelas e cobrem, folgadamente, as prestações. O próximo passo será dar este e o das *Brazilian Girls* como garantia para o financiamento de dois imóveis em Miami, outro destino cada vez mais procurado pelos brasileiros.

Fecha a porta. Vai colocar a bolsa na cadeira ao lado, estilo Luiz XV, dourada, forrada de veludo carmim, mas está ocupada por duas outras sacolas. Reconhece o nome do costureiro que, segundo Silvio, trocara o sobrenome judeu de imigrante pobre por um bem americano. Sua ampla loja Ralph Lauren, aberta há pouco no Upper East Side, assim como a Barneys, ficam próximas do apartamento e são uns dos primeiros endereços que as brasileiras visitam.

— Ralph Lifschitz. — Ela se recorda, pronunciando baixinho o nome original do agora bilionário empresário de moda. Em seguida, faz novo aviso às hóspedes. — Cheguei!

O outro endereço favorito das brasileiras é a Bloomingdales, a loja de departamentos mais próxima ainda, de onde saem carregadas de cosméticos, perfumes, lingerie, roupa de cama, toalhas, meias, roupões, *tailleurs*, echarpes, óculos, cintos, bolsas, botas, luvas, casacos de couro, sobretudos e agasalhos pesados que nunca terão oportunidade de usar no Brasil (turistas do sul garantem o contrário), mas que adquirem assim mesmo, porque têm os bolsos cheios dos dólares de seus maridos e amantes, eufóricos com a estabilidade do Real e o alto valor da nova moeda brasileira, mais a veloz multiplicação de seus investimentos na Bolsa de Valores a cada nova privatização de estatais, nova entrada de moeda estrangeira, nova associação ou compra de empresas nacionais por espanhóis, chineses, portugueses, suíços, alemães, coreanos, argentinos, mexicanos, angolanos, sauditas e quem mais estiver a navegar a maré alta da prosperidade deste fim de século.

Sobre o sofá de veludo cor de mostarda estão uma sacola pequena da joalheria francesa Cartier e outra, maior, da loja de cinco andares do costureiro italiano Gianni Versace, assassinado há dois anos em seu palacete de Miami, ambas localizadas na Quinta Avenida, a muitos quarteirões daqui. Brasileiras não gostam de andar tanto, ela sabe. As hóspedes para quem Nadja alugou o apartamento devem ter contratado um motorista. Também brasileiro. Vão fazendo as compras, deixando no carro.

— Alô, cheguei! — repete.

A conversa se interrompe. Uma mulher loura (quase todas as brasileiras que chegam aqui são louras), de cabelos longos lisos (todas as brasileiras que chegam aqui têm cabelos muito lisos) e rosto inerte após muitas cirurgias plásticas, surge no umbral.

— Olá, vim para... — Barbara começa a explicar.

— Comece a faxina pelo banheiro — a mulher sem idade a interrompe. — Depois arrume o outro quarto. Não mexa em nada. Quando sairmos para jantar, você arruma este.

— Quando a senhora sair para jantar — ela responde, no tom mais neutro que consegue, dando as costas e dirigindo-se à cozinha sem janelas —, eu já terei ido embora.

O som da conversa logo continua, abafado pelo ruído da água da torneira da pia. Prefere lavar à mão os copos, xícaras, talheres e pratos sujos deixados pelas hóspedes de Nadja sobre a bancada de aço em vez de usar a máquina. Está irritada, como sempre fica quando tem de lidar com esse tipo de brasileiras, e quer mostrar que a ordem como exerce a faxina é dela. Limpará o quarto e o banheiro por último. E já estará no metrô, a caminho de casa, ou preparando o próprio jantar na acanhada cozinha do apartamento no Queens, quando elas saírem para algum restaurante considerado chique pelos brasileiros, onde os brasileiros gostam de se encontrar com outros brasileiros em visita a Manhattan, para na volta ao Rio, São Paulo ou Brasília comentar com amigos sobre os vinhos (escolhem os mais caros), as celebridades na mesa ao lado (geralmente inventadas, mas quem saberá?) e a comida (apenas beliscada pelas brasileiras de rosto inerte, sempre em dieta).

Essas mulheres recentemente enriquecidas, de cabelos alisados e tingidos, idades apagadas por bisturis e injeções, faces e corpos alterados cirurgicamente, cobertas de penduricalhos, vestidas e calçadas de marcas famosas, carregando bolsas estampadas com nomes de costureiros, sapateiros e fabricantes de malas, formam um grupo com denominação própria, Nadja lhe dissera. São *As Peruas*. Ao contrário do que imaginou, não se ofendem de serem chamadas assim.

(Mulheres ociosas, lhe explicara Silvio, com dinheiro e tempo de sobra para não fazerem nada, exceto se preocupar com o peso, a pele, a silhueta, a drenagem linfática, a próxima sessão de Botox e, mais importante que tudo, como ocultar do marido, ou provedor, as despesas não autorizadas no cartão, ou cartões, de crédito que ele pagará.)

Já *As Cachorras*, Nadja também lhe informara, essas detestam o apelido. Também costumam se hospedar em apartamentos da ex-atriz, porém chegam em quartetos, quintetos, sextetos, a dividir o preço da diária. Não se incomodam em dormir na mesma cama ou sofá, desde que isso poupe outros dólares. Os corpos são mais arredondados, com grandes seios e nádegas volumosas, alterados com menos sutileza por cirurgiões plásticos menos hábeis e mais baratos do que os das Peruas.

Igualmente louras, igualmente de cabelos alisados, *As Cachorras* são mais jovens, porém menos bem-sucedidas do que *As Peruas*. Não conseguiram se casar com empresários endinheirados, no máximo se tornaram amantes eventuais. Umas têm casos com bicheiros, fisgados em ensaios de escolas de samba. Outras ainda acreditam na possibilidade de casamento com algum jogador de futebol ou da nova classe ascendente dos cantores sertanejos. Viajam de classe econômica, com passagens pagas à prestação. O primeiro endereço que pedem não é o de nenhuma das lojas preferidas das Peruas:

— Onde fica a Canal Street?

Na rua mais movimentada de Chinatown, As Cachorras enchem sacolas com imitações de bolsas, relógios, roupas e calçados ostentados pelas Peruas, compradas por uma fração do preço. De volta ao Brasil usarão algumas, venderão outras por até dez vezes o valor pago aqui nas academias de ginástica e nos salões de beleza onde exibirão, orgulhosamente, as contrafações dos mesmos sapateiros, maleiros e costureiros de suas semelhantes mais abastadas.

— Tudo baratíssimo — dizem, igualmente, Peruas e Cachorras.

As Peruas mal se dirigem a Barbara. É invisível para elas, como são suas empregadas no Brasil.

As Cachorras lhe fazem muitas perguntas. A maioria ela não sabe responder.

— Qual é a boate mais badalada de Nova York?
— Qual restaurante está na moda em Nova York?
— É muito caro?
— Tem loja de produtos para musculação aqui perto?
— Quanto custa um Rolex de verdade?

— Quanto custa uma bolsa Chanel de verdade?
— Os executivos vão a que bares?
— Os gatos frequentam que bares?
— Já viu alguma celebridade aqui por perto?
— É verdade que o Harrison Ford mora neste bairro?
— E a Madonna?
— E o Brad Pitt?
— Em que hotel ficam os artistas brasileiros?
— Tem bar nesse hotel onde eles ficam?
— Essa academia de ginástica na outra quadra é bacana?
— Tem muitos gatos lá?
— Lá tem celebridades?
— Tem muitos executivos lá?
— É verdade que a Nadja já foi garota de programa?

Se foi, não é da sua conta. Nada é da sua conta. O que fazem As Cachorras e As Peruas com seu dinheiro, ou como o obtêm, não lhe diz respeito. Suas expedições compristas não lhe dizem respeito. A súbita prosperidade dos brasileiros não lhe diz respeito. O passado de Nadja não lhe diz respeito. Gostaria que seu próprio passado não lhe dissesse respeito.

Mas não consegue.

O passado lhe volta de muitas formas. Todas perniciosas.

Quando menos espera, quando está distraída no apartamento de mobília barata, ou a passar o aspirador debaixo de uma poltrona, ou na plataforma de uma estação do metrô, na fila do supermercado, na lavanderia, aguardando o sinal abrir ou atravessando a rua, ouve vozes que já não sabe mais de quem são (Leonardo mandando-se de Framingham? A empregada da mansão onde seu pai trabalhava que lhe disse: "Não chore, Deus não nos ouve"? Silvio a gemer de dor enquanto desfiava nomes de homens?). As vozes se parecem, em seu tom vago e impalpável. Não duram muito. Mas são o bastante para tirá-la da neutralidade em que conseguiu se proteger. As vozes lembram que ela não é apenas mais uma mulher, agora já não tão jovem, a atravessar uma avenida de Nova York quando a luz verde do sinal comanda: *walk*. Ou a faxineira invisível a aspirar na própria casa o pó acumulado durante uma semana sob a poltrona da Ikea.

Você é a excluída do Brasil, é o que as vozes sem o dizer lhe dizem. Lá não há mais lugar para você, é o que elas realmente lhe dizem. Ninguém te espera lá. Lá você não tem mais casa, você não tem mais família, você não conhece mais as esquinas. Não sabe mais que tipo de calor faz nas noites de janeiro e fevereiro. Onde se compra o melhor pão. Por quais times vibram os vizinhos. O picolé preferido pela garotada. O sabor do refrigerante, a cor da embalagem da margarina, a marca de sabão em pó, o feijão e o arroz mais procurados nas prateleiras dos supermercados, a cerveja mais bebida nos balcões dos bares e nos churrascos de domingo. A nova sensação no mundo da música. O programa de auditório mais visto. A telenovela favorita de audiência. O novo galã. As canções que arrancam lágrimas, trazem lembranças amorosas, levam a sacudir os quadris. Quais gírias identificam e separam as gerações.

Você foi a jovem que ia estudar Medicina, ou Biologia, ou apenas inglês o suficiente para se tornar secretária bilíngue, as vozes insistem em lembrar, e hoje limpa apartamentos, faz unhas e depilação em Nova York. Quando você decidiu ir embora de São Paulo, deixar a mãe, os parentes, ou poucos amigos, era esse o futuro almejado? A vida em um país cuja língua até hoje não consegue falar ou entender direito? Um apartamento de três cômodos (sala-quarto, cozinha, banheiro), mobiliado com móveis do Exército da Salvação?

As vozes, ela afasta. Aprendeu como: cantarola, internamente, a única canção guardada da infância.

Pela estrada afora,
Eu vou bem sozinha
Levar esses doces
Para a vovozinha.
A estrada é longa,
O caminho é deserto,
E o Lobo Mau passeia aqui por perto.
Mas à tardinha,
Ao sol poente,
Junto à mamãezinha
Dormirei contente.

O medo maior são as imagens. Uma mais que as outras. O corpo do pai na gaveta refrigerada do Instituto Médico Legal.

A cabeça quase separada do corpo pelos tiros levados na nuca.

HOTEL GRUNERT

Estocolmo — agosto de 1975

— Chegou cedo — diz, ao ver Ernesto subindo as escadas, e acrescenta, após olhar o relógio na parede atrás de si: — Quase meia hora antes do seu turno.

A rendição é às seis da manhã. Os dois, mais Chico Nelson, outro exilado brasileiro, igualmente escapado do Chile após a morte de Salvador Allende, se alternam, além de um asilado curdo, como porteiros/vigias/faxineiros/caixas do hotel modesto no centro de Estocolmo. A Anistia Internacional arruma trabalhos simples como aquele para quem não fala a língua do país, ou não fala bem o suficiente para ocupar cargo semelhante ao que exercia no país de origem. No Hotel Grunert o pagamento é semanal, tal como a organização dos horários entre os três brasileiros, de acordo com o interesse de cada um.

Paulo prefere sempre as madrugadas. Sai direto para a universidade, onde toma o farto café da manhã que vai sustentá-lo pelas aulas dos cursos de Pedagogia e Economia. Ali também almoça, antes do emprego da tarde, temporário e igualmente obtido por meio da organização de ajuda a refugiados. Entre os empregos mais recentes, auxiliou em reparos de linhas do metrô, abriu covas em cemitério, montou mesas e cadeiras em uma fábrica de móveis, empacotou roupas e alimentos enviados para vítimas do terremoto Kinnaur, no norte da Índia. Já poderia se candidatar a empregos melhores. Fala sueco com razoável destreza, resultado das aulas que continua frequentando, ao contrário da maioria dos compatriotas asilados, e das longas conversas com Anna. Mas precisa das madrugadas no emprego sem muitas exigências para pesquisar e estudar.

— Fui levar Regina à *Centralstation* — Ernesto justifica. — O trem para a França saiu às cinco horas.

A voz de Ernesto está arrastada. Parece cansado. Para junto ao umbral da porta sempre aberta a eventuais hóspedes, a qualquer hora do dia ou da noite: o Hotel Grunert fica próximo da estação de trens vindos das pequenas cidades e povoados do norte sueco. Por trás do balcão, Paulo o observa com um misto de surpresa e curiosidade.

— Surgiu uma oportunidade lá — Ernesto acrescenta. — Na França. Para Regina. De trabalho. Dar aulas.

Apoia-se no umbral. Os olhos vagam pela saleta forrada com papel de parede convencional e fora de moda.

— Vai dar aulas de Química em uma escola secundária em Montpellier.

Um emprego regular para estrangeiro, aqui ou em qualquer país europeu, é raro, Paulo sabe.

— A escola é de padres dominicanos, ligados ao movimento da Teologia da Libertação no Brasil — explica o ex-professor católico.

— O casal voltará a se encontrar nas férias — Ernesto conta a Paulo, como se estivesse tentando convencer a si mesmo. Regina pode se movimentar sem problemas nas fronteiras. Não está fichada como terrorista, ao contrário de Ernesto, e o acompanha desde o Chile pelo mesmo afeto e admiração que lhe dedica desde os tempos de estudantes na PUC de São Paulo.

— Faz calor o ano inteiro em Montpellier — Ernesto comenta, como se as altas temperaturas no sul da França fossem a razão principal para Regina aceitar o emprego. — Se quiser, já pode ir, Paulo.

— Não adianta, é muito cedo para chegar à faculdade.

— Não quer dormir um pouco, descansar antes das aulas? Sempre tem um quarto vago.

— Estou sem sono. Você tem o ar cansado, você é que podia tirar uma soneca.

— Não dormi. Viramos a noite conversando, Regina e eu. É a primeira vez que a gente se separa desde que ela decidiu sair do emprego no Brasil para morar comigo em Santiago.

Regina e Ernesto era um dos poucos casais de jovens exilados cuja união não se rompera depois da chegada e dispersão pela Europa. Ao contrário. Pareciam mais amigáveis e unidos que nunca. Paulo intui que a separação, ainda que por uma boa oportunidade profissional, será um baque para os dois.

— Parece que Montpellier é muito bonita — Ernesto diz, tentando dar entusiasmo às palavras. — Antiga. Mais de mil anos. Quem sabe um dia irei lá, visitar Regina?

Deixa-se cair na poltrona ao lado do balcão da recepção, puxa um maço azul de cigarros Gitanes sem filtro do bolso, oferece a Paulo, que recusa, acende um.

— Tem a escola de Medicina mais antiga da Europa. Montpellier. Do século XII. O que estariam fazendo nossos índios Tupinambás no ano 1181, enquanto os *montepellerianos* aprendiam a mexer nas tripas de seus concidadãos? Regina é descendente de índios. Tupinambás, Tupis, Tapuias, não sei. Ela me disse, mas não me lembro. E agora a descendente dos antropófagos que devem ter devorado muitos huguenotes aportados no Novo Mundo vai dar aulas de Química para os meninos da elite de Montpellier. Talvez descendentes desses colonizadores franceses. Tem uma ironia nisso, não tem? Tem ou não tem? Fico me perguntando se... se...

Paulo aguarda. Ernesto termina o cigarro e o apaga. Logo acende outro.

— Tomei uns conhaques depois que o trem partiu. Vários. Estou meio... Meio assim...

— Quer um café? Uma água? Um...

— Nada, Paulo. Obrigado, nada — repete, levantando-se, o cigarro no canto da boca. — Vou ali no banheiro vomitar e lavar o rosto. Já volto.

Não demora muito. Retorna um pouco mais pálido, porém composto. A gola da camisa está levemente molhada.

— Aceito aquele café agora.

Paulo serve na tampa da garrafa térmica. Ernesto sorve-a inteira.

— Péssimo. Você que fez?

— É de ontem. Já estava aqui quando cheguei.

— Esses suecos fazem o pior café do mundo.

— Acho que é café de chicória.

— Café de chicória... Caramba, a que ponto chegamos. — Suspira imediatamente trocando de assunto. — Ontem recebi umas coisas do Brasil. Meu pai mandou por uns amigos que foram a Paris.

Mostra uma sacola do *Magasin Printemps*.

— Como bons brasileiros, os amigos do meu pai foram às compras.

O nome da loja de departamentos parisiense nada significa para Paulo. Nunca esteve na capital francesa nem conhece a intensidade comprista da classe média com fundos suficientes para viajar ao exterior, pagando as caras passagens dos voos da Varig que partem de São Paulo e Rio e comprando moeda estrangeira, especialmente dólares, marcos alemães e francos franceses no câmbio negro. Com os quais vão adquirir o maior número possível de discos *long-plays*, perfumes, cosméticos, isqueiros, roupas, sapatos, canetas, talheres, patês, queijos e vinhos impossíveis de obter no mercado brasileiro fechado às importações.

— Dessa vez minha mãe não mandou goiabada cascão. Não deve ter intimidade com esse casal. — Ri, enquanto puxa um envelope pardo quase tão grande quanto a sacola. Retira dele vários jornais, revistas, cartas.

Os envelopes das cartas estão fechados. Não os abriram nas agências de correios do Brasil nem nas representações diplomáticas brasileiras, inevitável e habitual desrespeito da ditadura militar a leis internacionais caso tivessem sido enviadas por meio delas aos exilados. Só no transporte por viajantes insuspeitos, como o casal de dentistas amigo do pai dentista de Ernesto, é possível escapar da proibição de divulgar notícias indesejadas pela ditadura desde a promulgação do Ato Institucional nº 5 no governo do marechal Costa e Silva. As informações sobre prisões, torturas e mortes, notas desfavoráveis à situação econômica escapavam da censura e repressão em correspondência transportada em fundos falsos de malas, entre capas duplas de cadernos, em forros de casacos, molduras de quadros, no disfarce que fosse possível inventar para driblar o arrocho à liberdade de expressão.

Após folhear os vários envelopes, Ernesto decide-se por um. Rasga a lateral, puxa várias folhas de papel dobradas em três. Desdobra-as. Estão datilografadas.

— A letra do meu pai é péssima. Se não escrever à máquina não entendo nada.

Ernesto mergulha, calado, na carta do pai. Alguns jornais escorregam de seu colo, caem. São exemplares de O Estado de São Paulo de semanas e meses atrás. Na capa de vários deles as notícias estão misturadas a poemas. É o aviso aos leitores de que naquele espaço havia uma reportagem proibida pela censura. A decisão do que pode ou não ser publicado cabe geralmente a militares e ex-militares aboletados nas redações. Sua ingerência não se limita a política e economia. Inclui também sugestões, imposições e edição de entrevistas ou matérias sobre cultura e esporte, crônicas e até mesmo notas de colunas sociais.

Entre os exilados, de Argel a Praga, de Havana a Berlim, de Lisboa ao México, de Buenos Aires a Roma, Moscou, Paris, Haia, Estocolmo, onde quer que houvesse brasileiros, formou-se uma rede nem sempre atualizada, por vezes alimentada por medo e paranoia, mas sempre levando aos que viviam longe, transportadas por amigos, parentes, conhecidos ou estranhos da maioria, as informações que cada um fosse capaz de amealhar por carta, bilhete, cassete, microfilme ou o que quer que conseguisse escapar das vigiadas fronteiras do Brasil.

Ernesto termina a leitura da carta do pai, dobra-a, coloca-a de volta ao envelope.

— Os boatos sobre uma abertura política com o general Ernesto Geisel ficaram mais fortes. Voltaram a falar em anistia. Os militares da linha dura não estão gostando — cita, monocórdio, os temas referidos na carta, partilhando com Paulo um muito particular e picotado retrato do país que os dois jovens não vêm há cinco anos, como um mosaico onde faltam peças que completem um sentido geral. — O acordo nuclear com a Alemanha pode dar a bomba atômica ao Brasil. *Gabriela Cravo e Canela* virou novela. A nova estrela da televisão brasileira é uma morena chamada Sonia Braga. Santos, São Paulo e Portuguesa vão decidir o campeonato paulista, e meu pai, que é corintiano, está decepcionado. Minha tia Marina ficou viúva e como não tem filhos foi morar com minha mãe. Minha irmã caçula ficou noiva. Beth ficou noiva de um cara que também é dentista. A comemoração foi num lugar chamado O Beco, em São Paulo.

Viram o show de Wilson Simonal. Minha irmã mais velha está grávida pela terceira vez. Meu cunhado torce para que finalmente venha um menino para herdar o sobrenome Abifadel. Ele trocou o Chevette por uma caminhonete Chevrolet Caravan zero quilômetro.

Guarda a carta e todo o restante da correspondência e publicações na sacola. Lerá depois, ao longo de suas seis tediosas horas por trás do balcão de onde Paulo o observa neste momento.

— A vida no Brasil continua, Paulo.

Acende outro cigarro, recosta a cabeça na poltrona.

— Sem nós.

Fuma, em silêncio. Paulo tampouco fala. Cada um reflete sobre o país de que sabem apenas à distância. Só quando esmaga o cigarro no cinzeiro é que Ernesto pergunta:

— Seu pai lhe escreve?

— Não.

— Nunca?

— Nunca.

— Você gostaria que seu pai lhe escrevesse?

— Não — responde após breve hesitação.

— Tem certeza?

— Não.

— Então gostaria.

— Não sei.

— Gostaria. — Ernesto deduz, com firmeza. — É seu pai. É sua família, afinal.

— Não sinto que eu tenha um pai. Uma família.

— Uma família é como um país: é para sempre. Está dentro da gente. Mesmo quando não é bom. Mesmo quando nos traz sofrimento. Seu pai sabe como lhe encontrar? Para onde escrever? Ele sabe o nome que você usa? Sabe onde você mora?

— Deve saber.

Ernesto suspira fundo antes da pergunta que vem hesitando fazer a Paulo desde alguns rumores sussurrados na comunidade brasileira há alguns dias.

— Seu irmão teria contado para o seu pai?

Desde os tempos no Chile, Ernesto e Chico Nelson sabem da existência de Antonio e das ligações do irmão de Paulo com a repressão, tortura e desaparecimentos de opositores do regime militar, dos *subversivos*, como os classificam. O próprio Paulo lhes contou. Os únicos em quem confiou.

— Talvez.

— Talvez? Só isso, talvez?

A preocupação de Ernesto é evidente. Paulo fica em dúvida sobre a razão.

— Ele sabe de seu paradeiro? Antonio sabe? Onde você mora, qual codinome você usa? Sabe que você se casou? Que mora com Anna? Que...

— Anna e eu não nos casamos.

— Sim, eu sei, foi uma maneira de dizer que vocês estão juntos. O que eu estava perguntando era sobre a sua família no Brasil. O seu pai, o seu irmão, se o seu pai ainda...

— Não sinto que tenho.

— Família?

— Família no Brasil, pai, nada.

— Nada?

— Nada... Quer dizer... Não do jeito que você sente.

— E como você sente?

— Fragmentos.

— Como assim, fragmentos?

— Pedaços. Cacos. Um retrato desbotado na parede, como naquele poema do Carlos Drummond de Andrade. "A teia de aranha entre o móvel e a parede", não foi isso que o Drummond escreveu?

— Não lembro direito.

— O Brasil para mim é você. É o Chico Nelson. É o que vocês me dizem do que querem para o Brasil. O que vocês ainda sonham fazer para transformar o Brasil.

— Há esperança, então?

— Mas o Brasil é também o Antonio. E gente como ele. O Brasil também é a dor da tortura. E eu não esqueço a dor da tortura.

— Nunca?

— O Brasil de que você e o Chico Nelson falam e o Brasil do Antonio e daquelas dores não se encaixam.

— Nunca, Paulo?

— Nunca.

Paulo está atrasado para a faculdade, percebe ouvindo as badaladas do velho relógio de parede. A conversa com Ernesto se alongou, ele se distraiu. Pega sua sacola, cheia de livros, cadernos e papéis, vai sair, quando Ernesto o segura pelo braço. Há urgência em sua voz.

— Converse com o Chico Nelson sobre seu irmão.

— Não me interessa saber do Antonio.

— O Chico Nelson continua sendo o jornalista mais bem informado dentre nós. Ele soube que seu irmão andou treinando torturadores no Chile. E que foi recrutado pela CIA para uma grande operação de eliminação de opositores das ditaduras militares da America Latina. A extensão dessa Operação Condor é muito mais ampla do que...

— Não me interessa saber do Antonio — Paulo corta, puxando o braço e descendo a escada. Pensa, mas não diz a Ernesto, que recordar-se do irmão o entristece e enoja. — Eu vivo na Suécia, sou um estudante na Suécia. Todo o resto ficou para trás — completa. — Para sempre.

Mas já está na rua, e Ernesto não ouve a última frase.

Tampouco ouve Ernesto lhe dizer que alguém cuja descrição bate com a do irmão de Paulo foi visto pelos corredores da embaixada do Brasil em Paris.

OS RUÍDOS DA RUA

Nova York — novembro de 1999

— E A BICHA, COMO ESTÁ?

Ela não responde.

— Telefono e ninguém atende.

Ela se mantém em silêncio.

— Você tem visto a bicha? A última vez que encontrei com ela, ela estava muito magra, muito abatida. Já tinha se mudado para o apartamento em *Midtown*. Na Rua 53, eu soube. Nunca fui lá. O outro eu conheci bem. Fui a muitas festas lá, naquele *walkup* perto da Houston Street. Uma loucura. *Sheer and total madness, I tell you*. Eu não me drogo, nunca me droguei, mas vi muita cocaína, maconha, haxixe, *poppers, angel dust*, rolava de tudo ali. Neste novo eu não fui. A bicha nunca me convidou. Só fiquei sabendo que ela tinha se mudado quando algum outro brasileiro me contou. Não foi você, claro. Você não conta nada de ninguém, Barbara. Ainda bem. Já imaginou se desse com a língua nos dentes sobre as minhas *Girls* da *Rua 62*? Rá, rá, rá!

Estão sentadas frente a frente, Nadja no sofá de três lugares, ela no banco trazido da cozinha. Entre as duas, uma bacia de plástico amarelo. Um dos pés de Nadja está mergulhado em água morna e espuma de banho. Pagará vinte dólares pelo serviço de pedicura que Barbara lhe presta toda semana, mais cinco se pintar as unhas. As mãos, prefere fazer em um dos muitos lugares abertos recentemente por coreanos em toda Manhattan.

— Encontrei com a bicha por acaso, perto do Bellevue Hospital. Estava ficando careca, logo ele, que tinha uma cabeleira linda, linda, linda, de causar inveja a qualquer mulher. Seria velhice, ou a bicha estava fazendo quimioterapia naquele hospital? Você continua fazendo faxina para ele, não é, meu amor? Eu não tenho papas na língua e falei mesmo, falei "olha, bicha, você está precisando ganhar uns quilinhos, depois de uma certa idade magreza, em vez de ser elegante, envelhece". Ele nunca foi magro. Pelo contrário. Era forte, parrudo, daquele jeito meio índio, lá do Pará, de onde veio.

Ela continua lixando o calcanhar de Nadja. A ex-atriz usa um corpete modelador preto por baixo do penhoar preto, aberto. Veste-se como acha que devem se vestir na intimidade estrelas de cinema internacional como ela acredita ter sido. O corpo roliço, os cabelos pretíssimos, os olhos azulíssimos (jamais admitiu que fossem lentes de contato), o nariz arrebitado e o sorriso brejeiro nos polpudos lábios sempre ornados com batons rubros lhe conseguiram pequenos papéis em uma coprodução com a Itália, outra com a Argentina e a Espanha nos anos 1960 ao lado de Sarita Montiel, depois esteve em pornochanchadas dos anos 1970, depois de uma curta carreira no teatro de revista, no qual a neta de imigrantes vênetos Neide Rodegheri, cuspida e escarrada a cara de uma diva dos filmes do neorrealismo italiano, tornou-se Nadja Nardel, a Gina Lollobrigida brasileira.

— Liguei para a bicha porque me contaram que está vendendo o conjugado de Copacabana. Silvio ainda tem uns dois apartamentos no Rio. Se vai vender, é porque está precisando de dinheiro. Quero comprar antes que alguém metido a esperto passe na frente e eu perca um bom negócio. A bicha comentou alguma coisa com você sobre os apartamentos? Sobre estar doente?

"Estou muito cansado, Barbara."

Lixa agora o arco da sola dos pés de Nadja, sempre com a cabeça baixa.

"Cada vez que volto do tratamento me sinto mais cansado do que quando me levaram."

— O dólar está valendo muito no Brasil neste momento. Com o que tenho na poupança aqui, posso comprar à vista um conjugado no Rio. Pode ser o primeiro de muitos, sabia? Você também devia pensar em comprar alguma coisa lá, sabia? Em São Paulo deve estar ainda mais barato que no Rio. Em vez de mandar dinheiro para sua mãe, você devia investir em imóveis que, no futuro, trouxessem...

"Cada vez que entro naquele hospital tenho mais medo, Barbara. Não, medo não. Aflição, Barbara. Uma aflição que parece um saco de plástico que me enfiam na cabeça e amarram no pescoço, como o usado por Stanley para garantir que não tinha como sobreviver. Eu continuo enxergando, eu continuo vendo porque o plástico é transparente, mas minha visão é toda embaçada, com a corda apertando no pescoço e me impedindo de respirar."

— Estou pensando realmente em comprar um apartamento no Brasil, sabia? De preferência em Copacabana. É para lá que os turistas gostam de ir. Morei lá quando cheguei do Espírito Santo. Em Copacabana. Foi lá que eu conheci a bicha.

"Não, Barbara, não como o saco plástico que me sufoca. É mais. É como se fosse uma caixa de cimento, um pilar, é como se um não-sei-o-quê de cimento tivesse sido colocado em cima do meu peito, impedindo o ar de entrar e sair, e, sim, eu sei, nem precisa me lembrar, o tratamento foi decisão minha, eu aceitei essas experiências, sim, eu sei, eu sei que me prolonga a vida, sei que poderia ter morrido dez ou quinze anos atrás, como tanta gente morreu, se não fosse por esse tratamento, por esses tratamentos que fazem comigo, por essas experiências, eu sei, Barbara, eu sei, eu mesmo concordei, eu sei, Barbara, eu sei. Eu sei. Mas não adianta. Saber não me acalma. Saber não me alivia."

Coloca o pé direito de Nadja na bacia com água morna e espuma de banho, retira o outro e o seca na toalha que tem sobre as pernas, sempre em silêncio.

— Percebo que você não gosta que eu chame ela de bicha. Você se ofende. Você ficou amiga dela. Mas eu era amiga da bicha muito antes de você, meu amor. Dos tempos em que ela e eu vivíamos no Brasil. Temos muita estrada juntas, eu e a bicha.

"Você me desculpa ligar a essa hora, me desculpa, Barbara? Desculpe, desculpa, me perdoa, sei que você tem que acordar cedo amanhã, mas é que, me desculpe, mas é que nessas horas, me desculpe, que horas são? Duas? Duas e meia da manhã? Daqui não vejo o relógio. Estou enxergando cada vez menos, Barbara, e de madrugada, Barbara, de madrugada tudo fica pior, tudo, tudo."

— Bicha é o que ela é, meu amor. Não tem nada de ofensivo, nisso. É assim que ela e eu sempre nos chamamos, bicha para cá, bicha para lá. No teatro também é assim, "olá, bicha", "como vai você, bicha". É um tratamento carinhoso. Ficamos dando pinta e chamando a outra de bicha. "Bicha, você está maravilhosa", "bicha ontem peguei um bofão", "bicha..."

Gostaria de ter o poder mágico de não ouvir a voz enrouquecida por anos de nicotina de Nadja.

— A bicha era um bofão de tirar o chapéu, sabia? Além de bem-dotado, não que eu ligue para tamanho de pau, sabia como enlouquecer os clientes. Principalmente os senhores enrustidos bem-comportados.

Nadja continua rememorando enquanto se inclina no sofá forrado de veludo cor de vinho, tentando alcançar o maço de cigarros, o isqueiro e o cinzeiro sobre a mesa lateral. O pé direito sai da bacia, respinga sobre o tapete em estilo persa *made in China*. Barbara para, aguarda que ela acenda o cigarro, dê uma tragada, volta a lixar.

— A bicha deve estar precisando vender o apartamento de Copacabana. O preço deve ser bom. Meu amor, os imóveis no Rio estão baratérrimos, sabia? *Super cheap*, mesmo. Especialmente em Copacabana. Ninguém mais quer morar lá. Muita violência. Muita droga. Muita prostituição. Mas ainda o sonho dos turistas.

"De madrugada eu fico aqui, deitado, ouvindo os sons da rua que entram pela janela. Não consigo dormir. Nem com os remédios que eles me dão. Não fecho a janela. Não gosto da janela fechada. Por mais frio que faça. Não gosto. Não posso. Tenho aflição. Tenho a impressão de que vai faltar ar para eu respirar. Prefiro os barulhos."

— Eu adorava Copacabana, sabia? Morei em Ipanema alguns anos depois, com meu marido, aquele advogado com quem me casei no Uruguai, na época não tinha divórcio no Brasil, só desquite, e não se podia casar de novo, sabia? A mulher e os dois filhos dele continuaram morando no apartamento da avenida Atlântica que ele tinha herdado. Era aquele apartamento que eu queria, na esquina de Hilário de Gouveia com Atlântica. Mas fomos morar em um menor, num prédio antigo e apertado. Mas na esquina da praia, Vieira Souto com a rua Francisco Otaviano. Eu não gostava de lá. Nunca gostei de Ipanema. Que gente provinciana, aquele povo de Ipanema! Parecia o povo da minha terra, no interior do Espírito Santo, sabia? Só circulam nos mesmos grupos, com os mesmos amigos. Os cariocas são muito provincianos, sabia? Menos em Copacabana. Copacabana *is the best!* A bicha deve estar precisando vender o apartamento de Copacabana. Esta é a hora de comprar, sabia? Mesmo com toda a violência, os turistas americanos ainda vão para o Rio. E para Copacabana!

Deixa o cigarro no cinzeiro, olha as unhas da mão. Amanhã, depois de receber o pagamento adiantado das Peruas vindas de Curitiba, passará na loja coreana de *Nails* da Lexington Avenue. Pega de novo o cigarro.

— Ralei muito até me casar com o Edgard. O advogado. Tinha quatro sobrenomes, acredita? Botelho Vieira de Mendonça Castro. E dois prenomes: Edgard Victor. Eu estava com vinte e pouquinhos anos, o Edgard, 48. Antes de virar estrela do show business, cheguei a morar numa vaga de pensão na Siqueira Campos, quase chegando no Túnel Velho. Silvio trabalhava de massagista em uma sauna ali perto. Era um rapaz lindo. Sempre bronzeado, com aqueles olhos verdes. Jogava futebol num time de praia em frente à rua Hilário de Gouveia. Foi lá que eu o conheci. Tinha um corpo! Os velhos enlouqueciam. Um deles era coreógrafo. Um polonês. Chegado aqui no Brasil depois da Segunda Guerra Mundial.

De seu ângulo não consegue ver os olhos de Barbara. Parecem fechados. Repara nos cílios longos. Pensa que precisam de um pouco de rímel, pensa que dariam um realce naquele rosto sem graça, tenta lembrar-se se os olhos dela são claros, meio amarelados, aí o rímel funcionaria ainda melhor, e pensa que é uma pena uma mulher quase jovem e tão desprovida de atrativos ser tão pouco vaidosa.

"Dores eu não sinto, Barbara. Mas sinto uma coisa estranha. Esquisita. Esquisita, mesmo."

— Fui para o Rio tentar ser secretária bilíngue — prossegue Nadja. — Eu sabia inglês, tinha estudado estenografia. Não adiantou nada. Só consegui trabalho de vendedora em uma loja de tecidos no centro da cidade.

"Tudo meu está sendo comido por dentro, mas eu não sinto dores. Não é engraçado que eu não sinta dores? Nada, Barbara. Nenhuma. Eles não deixam que eu sinta dores. Eles não querem que eu sinta dores. Os médicos. Os sujeitos que comandam a pesquisa. Não é que tenham dó do meu sofrimento. Americano não está nem aí para isso. É porque dores deprimem o sistema imunológico, e eu não posso me deprimir, é engraçado ou não é? Sistema deprimido é o contrário de sistema nervoso? Eu riria se pudesse. Mas os remédios me deixam num lugar entre o riso e o choro. Não. Me deixam em um lugar em que não há riso nem choro. É neste lugar que estou vivendo. Ainda."

— Meu amor, você não imagina o que é pegar ônibus cheio toda manhã, de Copacabana para o Centro, passar o dia em pé, de salto alto, porque não sou chinfrim de andar de salto baixo, além de fazer uma perna mais bonita, atendendo fregueses que querem dois metros disso, um metro daquilo, ou nem sabem bem o que querem, ou fazem você perder tempo atendendo e acabam não comprando nada, e depois tomar ônibus cheio toda noite, do Centro para Copacabana. Aí, num fim de semana, conheci o Silvio na praia. Transamos naquele sábado mesmo. Meu Deus, como ele era bom de cama!

Após mais uma tragada, apaga o cigarro. Afasta o cinzeiro. O cheiro a incomoda.

— Com mulheres e com homens. Ótimo de cama, mesmo. Como gostava de transar, o Silvio. Sabe uma pessoa que se diverte na cama? Que é feliz gozando e fazendo a outra pessoa gozar? Dava risadas quando gozava. Era lindo de ver. Silvio era assim. A bicha sabia transar.

"Acho que já tiraram uns 20% de mim. Ou mais. Quer ir dormir, Barbara? Não está cansada de me ouvir? Não está com sono? Não, mesmo?"

— O coreógrafo polonês ficou louco pelo Silvio. Apaixonou. Sim, sim, ele era polonês, se bem me lembro. Não me recordo o nome dele. Birna, Zimba, Simba, alguma coisa assim. Não, não, espera aí, ele não era um simples coreógrafo. Agora lembrei. Ele era diretor de peças. Uma daquelas atrizes ricas da época trouxe ele para montar uma peça do Tennessee Williams. Não, não, era uma peça do Nelson Rodrigues. Ou era uma do... Ah, não me lembro. O que me lembro bem é que, depois de ser muito bem comido pelo Silvio, esse diretor polonês ficou louco pelo moreno, montou um apartamentinho para ele em Copacabana, dava mesada, comprava roupas sob medida, pagava jantares etcétera e tal. Dava tudo para que o Silvio parasse de atender outros clientes na sauna. Tudo. Dizia que o Silvio era o melhor homem que ele já tinha conhecido em toda a vida. Tenho certeza de que era mesmo. Aí foi só o Silvio pedir, e o velho me arrumou um lugar num show e pronto. Trocou meu nome, inventou esse apelido de "Gina Lollobrigida brasileira", e lá fui eu dar pinta. Começou assim a minha carreira. Já tinha contado isso para você? Você sabe quem foi Gina Lollobrigida?

Ela faz um movimento curto de cabeça, que tanto pode significar "sim" como "não".

"Eu olho para os meus pés, Barbara, para onde deveriam estar meus pés, eu ainda sinto os meus pés, e não há mais nada lá."

— Quando vim para cá, depois do fim do meu casamento, Silvio já morava em Manhattan. Ele já estava bem. Tinha vários clientes. Um deles era um sujeito de Long Island, um judeu casado e pai de filhos adolescentes, dono de uma fábrica de roupas na Sétima Avenida. Foi esse judeu que montou para o Silvio a loja de flores da Charles Street e deu para ele aquele apartamento perto da Houston Street. Eu estava mal. Fiz a besteira de trair o Edgard com um jovem advogado do escritório dele. Ele demitiu o garotão, que sumiu, me botou para fora de casa e ficou com a guarda do nosso filho. Esse, esse mesmo que não me convidou para o casamento ano passado e nem ao telefone me atende. Um esnobe, feito o pai. Fiquei com fama de puta. E fiquei dura. Resolvi tentar a vida aqui nos Estados Unidos. Pior do que lá não podia ser. Vim para cá com uma mão na frente, outra atrás.

"Talvez mais, Barbara, talvez tenham cortado fora uns 35%, 40% de mim."

— A bicha me ajudou muito. Me apresentou gente, me levou aos clubes, me arrumou meu primeiro emprego. Virei acompanhante de brasileiros que vinham fazer compras. *Personal shopper*. Ganhava pagamento deles, recebia percentual das lojas pelas vendas. Assim foi que eu despertei para o meu senso de negócios, sabia?

Afofa os cabelos, que ela mesmo tinge regularmente. Jamais deixa as raízes brancas à mostra.

— E Silvio continuava gostosérrimo. *What a hunk!* Que macho gostoso! Aproveitei bem enquanto estava morando com ele. Transamos várias vezes. Várias. Pela frente, por trás, *this and that and that, oh my God!* Silvio nunca se cansava. Nunca. Eu é que tinha que pedir para ele parar. Mas a bicha tinha pegado a mania de transar com camisinha. Foi melhor, não acha? Se ele estiver doente... Ele está? Você não sabe ou não quer me dizer? Você é horrível, Barbara, *I hate you*. Meu amor, vou te contar, bicha ou não bicha, nunca ninguém me fez gozar tanto quanto ele. Nem antes, nem nunca mais.

Ela usa uma lixa diferente, menor e mais estreita, para aparar as unhas de Nadja, já cortadas. Em seguida retirará as cutículas, secará novamente os pés da ex-atriz, massageará com hidratante contendo ureia, usará toalhas de papel para retirar o excesso, colocará talco entre os dedos, receberá seu pagamento e poderá ir embora.

Se tiver sucesso, Nadja não perceberá as lágrimas que vez por outra afloram sem que consiga evitar nem o quanto está desolada.

Esteve de manhã no apartamento de Silvio. Quando abriu a porta, fazendo o mínimo de barulho para não o acordar, encontrou o lugar limpo e pronto para receber um novo paciente. Alguém para quem as possibilidades do tratamento experimental ainda não tivessem se esgotado.

"Primeiro foram os dedos, Barbara, depois o pé, depois o outro pé, depois a perna, depois a outra perna e — sabe o que é mais engraçado, sabe o que é mais escalafobético, como dizia um amigo meu do interior do estado do Rio, sabe o que é mais esquisito? É que eu ainda sinto. Pé, dedos, perna, tudo o que levaram. Onde será que jogam fora? Será que enterram? Será que cremam? Ou simplesmente jogam no lixo, junto com as gazes, os esparadrapos, os curativos, as amídalas e as vesículas extirpadas? Onde você acha que estarão aqueles pedaços de mim? Onde é o depósito de lixo humano de Nova York?"

Todos os sinais de Silvio no apartamento, apagados.

Exit.

"Eu ainda sinto coceira entre os dedos. Ah, Barbara, não aguento mais. Estou cansado. Muito cansado."

ESTE É MEU FILHO

FISKSÄTRA — SETEMBRO DE 1976

— Este é meu filho — ele fala, em português. — Este é meu filho — repete, para si mesmo, inclinado sobre o berço onde dorme o menino, tomado por uma ternura como jamais sentira antes. — Este é o filho de Anna Waltrang e Paulo Roberto Antunes — murmura. — O nosso filho. Nosso. *Det här är vår son* — ensaia, falando alto em sueco. — Este é o nosso filho — repete, agora na língua de seu país de origem, cinco palavras que nunca pensou que iria pronunciar. — Voltei da morte duas vezes, por sorte, por acaso, por misericórdia dos carrascos. Agora não posso morrer. Pelo meu filho, não posso morrer.

Estão apenas os dois no quarto. Ele e o filho. A criança e ele. O menino sueco, nascido há cinco dias, e seu pai brasileiro, de 26 anos.

Fora os vagos murmúrios de uma canção que Anna entoa na banheira, poucos sons chegam até o apartamento, no prédio mais distante da estação deste conjunto habitacional que os mapas registram como a cidade de Fisksätra, criada há seis anos pelo governo sueco. É residência basicamente de estrangeiros, a maioria gente excluída de seus países de origem. Os aluguéis mais baratos que em Estocolmo, ou os auxílios-moradia do governo sueco e das instituições humanitárias, levaram para lá exilados brasileiros como ele, seus vizinhos chilenos da porta ao lado, os vietnamitas do andar de cima, os etíopes do apartamento no edifício em frente, o jovem casal cambojano da mercearia do térreo, o congolês de muletas sempre circulando pela praça redonda, a família palestina com quatro filhos pequenos e uma adolescente cabisbaixa do final do longo corredor.

Não se ouve rádio ou se vê televisão: poucos os têm, nem o hábito existe. A quietude é maior por ser hora do jantar para a maioria. Os que ainda não comeram estão a preparar suas refeições. Não se passa fome aqui na Suécia.

Os que trabalham à noite, como ele, sairão daqui a pouco. São muitos, se conhecem da estação em frente, pouco se falam porque suas línguas são diferentes e, ao contrário de Paulo, ainda não conhecem suficientemente o sueco, que são obrigados a aprender, parte do acordo para seu asilo.

Ele quer que seu filho aprenda português quando começar a falar. Anna conversará com o menino em sueco, na rua e nos parques brincarão com ele em sueco, na escola aprenderá a contar e escrever em sueco, como todos os meninos da Suécia. Mas ele ensinará a seu filho sueco palavras da língua do país de onde foi obrigado a fugir.

Não sabe o que ensinará. Qual a primeira palavra? *Papà* e *Mamà* são parecidas nas duas línguas, em tantas línguas, essas não serão necessárias. Quais, então? Que palavras se ensina a um filho? O que se ensina a um filho? Como se protege um filho e se impede que lhe aconteça o mesmo que nos aconteceu? Há como evitar o sofrimento dos filhos? Ou os grandes sofrimentos, pelo menos? Meu filho será triste, como eu sei que sou, ou um adulto aberto à alegria como a mãe? Bonito como ela, com o mesmo nariz curto, os mesmos olhos azuis com riscos pretos partindo da íris, o mesmo sorriso de dentes grandes, ou herdará minhas orelhas de abano, meus pés grandes, meu pau escuro?

Meu filho é comprido como o pai. Nasceu com 55 centímetros, três quilos e cinquenta gramas. Anna passou bem toda a gravidez. Os receios de problemas do primeiro parto aos 33 anos eram infundados. Os pais dela não foram ao hospital. Não queriam que ela tivesse filhos comigo. Não queriam que se casasse comigo. O pai, principalmente. Parou de falar com ela. Anna parece não se importar. Ou não se importa realmente. Anna é intransigente com racistas.

Meu filho. Vou contar para ele que em 1961, no dia 12 de abril de 1961, um cosmonauta soviético chamado Yuri Gagarin entrou em uma esfera metálica onde ele mal cabia, ele, Gagarin, um homem baixo, com pouco mais de um metro e sessenta, e que a bordo dessa esfera foi lançado por um foguete fora do espaço terrestre e tornou-se o primeiro ser humano a voar no espaço. Lá de cima ele olhou o nosso planeta e disse: "Eu vejo a Terra. Ela é azul".

— A Terra é azul, meu filho — ele murmura para a criança no berço.
— Meu filho — ele fala ainda outra vez.

Nunca pensei que um dia tivesse um filho. E que pudesse olhar para ele, como olho este menino agora, quase imóvel em seu sono, apenas o peito subindo e descendo debaixo do cobertor.

Meu filho Eduardo.

Anna concordou com o nome. Nunca pensei em outro. Eduardo. Como meu amigo. Meu único amigo na cidade em que nasci e vivi até os 12 anos.

Eduardo registrado como Edward, para os suecos poderem pronunciar.

Edward Waltrang Antunes. Filho de Anna Waltrang, advogada e ativista da Amnesty International, e de Paulo Roberto Antunes, ex-estudante de Direito no Rio de Janeiro, ex-estudante de Sociologia da Universidad de Chile, atualmente cursando Pedagogia e Economia na Universidade de Estocolmo e trabalhando como porteiro e vigia noturno de um hotel no centro da capital.

Raramente fala português. Não tem com quem. Os brasileiros o evitam.

Desde o Chile o evitam.

Aqui só piorou.

Alguém passa informações sobre os fugidos da ditadura militar do Brasil, tal como fazia em Santiago, e as suspeitas recaíram sobre o jovem estudante negro e magro, chegado ao Chile sem passado de militância, sem ligação com nenhuma organização clandestina, detido, ou assim afirmava, pouco antes da prisão e morte de vários dos sequestradores do embaixador alemão Von Holleben em junho de 1970, no Rio de Janeiro.

Os brasileiros acreditam que escapou da polícia chilena e chegou à embaixada argentina em Santiago por intervenção de aliados no sistema de repressão. Durante os dias no aeroporto de Buenos Aires alguém teria ouvido um policial argentino dizer que havia ordens para não tocar nele. Em Estocolmo, funcionários da embaixada do Brasil confidenciaram que regularmente chegavam pedidos de auxílio e de informações sobre ele.

Paulo desconhecia tudo isso.

Mas era tudo verdade.

É tudo verdade.

Ele ainda não sabe.

Uma brasileira o hostiliza abertamente. Ligia é filha e neta de políticos, casada com um pernambucano a quem chamam de Lord Byron porque era poeta e manco antes de enlouquecer após meses de torturas em um quartel do Recife. O pai dela conseguiu despachar o casal para Santiago, onde Ligia passou a assessorar membros do governo de Salvador Allende. O casal foi dos primeiros a deixar Santiago. Ligia é a verdadeira informante do regime militar. Isso só será descoberto dentro de trinta anos. Ela já terá morrido, dez anos antes, vítima de um câncer. Lord Byron morrerá pouco depois, no asilo no qual terá sido depositado pelos sobrinhos.

Apenas dois exilados o tratavam cortesmente em Santiago. Um tinha sido professor em São Paulo, o outro, jornalista no Rio de Janeiro: Ernesto Souza e Francisco Neto. Foram integrantes do grupo que incluía outro jornalista do Rio, Fernando Gabeira, envolvido no sequestro do embaixador americano Charles Elbrick em setembro de 1969. Nem Chico, nem Ernesto chegaram a ser presos. Fugiram antes. Estiveram no Chile, passaram pelo México, encontraram-se de novo no campo de refugiados de Alvesta, acabaram por se instalar em Estocolmo. Ambos sabiam de Antonio. Apenas eles.

Os brasileiros também estranharam seu sumiço de Alvesta e o ressurgimento, meses depois, em Estocolmo. Não contou para nenhum deles o que realmente acontecera. Tem vergonha de ter tentado o suicídio. Tem medo, não admitido, de falar no assunto e voltar a ser dominado pelas mesmas forças. Não acredita em demônios, tal como não acredita na existência de um Deus, mas tem a experiência de ter sido tomado por aqueles sem que Ele os detivesse. "*Where were you?*", uma vez ele perguntou, em inglês, ao Deus de cuja existência duvidava, olhando os reflexos céleres da luz das janelas do seu carro do metrô nas paredes de um túnel curto. "Onde você estava?" Por que em inglês? Por que aquela única vez? O que tem dentro de si, ou nele foi plantado, que o deixa tão exausto ao peso das lembranças?

Anna sabe. Dos medos, da indiferença de Deus, da tentativa de suicídio, da melancolia, até do retrato pequeno da mãe, encontrado na carteira do pai. Para ela contou. Conta. Tudo. De Anna não esconde nada. Menos ainda as lágrimas.

Às vezes chora sozinho, sem soluços, enquanto caminha da *Centralstationen*, fazendo os caminhos mais longos, passando por pontes e vielas até a rua onde fica o Hotel Grunert. Vê as águas escuras dos meandros do mar Báltico a refletir as luzes da noite de Estocolmo e se recorda das águas azulíssimas do lago no qual costumava nadar com Eduardo nos dias ainda mornos daquele abril que alteraria para sempre suas vidas.

O silêncio de Estocolmo, onde ninguém grita nem buzina, torna ainda mais nítida a lembrança dos gritos agudos das araras, a revoar em bandos acima de sua cabeça, sobre os bambuzais, as plantações de mangas, os cafezais verdejantes.

— Nunca mais, meu filho — ele fala a Edward. — Nunca mais.

Arara. Eis uma boa palavra para ensinar a seu filho.

— Arara, Eduardo — ele diz em voz alta. — Arara, meu filho. Aqui não existe. Não existem araras no seu país. Elas existem só no meu. São verdes, azuis, vermelhas, amarelas, azuis e verdes; amarelas, azuis e verdes, vermelhas com azul, verde com vermelho e amarelo, de muitas cores. Tem das grandes, das pequenas, das maiores e das menores. Com muitos nomes. Arara, jandaia, maritaca, papagaio, curica, maitá, soia, periquito, tantos nomes que não existem por aqui e que eu vou te ensinar conforme você for crescendo. Na minha terra havia muitas. Lá. Hoje eu não sei. Já estou fora de lá faz tanto, tanto tempo que parece uma outra vida. E você é parte da nova. Não quero mais viver uma vida provisória, meu filho. Minha vida provisória acabou no momento em que você nasceu, meu filho. Quero construir uma outra, sólida, permanente mesmo que mutável, ainda que nesta terra de língua estranha, que eu nunca falarei direito, ainda que neste país tão organizado, tão diferente do meu, aqui, com você, meu filho, e com sua mãe. Vocês agora são tudo para mim.

Anna chega, enrolada no roupão, observa com ternura pai e filho, passa a mão na cabeça de Paulo. É um momento íntimo da família.

O silêncio terno é rompido pelo ruído do telefone. Ela vai atender.

Responde com algumas frases a que Paulo não presta atenção. Até que ela o chama.

— É da embaixada brasileira. Uma pessoa quer falar com você.

— A essa hora? — Ele estranha, caminhando e pegando o aparelho. — Alô? Quem fala? — pergunta, antes de estremecer ao reconhecer a voz de Antonio do outro lado.

— Estou na Suécia, Neguinho. Quero te ver.

UMA MANHÃ DE DOMINGO

Nova York — setembro de 2000

Está quieta e calada há... (Há quanto tempo? Desde que horas? Desde que acordou?)

    Já nem se dá conta.

    Acostumou-se aos domingos sem dizer palavra.

    Nos primeiros meses em Nova York, e mesmo vez por outra nos primeiros anos, tentou vencer o incômodo do silêncio frequentando cerimônias dominicais em igrejas. Das mais diversas denominações. Católicas, episcopais, batistas, presbiterianas, metodistas, do Reino Universal, luteranas, grego-ortodoxas, das que havia perto de seu apartamento no Queens até templos de outros bairros, para os quais devia tomar o metrô (o que já era, em si, um preenchimento das longas horas do dia mais longo da semana). Duas ou três vezes foi ao Harlem na esperança de encontrar acolhida nas congregações dos negros dali. Acabou por achar-se inadequada em meio à euforia, à fé expansiva, aos cantos sem inibições, às palmas e gritos ressoantes, às demonstrações de arrebatamento e ao multicolorido das roupas das senhoras enchapeladas e seus sorrisos francos.

    Houve o tempo, também no início, em que telefonava para sua mãe antes de sair. Por pouco que se falassem (e da impressão constante de que a mãe precisava desligar, atrasada para algum compromisso, para uma visita, para um churrasco, para acompanhar o marido, para alguma vaga situação nunca explicitada), era uma chance de ouvir a própria voz trocando impressões com outra voz humana (ainda que, não se sentindo à vontade para contar o cansaço das faxinas, ou os medos noturnos, ou o temor da polícia, se agarrasse às mudanças de temperatura e/ou aos exotismos dos nativos segundo seu olhar estrangeiro).

    Mas as ligações para a mãe não duraram.

Porque Kátia se mudou para outro estado, porque o telefone era de uma vizinha, porque o telefone era da sogra, porque o telefone finalmente comprado estava ocupado, porque a ligação não se completava, porque a ligação estava ruim, porque ninguém atendia à ligação, porque Kátia estava dormindo, porque ainda não tinha chegado, porque havia saído, porque não podia atender naquele momento e pedia para ligar mais tarde, outra hora, talvez à noite, quem sabe. Mas à noite o telefone também tocava e a mãe não atendia, nem o padrasto, ou Kátia já estava dormindo, ou Kátia ainda não tinha chegado, ou Kátia estava na casa da vizinha, ou Kátia tinha acabado de sair, ou Kátia devia estar chegando, ou, ou, ou, ou.

Agora só liga em datas especiais (Dia das Mães, aniversário, Ano-Novo, Natal, *Thanksgiving*, essas coisas). Ainda assim, nem sempre ouve a voz de Kátia, nem sempre ela pode atender. (Um domingo desses tentou se lembrar de como eram o timbre e o sotaque paulistano da mãe, e não conseguiu.)

O telefone é apenas a confirmação de seu isolamento.

(Datas especiais são uma bobagem, ela prefere concluir. Invenções do comércio para ativar as vendas em épocas fracas do ano.)

- Antes havia Silvio.

Silvio não existe mais.

Não tem mais razão para ficar.

Mas tampouco tem para onde voltar.

Numa manhã de domingo, enquanto descia as escadas da estação de metrô para, ainda outra vez, tentar se deixar tomar pelo êxtase de algum templo no Harlem, mudou de ideia, foi para a doca de outra linha e tomou o trem para o centro de Manhattan.

Saiu em uma das 44 plataformas da maior terminal de trens do mundo.

Dirigiu-se, sem pressa, às escadas rolantes da altura de quatro andares.

Atravessou um corredor, e outro, e outros vários.

Passou por um arco no alto do qual estava escrito *Main Concourse*. Continuou até chegar ao final daquele corredor. Ali parou.

Estava sob a majestosa abóboda da *Grand Central Station*.

Suspirou, extasiada.

Era a primeira vez, desde que chegara à cidade, que se permitia admirar sem pressa a construção de 1913.

Tantas vezes passara por lá, indo ou voltando para casa, ou a caminho do apartamento de alguma cliente, ou em busca da plataforma para esta ou aquela linha de metrô ou a direção do *shuttle* para o West Side, e só agora, só neste domingo de setembro, numa atitude impensada, percebia verdadeiramente o prédio, monumental como uma catedral bizantina.

Pelas três colossais janelas ao fundo, a luz prateada da manhã atravessava e avivava o brilho do piso, do relógio dourado ao alto da parede, bem ao centro, reluzindo nos lustres que descem da abóboda decorada com figuras que ela não entendia serem representações do zodíaco, mas nem por isso afetavam seu encantamento.

Caminhando a passos curtos, a cabeça voltando-se para cada detalhe, viu bancas de revistas, lanchonetes, bares, delicatéssen, padarias, mármores, maçãs vermelhas e verdes, bananas amarelas, luminárias brancas, painéis indicadores, croissants, bilhetes nas mãos de passageiros, copos de café, *bagels,* pastas, malas, tudo, absolutamente tudo, envolto no encanto da primeira vez.

Passara por ali como uma cega.

Estava na cidade como uma cega.

"Chega", pensou então.

"De hoje em diante quero ver todas as outras catedrais de Nova York e tudo o mais que não tenho enxergado."

Caminhou para a saída.

Do lado de fora, de novo ergueu a cabeça.

O que via agora, no topo do edifício carregado de esculturas de cachos, galhos, flâmulas, uma mulher com a cabeça apoiada na mão à esquerda (uma deusa?), um homem forte à direita (um herói?), sentados ao lado de um relógio redondo, de números romanos e ponteiros dourados, era a estátua de um homem despido, apenas com uma tira de tecido esvoaçante a cobrir-lhe o sexo. Os braços estavam abertos. O direito segurava uma lança ou algo assim, que ela não identificou. Tinha na cabeça um chapéu de onde brotavam duas pequenas asas. Quem será, pensou então. E em seguida: que bonito, considerou, a estátua do Hermes não identificado.

Nesse enlevo saiu Rua 42 acima, em direção à Quinta Avenida, por onde flanou toda a manhã e parte da tarde, admirando cada pequeno edifício e cada arranha-céu que lhe chamava a atenção, parando aqui e ali, girando nos calcanhares, virando o pescoço, o rosto, os olhos, até chegar ao Central Park, quando percebeu que estava com fome, comprou um *pretzel* e foi comendo-o, em pequenas mordidas, vencendo sem perceber a ojeriza de mastigar em público, rumo à estação da Rua 59, para tomar o trem de volta para casa, onde passou o fim da tarde e a noite quieta, sem ligar a televisão, indiferente aos murmúrios da rua e à gritaria dos vizinhos, pensando em tudo o que ainda poderia conhecer se ousasse enfrentar o desconforto de ser inadequada e invasora, tal como se sentia dentro dos templos dos outros, dos nativos, daqueles a quem este lugar pertencia e a quem Deus ouvia.

Mas a rua não tem dono.

E para elas passou a se dirigir aos domingos.

Tomava o trem em uma direção não planejada, descia numa estação escolhida ao acaso, saía a caminhar pelas redondezas até sentir fome, quando então comprava um falável, um cachorro-quente, uma fatia de pizza, um *knish*, um taco, um *souvakli* ou, quando chegou o verão, uma casquinha de sorvete comprada de coloridas caminhonetes como saídas de um passado americano mais singelo, servidas por senhores em uniformes anacrônicos, debruçados em janelas abertas nas laterais, de onde lhe estendiam pequenas pirâmides cremosas de sabores indistinguíveis, espirais saídas de torneiras de brilhante metal cromado, enquanto soava continuamente uma mesma musiquinha de agradáveis acordes pueris.

Os sabores das ruas aos domingos passaram a ser um encanto seguro, repetido e aguardado ao longo das semanas de faxina/manicure-pedicure/depilação.

(E a falta de Silvio.)

Houve um domingo de céu limpo e temperatura não tão fria, possivelmente no início de outono, em que foi até a estação de Union Square.

Ao subir as escadas da plataforma mais baixa, viu-se diante de duas indicações: "*Fifth Avenue Exit*" e "*NYU Exit*". Como sabia que a primeira queria dizer Quinta Avenida, por onde tanto caminhara outros domingos, tomou a outra, justamente porque não tinha ideia do que significava NYU.

Emergiu em uma avenida murada por prédios de cinco a dez andares, a maioria antigos, acinzentados, com lojas pequenas no térreo. A placa apontava *Broadway/13th Street*.

Foi passando por óticas, sapatarias, pizzarias, uma esquina inteiramente ocupada por uma livraria chamada *Strand*, outra só de revistas de histórias em quadrinhos, *Forbidden Planet*, atravessou para o outro lado da calçada, voltou mais um trecho, dobrou à esquerda. Viu uma dupla de policiais. Mais à frente havia outra. Uma viatura do NYPD estava parada no sinal. Ela atravessou em frente. Pôde ouvir uma voz feminina ao rádio, trocando informações com o policial por trás do volante.

Que esquisito, pensou, conforme continuava a caminhar sem pressa, não estou sentindo medo deles.

Chegou a uma praça ampla, com muitas árvores e bancos, ocupados majoritariamente por moças e rapazes, também sentados junto a uma fonte ao centro, jorrando água bem alto.

(Sempre tive medo de polícia. Por que não senti hoje? Por que não estou me sentindo ameaçada?)

Passou pela estátua de um homem barbado a puxar o cabo de uma espada. No pedestal alto, de pedra, leu: Garibaldi. Em torno havia construções de todo tipo, inclusive um edifício moderno. Um letreiro à entrada indicava NYU — New York University.

(Esta é a praça de que Silvio tanto me falou, a Washington Square, onde ele gostava de vir paquerar, ouvir música *folk* e declamação de poesia, fumar maconha, ver hippies, exibir o corpo vestindo apenas uma sunga mínima e ser admirado enquanto tomava sol, "para lustrar o bronze", como gostava de me contar.)

Correu os olhos. À direita havia um arco de grandes proporções, da altura de uns três andares, calculou, coberto de mármore branco, desenhos em relevo e inscrições.

Foi até ele.

(Transformaram meu pai de motorista assassinado no sequestro de uma criança em cúmplice dos criminosos, enquanto os verdadeiros bandidos se elegeram e foram para Brasília e ficaram mais ricos ainda. Com mais privilégios e poder do que antes do sequestro do menino filho do patrão do meu pai. Que nem era o menino filho do patrão do meu pai. Quando ainda vivíamos em São Paulo e eu acreditava que a felicidade era fácil. Para mim e para todos sem medo de trabalho duro e estudos dedicados. Meu pai, fichado como criminoso. Eu passei a ser a filha do bandido. Não tinha dinheiro para estudar, ninguém queria me dar trabalho. Não havia emprego para ninguém naquele Brasil do Plano Collor, da poupança do povo gatunada pelo governo, de onde eu tive de escapar com documentos falsos, vir para cá como imigrante ilegal, ser expulsa humilhantemente de Framingham pelo irmão do Luís Carlos, para fugir da polícia de imigração numa blitz que pode ter sido mentira dele, e assim abrir caminho para o Luís Carlos se casar com uma americana, engravidar uma americana, ter filho americano e ter finalmente esse maldito *Green Card*.)

Reconheceu, em frente ao grande arco da Washington Square, a ampla Quinta Avenida.

Andou um pouco por ela.

(Eu não tenho por que ter medo. Não sou uma criminosa. Sou uma trabalhadora. Eu sou uma daquelas pessoas que mantêm esta cidade se movimentando. Eu pego o metrô com o cartão pago por mim, eu compro comida nos mercados deles, pago com o dinheiro que faço limpando privadas e ariando pias e banheiras, eu lavo os lençóis e as roupas das clientes e as minhas próprias nas *laundromats* deles, eu me agasalho com as roupas fabricadas e vendidas por eles, eu gasto os dólares que sustentam todos os ricos daqui de Nova York. E dos Estados Unidos. Eles são ricos com o meu dinheiro, com os meus ganhos de faxineira e manicure. Esses apartamentos todos, aí, todo esse luxo, dependem de mim. Foram comprados usando meu dinheiro, cada centavo meu. Eu sou parte do luxo deles. Sou eu que dou a sustentação no luxo deles.)

A Quinta Avenida não era onde queria estar naquele momento.

Dobrou, de novo, à esquerda e prosseguiu, virando aqui e ali, caminhando com um irrefreável e inédito sentimento de à vontade, até tomar alguma ruela que acabou por conduzi-la a uma praça pequena e à Christopher Street.

("Liberdade, Barbara, tem um centro aqui em Nova York. Chama-se West Village. Tem de tudo lá. Tem bicha louca e tem famílias, tem puta e sapatão, tem negro, tem chicano, tem branco, tem artista, tem bar sadomasoquista e tratoria de mamãe e papai italianos, tem gente na janela te chamando para subir e transar, tem umas cinco igrejas católicas, outras cinco presbiterianas, homens com ar careta vestindo calça de couro com bunda de fora, executivo de Wall Street de sapato de salto alto, casais caretas empurrando carrinho de bebê, casais gays e lésbicos empurrando carrinho de bebê, tem jardim de infância e vendedor de *crack*. Tem gente como eu, como você, como o Marlon Brando e a Kim Hunter. Não tinham dinheiro, eram durangos, comiam de graça num restaurante chamado The Blue Mill porque o proprietário tinha visto Brando no palco e se apaixonou. Marlon e Kim estavam ensaiando *Um bonde chamado desejo*, que ainda ia estrear. Não sabe quem é Kim Hunter? Elaine Stritch? Montgomery Clift? E Matthew Broderick e Sarah Jessica Parker, conhece? RuPaul, sabe quem é? Nenhum deles? São todos vizinhos lá. Foi no West Village que teve Stonewall. Sabe que Stonewall foi a revolta dos veados que cansaram de ser humilhados e metidos em camburões noite sim, noite não, meteram a porrada na polícia e que deu na Liberação Gay, não sabe? E lá tem *the pier*. Melhor que a Washington Square. No *pier* eu posso me bronzear peladão. Eu e todos os *queers* do planeta Terra. E fazer em público tudo aquilo que eu não tenho descaramento para te contar, mas você bem pode imaginar, não pode? Você tem que conhecer o West Village um dia. Basta descer a Christopher Street.")

Pois ela estava na Christopher Street.
    Finalmente.
    Sem Silvio.
    Mas sentindo como se ele estivesse ali do lado, soprando os pequenos segredos do lugar em seu ouvido.
    Barbara continuava a caminhar, enlevada como uma criança livre. Registrava cada prédio de tijolos vermelhos, cada corrimão de ferro retorcido, cada janela alta de vidros bisotados, cada cortina, cada nesga do apartamento entrevisto por trás dela, cada bar, cada restaurante, cada bistrô, cada café com cada mesa e cadeira na calçada ou no interior, cada árvore e suas copas de folhas douradas ou avermelhadas da estação, não como a visitante recém-chegada que era, mas como quem passa em revista seus próprios pertences, surpresa e radiante em perceber que conta com tantos.

Foi neste domingo de setembro que descobriu o rio Hudson ao atravessar as pistas duplas da West Street.

Sabia que o Hudson estava ali, claro, como do outro lado da ilha de Manhattan havia o rio Leste, mas nunca o vira tão de perto. O vento de início de outono a soprar do Oeste agitava a superfície azul em pequenas ondas, fracionando o cintilar do sol da manhã límpida em incontáveis, mutantes brilhos prateados. Na margem em frente delineava-se a silhueta das construções de outra cidade, que ela deduziu ser Hoboken. No píer de madeira onde estava, o *the píer* dos verões de Silvio, rapazes e homens circulavam abraçados, de mãos dadas, uns se beijavam. Passeavam, apenas, como namorados e casais comuns estariam fazendo, naquela mesma manhã de setembro, em outros locais públicos de Nova York. Livres. Sem medo. Ela não tinha por que ter medo, tampouco. A liberdade às vezes demora a chegar, ela se deu conta.

O píer era longo, algumas partes pareciam abandonadas.

Ao longe impunham-se, gigantes, as duas torres do World Trade Center. "Ali no último andar tem um restaurante bacana", Silvio apontara numa foto. "Um dia eu te levo lá. Você tem coragem de se sentar numa mesa, vendo tudo lá embaixo, no centésimo andar desse prédio, Barbara?" "Não", ela respondeu, não tinha. Nem se sentiria à vontade em um restaurante bacana, pensou, sem lhe revelar.

Baixou o olhar.

Em que parte aqui do píer Silvio tomava banho de sol e se bronzeava, perguntou-se.

Tantas vezes a convidara para passear por ali com ele, tantas vezes a incentivara a flanar pela cidade. E ela nunca tinha aceitado. Nunca se sentira no direito de circular onde bem entendesse.

Agora Silvio não existia mais para ouvi-la falar de suas descobertas.

"Até que enfim, queridona", talvez dissesse.

— Sim, Silvio, até que enfim — ela respondeu à recordação, de pé no píer, enxugando uma lágrima e levantando a gola do casaco a proteger-se do vento.

EL CÔNDOR PASA

Estocolmo — setembro de 1976

CHEGA POUCOS MINUTOS DEPOIS da hora marcada. Veio de bicicleta. Não quis depender do *trolley* ou do trem. Está acostumado a pedalar os catorze quilômetros de Fisksätra até o centro de Estocolmo. É agradável nas noites longas do verão escandinavo, mais ainda na volta para casa, depois do trabalho no hotel, no início da manhã. Mas o verão dura pouco aqui. A noite de fim de setembro está fria, ele não se agasalhou suficientemente. Saiu apressado. Antonio exigiu vê-lo imediatamente. Anna não queria que fosse sem avisar à polícia. Achou inútil. Antonio estava na Suécia em missão oficial. Os militares brasileiros circulavam pelas representações diplomáticas de toda a Europa sem serem constrangidos. E por que o seriam? O presidente do Brasil é militar e tem seu governo reconhecido. A Suécia mantém relações comerciais com o Brasil. A rainha sueca é filha de uma brasileira e visita sem demonstrar nenhum incômodo amigos e parentes da mãe em São Paulo.

Antonio não está à entrada do Teatro Real de Ópera conforme combinara. No largo em frente, alguns poucos transeuntes atravessam, um pedestre caminha apressado em direção à ponte à esquerda, no sentido contrário de um ciclista de terno, gravata e mochila às costas. São louros, altos, grandalhões. Antonio poderia ser um deles.

Nenhum deles era Antonio.

Na rua ao lado da água poucos carros se cruzam. Sons de orquestra chegam até ele, vindos do interior do prédio de estilo neoclássico. A foto de um dançarino louro, de peito nu e calças bombacha, anuncia nos cartazes um espetáculo do *Ballet du xxe siècle*.

As perguntas que incessantemente lhe ocorreram na estrada continuam sem resposta. Por que Antonio marcara encontro ali, e não na embaixada? Ou no hotel em que se hospedava? Por que em um lugar público? Por que àquela hora da noite? O que queria com ele? O que esperava dele? O que o trouxera à Suécia?

Um automóvel longo, de marca americana, chega devagar e para pouco à frente, com o motor ligado. Paulo observa. O motorista uniformizado, uma visão incomum na Suécia, sai, dá a volta pela frente e fica de pé junto à porta traseira. Segura o boné nas mãos. É grisalho e corpulento como um segurança fora de forma. Está atento às portas de entrada do teatro.

Ouve aplausos. Gritos de bis. As portas se abrem. Primeiro aos poucos, depois em número maior, os espectadores começam a se retirar. O velho segurança e Paulo aguardam.

Agora são ondas seguidas de homens e mulheres a vestirem seus casacos, falando-se, comentando e deixando para trás a encenação de Maurice Béjart para o *Bolero* de Ravel.

O motorista da limusine abre a porta para um casal que Paulo não vê direito. O veículo parte.

Alguns minutos depois não há mais ninguém nas redondezas.

Paulo aguarda.

A noite de Estocolmo é silenciosa.

Acende um cigarro.

Fuma-o inteiro.

Joga a guimba no chão e a amassa.

É, então, tomado por uma percepção, ou um pressentimento, perturbadora.

Pula na bicicleta e pedala, célere e aflito, para fora dali, para fora de Estocolmo, pela estrada vazia, indiferente ao frio, com um único, preciso, objetivo: chegar logo a Fisksätra, chegar ao conjunto de prédios, chegar ao seu prédio, ignorar o elevador lento demais, subir as escadas correndo, chegar em casa, chegar em casa, chegar em casa, chegar em casa, onde deixou Anna e Edward, chegar em casa e verificar que Anna e Edward estão bem, chegar em casa e constatar que seu instinto se enganara, que Antonio não descobrira seu endereço e não fora ali assustar seu filho e sua mulher, chegar em casa e encontrar Anna e Edward dormindo em paz, chegar em casa, abrir a porta do apartamento e...

Antonio estava bem à sua frente.

Dentro da sala do seu apartamento.

Sentado.

Grande e espadaúdo como um halterofilista.

Um homem forte e mulato de pé ao lado.

Outro homem, da mesma envergadura, postava-se junto à porta fechada do quarto.

Anna não estava à vista.

Edward não estava à vista.

— Filho da puta! — grita para Antonio, ainda com a porta aberta.

— Calma, Neguinho. Fecha a porta.

— Eu te mato, filho da puta! — berra, avançando para o irmão.

É dominado pelo homenzarrão com uma gravata, leva uma joelhada na altura dos rins, cai de joelhos. Seu braço é torcido para trás. Geme, involuntariamente.

— Se acalma, Neguinho. Sua mulher está bem. Seu filho está bem.

Faz um sinal de cabeça ao homem à porta do quarto. Ele a abre. Paulo vê Anna sentada ao pé da cama. Edward está em seus braços. Um terceiro sujeito grandão se mantém de pé em frente a ela. Anna levanta o rosto e o vê, apenas um segundo antes que o meganha feche a porta.

— Se eu quisesse, podia ter acabado com eles.

— Eu te mato se você... Ai! — geme de novo, ao ter o braço torcido com mais força.

— Mas não foi para isso que vim aqui, Neguinho. Que idade tem seu filho? Duas semanas? Três? Mal ou bem é meu sobrinho, é ou não é? O menino é bem clarinho. Não saiu nada ao pai. Parece com a sua mulher. Eu soube da gravidez da sua mulher desde o começo. Soube dos problemas que ela enfrentou, do medo de perder a criança porque era mais velha, da cesariana que teve de fazer, sei até a que horas ela deu entrada no hospital. Sei até que o pai dela não gosta de você. Você sabe por que o pai da sua mulher não gosta de você? O pai dela não gosta de preto.

Paulo olha o irmão, estupefato: só agora percebera que Antonio está sentado em cadeira de rodas. Ele registra a reação surpresa.

— Pois é, agora sou um aleijado, Neguinho. Resultado de uma emboscada dos seus amigos guerrilheiros, no Araguaia. Ninguém te contou que fiquei aleijado? É compreensível. Não sobrou nenhum para contar a história. Seus amigos revolucionários agora são considerados desaparecidos. E assim ficarão para sempre. Corpos esquartejados e carbonizados somem da História. Há quanto tempo você não tem notícias minhas?

Paulo não responde.

— Eu sei. Desde abril de 1971. Desde que as marcas do seu interrogatório sumiram e você chegou ao Chile. Eu passei por lá, mas você já tinha escapado para a Argentina. E, de lá, veio aqui para a Suécia. Quer que eu te conte como você escapou da polícia do Chile? Quer que eu te conte por que você não foi parar no Estádio Nacional, com outros milhares de subversivos? Quer saber como você entrou na embaixada da Argentina, com todos os milicos em volta? Não te interessa saber a razão? De quem veio a ajuda? Você não se pergunta como conseguiu escapar tantas vezes? Sem um arranhão? Ou você sabe? Ou sempre soube?

Paulo se mantém em silêncio.

— Agora, é você quem vai me ajudar.

— Vá se foder, seu filho da pu...

Antes que consiga completar o xingamento as duas mãos de Antonio o atingem nos ouvidos, fazendo um ruído oco e seco. A dor atravessa seu crânio. Paulo tomba para a frente, tonto. A testa bate no apoio de pés da cadeira de rodas.

— Estou aleijado, mas não perdi a prática. Posso acabar com você, Neguinho. Rápido ou devagar. É assim que ensino aos meus seguranças — apontou o homenzarrão ao lado. — Não preciso do Gilson para isso. Nem do Eric. — Indicou o quarto onde o outro meganha vigiava Anna e Edward. — Eu mesmo faço o trabalho. E aqui não tem nenhum doutor Sérgio pra checar se ainda tem algum sinal de vida em você. Sumo com o seu corpo, e a polícia sueca não vai se dar ao trabalho de desvendar o sumiço de um crioulo exilado. Ou tomo uma decisão diferente. Você fica vivo. Mas sua mulher pode ser atropelada na calçada. Quando estiver levando o seu filho no carrinho do bebê. Ou ser empurrada nos trilhos do metrô, bem no momento em que o trem chega. Pode cair da escada deste prédio mesmo. Pode levar picada de uma injeção com veneno na fila da distribuição de agasalhos para refugiados curdos... As opções são infinitas.

Paulo, zonzo, tentava, sem sucesso, se erguer.

— Mas não é isso que eu quero. Nem destruir você, nem sua mulher, nem o seu filho. Mas posso. Se eu quiser, eu posso.

Apoiando-se nos joelhos e nas mãos, Paulo fica de quatro. Levanta os olhos. O rosto de Antonio, aos poucos, vai entrando em foco.

Os maxilares lhe pareceram mais largos e o queixo mais agudo do que se lembrava. Na pele clara, herdada do pai, descendente dos visigodos que atravessaram e dominaram Portugal, finos riscos quase imperceptíveis antecipam rugas, particularmente no canto dos lábios, curvados para baixo. Alguns fios brancos se entremeiam aos fartos cabelos louros, não mais alinhados com brilhantina como na juventude. Um topete, caído sobre a testa alta e curva, lhe dá um ar de descontração, a contrastar com a expressão dura dos olhos escuros abaixo das sobrancelhas grossas. Talvez tivesse engordado um pouco. Ou talvez fosse o efeito geral de sua estrutura massiva, acrescida aos muitos anos de exercícios com pesos. Seu irmão branco. Mestiço como ele, mas de pele branca. Quase nórdico, capaz de passar despercebido pelas ruas de Oslo ou Lübeck.

O mestiço brasileiro cujo aspecto ariano seria aprovado até mesmo por Leni Riefenstahl tem uma pergunta a fazer e um assunto a levantar com o irmão de pele escura.

— Você leu jornal hoje, Neguinho? Viu televisão? Ouviu rádio?

Paulo sacode a cabeça negativamente, grogue ainda.

— Lembra de um chileno chamado Orlando Letelier?

Nova sacudida de cabeça.

— Era amigo de vocês, em Santiago.

Paulo não se lembra de ter conhecido ninguém chamado Letelier.

— Orlando. Orlando Letelier. Fez parte do governo de Salvador Allende. Tinha ligações com muitos subversivos brasileiros. Era amigo de vários políticos brasileiros cassados. Você deve ter conhecido numa dessas festas de brasileiros.

Eu era estudante, Paulo pensa, sem nada dizer. Eu estudava de dia e fazia bicos à noite. Às vezes vendia roupas usadas nas ruas, passadas por brasileiros que tampouco tinham como se manter e comer. Não sabia de festas de brasileiros. Não ia a festas de brasileiros.

— Esse Letelier tinha se tornado um estorvo para o governo de Pinochet — Antonio continua, com a serenidade de um chefe de estação britânico, anunciando a óbvia chegada do comboio em horário previsto. — Vivia em Washington, com grande penetração na mídia ianque, dizendo asneiras sobre o que acontece no Chile. Esse Letelier foi explodido hoje, no *Sheridan Circle*, sabe onde fica? Bem no centro de Washington. Dentro do próprio carro. Você acha que o governo americano não sabia que Letelier ia ser mandado pelos ares? Temos bons aliados no governo de Gerald Ford. Sabe quem é George Bush?

George Bush era um nome novo para Paulo.

— É o chefe da CIA. Um bom cidadão americano. Temos apoio nos Estados Unidos. E na Argentina, no Uruguai, no Paraguai, no México, na Bolívia, no Equador, no Peru...

Era um tanto sobre a conversa de Ernesto naquela manhã, no Hotel Grunert, Paulo se recorda vagamente. Havia uma operação de extermínio de oposicionistas latino-americanos em andamento, Ernesto mencionara. Como se chamava essa operação mesmo? Não dera atenção. "Sou um estudante vivendo na Suécia", acha que respondera, "aqui não podem fazer nada contra mim", acredita que pensara. Constata agora, diante do irmão torturador, quão profundamente se iludira.

— E temos tomado todas as providências cabíveis pela tranquilidade pública no nosso Brasil, evidentemente — Antonio acrescenta, com indisfarçado orgulho.

— Foram vocês que mataram Juscelino Kubitschek no mês passado. — Paulo compreende.

— JK morreu num acidente. Ninguém poderá provar o contrário.

— Vocês enlouqueceram — Paulo diz, começando a se levantar.

O homenzarrão o empurra, ele se desequilibra, cai sentado, atordoado ainda da porrada de Antonio nos ouvidos.

— Quando você fugiu, o Brasil Grande estava apenas começando.

— Não fugi.

— Agora tem muita gente querendo se aproveitar deste novo Brasil da Transamazônica, da ponte Rio–Niterói, da hidrelétrica de Itaipu, da...

— Nunca fugi. Vocês me expulsaram.

— Pode voltar na hora que quiser.

— Para morrer assassinado nos porões do DOI-CODI, como Alexandre Vannucchi Leme, Manoel Fiel Filho, Vladimir Herzog? Quer que eu acredite na versão oficial de que se suicidaram?

— Acredite no que quiser. Herzog, Vannucchi, todos esses não causarão mais problemas. Os subversivos que me preocupam estão vivos. E estão se reagrupando. Nas fábricas, nas igrejas, nas redações, nas faculdades, até mesmo dentro das próprias forças armadas. Precisamos impedir isso.

O metal de um soco-inglês brilha entre os dedos do capanga ao lado. Por isso seu golpe nos meus rins doeu tanto, Paulo entende.

— Não bastou chutar João Goulart para fora da presidência, cassar Juscelino, isolar Carlos Lacerda. Essa corja se uniu para formar uma frente contra nós — Antonio continua, sempre monocórdio, sem demonstrar um mínimo da hostilidade contida nas palavras. — Jango e Lacerda só não estão mais ativos porque JK morreu. Sabem que podem ser os próximos. E serão, caso não calem a boca. O presidente Ernesto Geisel compreende que os subversivos estão botando a cabeça para fora da toca, recebe as informações que lhe passamos. Mas Geisel é uma decepção. Vamos dar um jeito nisso também.

Cala-se. Observa a reação pasma de Paulo.

— Temos bons substitutos para Geisel. No Exército, na Aeronáutica, no SNI.

— Se a sucessão do ditador já está resolvida, então não há problemas para vocês.

— Não há ditadura num país onde o Congresso funciona e a Constituição é respeitada, como é o caso do nosso Brasil. E cale a boca, senão mando o meu segurança dar uns tapas na sua mulher lá dentro.

— Não se meta com...

— Cala a boca e ouça. Substituto para o Geisel nós temos. O que não temos é informação sobre as conexões do Geisel com os movimentos subversivos internacionais que o apoiam. Essa é a ajuda que eu quero de você. O pagamento da sua dívida.

Um homem negro está de quatro, no chão, aturdido de dor e indignação, respirando com dificuldade. À sua frente, seguro de seu poder e retidão moral, está sentado o homem louro que as causa. São irmãos.

— O pagamento que você me deve, Neguinho. Por sua vida. Pela vida do seu filho. E da sua loura também.

Interrompe-se novamente, novamente estuda a expressão atarantada do irmão.

— O que eu quero de você é simples. Fácil. Até para um babaca como você.

A voz de Antonio se altera ligeiramente. Ganha um brilho, uma quase alegria, uma leveza que só poderia ser descrita como de controlada felicidade, conforme anuncia as tarefas incumbidas a Paulo.

— Quero que você me passe os nomes de quem traz informações para a *Human Rights Watch* e a Anistia Internacional sobre nossos interrogatórios, nossas detenções, nossas maneiras de conduzir a administração de nossas prisões e as repassa à imprensa. Todos os nomes. Sua mulher trabalha lá, ela pode conseguir isso. Ela também pode obter informações sobre as fontes de políticos norte-americanos, como o senador Edward Kennedy e esse merda desse governador Jimmy Carter, que se elegeu presidente dos Estados Unidos. Junto dos seus amigos jornalistas e intelectuais, como Fernando Gabeira, Chico Nelson e sei lá quem mais, descubra quem são os políticos que se encontram com eles e outros líderes exilados aqui, em Paris, em Roma e em Lisboa. Quero saber quais políticos estão sendo financiados no Brasil pelo dinheiro que Miguel Arraes está ganhando com petróleo na Argélia. Onde esse dinheiro é depositado, quem pega, quem transporta, tudo. Nomes. Obtenha os nomes. O que eu quero de você são os nomes de quem se encontra com quem. Apenas isso. Fácil.

Um choro de bebê vem do quarto, Paulo se vira para a porta. O homenzarrão o agarra pelo pescoço e o imobiliza antes que esboce qualquer reação. O choro cessa. Antonio faz sinal para que o segundo segurança abra a porta.

— Sentada na cama, Anna amamenta Edward.
— Não quero mal à sua família, Neguinho. Só quero sua ajuda.

I WILL SURVIVE

Nova York — agosto de 1991

Ela se lembra.
 Fazia muito calor (nunca ninguém tinha lhe contado que Nova York era tão quente no verão, tão quente e tão úmida), mais difícil de suportar naquela manhã de agosto, depois de outra noite maldormida no conjugado ínfimo e abafado, recém-alugado no bairro do Queens (o colchão no piso, por falta de cama, lhe dava a sensação de estar afundando; faltam cama, mesa, talheres, tanta coisa, tanta despesa que nem gosta de pensar). Sentia-se exausta, e o dia de trabalho mal começava. Teria duas faxinas hoje. Dois clientes, trinta dólares cada. "Que sorte."
 Ela se lembra: era de sobrevivência que a canção falava, a canção ouvida de longe.
 "I will survive, I will survive!"
 Mas, naquele verão de 1991, a canção ainda não havia ganhado para ela todos os incontáveis significados e memórias agregados depois. Sobretudo após a morte de Silvio.
 Mas essa manhã de agosto foi antes.
 Muito antes.
 Quando não fazia nem um mês que estava em Nova York.
 Era cedo, ela tinha acabado de sair da estação Houston do metrô. O cliente morava perto, o dono de uma butique de flores da Charles Street. Era a primeira faxina do dia. Seriam duas naquele dia. "Que sorte."
 Cruzou a Hudson Street, caminhou um quarteirão na direção Norte, orientando-se pelo Empire State Building. Para o Sul guiava-se pelas Torres Gêmeas do World Trade Center. (Quem vive numa cidade cheia de prédios altos precisa aprender a utilizar arranha-céus como pontos de referência.)

"At first I was afraid, I was petrified."

A voz, a orquestra, o ritmo, naquele momento pareciam indistintos das buzinas, sirenes, dos sons azafamados da redondeza com ruas nas três direções: Norte (Upper West Side) e centro (Midtown, chamavam-no), Sul de Manhattan (onde tinha a Bolsa de Valores e Wall Street, aprendera) e New Jersey (pelo túnel Holland), onde se hospedara por uns poucos dias ao chegar, no apartamento de uma brasileira, também faxineira, no endereço escrito num pedaço de papel pelo irmão de Luís Carlos quando a enxotou de Framingham (não quero pensar nisso).

"No começo eu estava com medo, estava petrificada", dizia a canção, hoje ela sabe. Na época, naquele verão de dez anos atrás, não teria entendido. Não assim, não tão claramente.

O som crescia à medida que entrava e avançava pela rua residencial transversal à Hudson Street. "*I will survive*", a voz afirmava, com determinação e fúria, "*I will survive*", a voz clamava.

Subia os gastos degraus irregulares do prédio centenário de tijolos vermelhos, encardido por décadas de fuligem, quando teve certeza de onde vinha a música. Abriu a porta (a antiga faxineira, a que relutantemente a hospedara em New Jersey, lhe passara a chave do ex-cliente), entrou no hall mal iluminado sentindo pulsar, cada vez mais vibrantes, a orquestra e a voz desafiadora da cantora, ocupando cada vão entre as paredes de pintura despelando.

> *Oh no, not I*
> *will survive*
> *Oh, as long as I know how to love,*
> *I know I'll stay alive!*
> *I've got all my life to live...*

Apertou a campainha do 401-B. Ninguém atendeu. A canção sacudia as paredes e a porta do apartamento. Alta. Ensurdecedora.

Tocou a campainha de novo.

Ninguém veio à porta.

Ela não soube como agir. Tinha gente no apartamento, evidentemente, e ela estava encarregada de uma tarefa combinada ali. Trinta dólares, seriam. Precisava limpar aquele apartamento. Precisava ganhar aquele dinheiro. Mas tremia toda vez que gritavam com ela, sempre que a tratavam rudemente, como aquela mulher de Framingham, e o cliente ali dentro talvez estivesse dando uma festa que varou noite (ali era um bairro de artistas e boêmios, sabia) e, se ela interrompesse, o cliente... Ele a demitiria.

"Ele me expulsará. E eu não posso ficar sem clientes."

Ou algum dos convidados abriria a porta e a xingaria. (Na semana retrasada alguém, namorada ou alguma coisa assim do cliente da Rua 23, quase esquina da Sétima Avenida, despejou o conteúdo de uma lata de lixo em seus pés. Ela foi embora, envergonhada de estar chorando, envergonhada de ter de aturar a grosseria e se calar.) Mas precisava daqueles trinta dólares. Precisava muito de todos e quaisquer trinta dólares que pudesse conseguir. E submeteu-se. Abaixou-se, recolheu o lixo, limpou os pés, voltou à tarefa.

Como precisa agora, diante da porta do apartamento 401-B, de onde vem a música tonitruante, nesta quente manhã de agosto de 1991.

"Vou sobreviver", ela quer acreditar, "eu vou sobreviver."

Bateu na porta, delicadamente, como era do seu feitio. Aguardou. Bateu de novo, desta vez com mais força. Diante do mesmo resultado, bateu e, apesar do profundo acanhamento, mas sem outro recurso, gritou o mais alto que podia, tentando fazer-se ouvir além da voz da cantora.

— Silvio! Silvio! Abre! Sou eu! Sou eu, Barbara! Silvio! Abre, Silvio! Sou eu, Barbara, abr...

A porta foi escancarada de súbito.

A voz da cantora engolfou o corredor.

Silvio, movendo os lábios em mímica, dublava com perfeição e ardor as palavras do sucesso de Gloria Gaynor dançado tantas vezes nas pistas das boates e clubes de Manhattan.

— Queridona! — exclamou.

Logo apontou, rindo, ainda dublando a cantora, a escadaria que Barbara acabara de subir, prosseguindo a mímica de quem expulsa um amante traidor.

Go now! Go! Walk out the door!
Just turn around now!
'Cause you're not welcome anymore!

Sorria, da mesma forma aparentemente desarmada e prometedora com que conquistara seu lugar, pequeno, mas seu, na cidade acostumada a devorar levas constantes de rapazes encantadores, ambiciosos e despreparados para a rotina nova-iorquina do cão come cão. Seus dentes grandes, perfeitamente alinhados, pareciam ainda mais brancos no rosto moreno, ela notara na semana anterior, quando trabalhara ali pela primeira vez. Os cílios muito pretos sublinhavam o desenho levemente amendoado dos olhos verdes. Nos cabelos fartos e lisos como os de seus antepassados indígenas, alguns fios de tons castanhos se misturavam aos primeiros, raros, fios brancos. Era belo e sua beleza a emocionava.

— O senhor combinou comigo hoje, se lembra? — Tem dificuldade em dirigir-se a ele, acha que gagueja, não consegue olhar seu rosto sem baixar os próprios olhos. — O senhor pediu que eu chegasse cedo, porque tinha umas roupas que queria empacotar para mandar para o Exército da Salvação, então eu...

— Não estou te ouvindo, fala mais alto!

— O senhor falou para eu...

Ele segurou-a pelos ombros, deu-lhe um beijo de cada lado do rosto, pegou as bolsas que Barbara carregava, puxou-a para dentro.

— Cante comigo, Barbara. *Sing with me, baby!*

Barbara sorriu, sem graça.

Uma veia no pescoço dele estava dilatada. Algumas nos antebraços também. Exercitava-se com halteres pesados pouco antes.

— Vamos! *C'mon*, queridona! *Sing!* Cante junto comigo e a Gloria Gaynor: *"Oh no not I! I will survive!! Oh, as long as I know how to love, I know I'll stay alive!"*. Cante, Barbara!

Silvio era o homem mais bonito que já tinha visto na vida, pensou no instante em que lhe abriu a porta na outra segunda-feira, recém-chegada da fuga de Framingham.

— Eu tenho toda a vida para viver! Vamos, canta com a Gloria Gaynor, canta, *"I've got all my life to live, and I've got all my love to give..."* — ele ecoava.

Dançava agora e tentava que ela o acompanhasse.

— Hoje é um grande dia, Barbara!

Descalço, sem camisa, vestia apenas um short de jeans, curto e justo. Os sinais da doença ainda não tinham afetado sua musculatura. Ou ela não tinha ainda experiência para perceber. Ou não os via porque evitava olhar para o corpo do homem à sua frente. Provocava nela algo como uma febre, um incômodo ao mesmo tempo indesejável e prazeroso.

Barbara nunca tinha sentido isso. Nem nada parecido. Nem imaginara que isso tinha nome. Nem lhe sabia o nome. Nem imaginou, jamais, um dia ser tomada por aquela vertigem.

A beleza de Silvio a desnorteava. A harmonia contraditória dela. O equilíbrio do desenho de seu rosto, do leve rosado dos lábios na pele morena à maneira como os cabelos nasciam, bastos, em grandes ondas suaves, abrindo-se com um V no alto da testa, aos maxilares rigidamente marcados, terminando no queixo agudo, desproporcional até, que transformava a brandura das proporções num alerta a indicar perigo, como num animal carnívoro imprevisível.

— Estou eufórico hoje! — ele exclamou — Recebi os resultados dos novos exames! Meus índices baixaram! Todos os meus índices baixaram, urrú! — gritou. — *"And I've got all my love to give. And I'll survive. I will survive! I will survive!"*. Minha saúde voltou, Barbara! Vou sobreviver, posso cantar *"I will survive"* muitas e muitas vezes, por muitos e muitos anos. Urrú!

Não quer olhar para o corpo do homem à sua frente. Não sabe que não quer olhar o corpo do homem quase nu à sua frente porque o desejo por ele transbordaria, possivelmente a tomaria por completo, iria transtorná-la a ponto de fazê-la esquecer não apenas que não poderia ter desejos porque destruiriam suas barreiras de sobrevivência, mas que, terrivelmente, horrivelmente, ela, Barbara, não era, não seria, nunca seria, nunca poderia ser desejada por aquele homem tão habituado a ser desejado por outros homens tão belos como ele.

— Cante comigo, queridona! — ele insistiu — Vamos! *"I will survive! I will survive!"*.

Rodopiou. Lançando os braços para o ar como um boxeador, girou pela sala atulhada, numa coreografia espontânea e remanescente de passos tantas vezes copiados do John Travolta do filme *Embalos de Sábado à noite*. A cada giro voltava-se para ela. Sorria.

— Silvio, eu preciso trabalhar — Barbara diz, quase inaudível, em seguida pedindo o que, na verdade, não deseja. — Pare, Silvio! Pare de dançar. Eu tenho de limpar os seus armários, você mesmo falou que...

A cada giro de Silvio, mais contente ele parecia e mais envergonhada e extasiada ela ficava. Nunca sequer imaginara, Barbara compreendeu naquele momento, que pessoas assim belas e exuberantes existissem fora de museus, fotografias de revistas, telas de cinema.

— *Sing, baby! Sing!* Por que não canta?

— É que... Eu...

— Não estou te ouvindo. Fale mais alto!

Gotas de suor brotavam sobre a pele bronzeada de seu pescoço largo. Uma delas escorreu pelo peito até chegar ao mamilo esquerdo de Silvio. Barbara sentiu-se arrepiar.

Girando, Silvio chegou até ela.

Sorrindo, passou a girar à sua volta, rodando os antebraços em torno um do outro, ondulando o tronco em movimentos sinuosos, lançando as pernas à frente a cada passo até agachar-se, subir, agachar-se de novo e de novo voltar a ficar rente a Barbara.

— Minha vida toda, queridona, minha vida de volta! "*I've got all my life to live, I've got all my love to give, and I'll survive. I will survive.*" Queridona, estou livre dessa doença maldita! *Forever!* Para sempre!

A voz da cantora deu lugar à orquestra. A batida e o ritmo mantiveram-se sincopados. Movendo-se agora mais suavemente, sorrindo sempre, Silvio perguntou novamente:

— Por que não canta, Barbara? Não gosta de *disco music*? Não gosta de Gloria Gaynor?

— Não, Silvio, não é por isso.

— O que tem de errado em cantar e dançar? Você nem é evangélica, eu sei.

— Não se trata disso — ela tenta. — É que eu, eu apenas...

— Acha muita frescura?

— Não, Silvio, não é isso.

— *Too flamboyant for you*, queridona? — Rodopiando ainda mais afetadamente.

— Não, não, não. Não!

— Está com vergonha da maneira como eu me solto dançando?

— Não. Já disse, não.

— *Am I too queer for you? What*, Barbara? O quê? Fala, pode falar que eu não me ofendo. Sou bicha, nada me ofende. *I'm queer and I'm here!*

— É que eu... — Ela finalmente toma coragem. — Não entendo o que ela diz.

Ele parou de dançar. Suava e o suor dava a seu corpo quase um resplandecer, ou assim pareceu a Barbara.

— Não entende?

— Eu... Não entendo. Não entendo, Silvio.

— Ela está cantando "*I will survive*", eu vou sobreviver. É uma música famosa há muito tempo, Barbara. Você deve ter ouvido a letra um milhão de vezes, alguém deve um dia ter falado para você, deve ter traduzido, deve...

— Eu não entendo quando as pessoas falam inglês — confessa, de supetão. O reconhecimento é doloroso para si mesma. Até aquele momento tentava encarar com ligeireza a incapacidade de não compreender a língua do país em que, consciente ou enganosamente, escolhera para escapar de outro tipo de humilhação.

Silvio botou as mãos na cintura, parou de sorrir.

— Quando conversam com você, Barbara — perguntou, incrédulo —, o que você...

— Finjo que entendo.

— Finge?

— Mas não entendo — repete, sem conseguir olhar para Silvio. Quer confessar que sente vergonha, mas as palavras, em sua própria língua, travam.

— Não entende? Como assim, não entende?

— O que essa moça está cantando, não sei o que ela falou.

— Nada, Barbara? Não entende nada? Na rua, na carrocinha de hot-dog, na lavanderia, quando quer uma caixa de sabão em pó, quando precisa de amaciante, faz o quê? Diz o quê? Como você consegue *quarters* para colocar nas *laundromats*? Como pede uma fatia de pizza? Como faz quando...

Em lojas de americanos ela evita entrar. Se pede um artigo e lhe dão outro, aceita, paga e leva, pois não sabe como recusar. A um troco errado, não contesta. Ao cumprimento de vizinhos, apenas meneia a cabeça, sem responder. Tentativas de conversas de desconhecidos na estação de trem ou no ponto do ônibus levam-na a simular ignorá-las. É-lhe menos difícil fazer compras em supermercados, pois os produtos exibem fotos nas embalagens e preços nas prateleiras. Apenas na bodega dos hondurenhos embaixo de seu apartamento se atreve a falar, pedindo em português mesmo, ou no mais semelhante a castelhano que consegue. Palavras totalmente diferentes do português, como *jamón*, em vez de presunto, ou *plátano*, no lugar de banana, ela aprendeu. De resto, porém, em qualquer situação, apenas abaixa o rosto e se finge de muda.

— Queridona, queridona, queridona — Silvio lhe diz, penalizado.

A piedade daquele homem perfeito como uma escultura lhe traz mais constrangimento ainda. Queria sair dali, queria dar as costas a Silvio, descer correndo as escadas, sumir na rua, desaparecer no buraco do metrô da Houston Street. Para sempre.

— Eu sei.... — Titubeia. Também é para si mesma que tenta explicar. — Eu sei várias palavras. *Please, good morning, yes, thank you, exit...* Sei muitas. Mas juntas, nas conversas... Ou nas músicas... Não consigo entender. Não consigo, Silvio, não consigo. No Brasil eu tinha começado a estudar inglês, mas... Aí foi que...

Não quer chorar. Não pode chorar. Não pode baixar as defesas. Não pode desmoronar. Não quer falar do assunto. Não pode falar do assunto. Desses assuntos. Mas não consegue não falar. Tropeçando nas palavras, como em soluços, ela se ouve, com alguma vergonha, dizendo a um homem que ela mal conhece tudo o que não queria dizer, mas precisa.

— Tive que largar os estudos porque mataram meu pai com vários tiros e... Meu pai morreu, tinha uma criança no carro que ele dirigia, os sequestradores atacaram e... Não quero falar nesse assunto. Não. Mas é que eu...

— Em São Paulo? — Ela acha que Silvio teria perguntado.

O sequestro da criança no bairro rico de São Paulo, a imputação de culpa a seu pai, as fotos dele como criminoso nos jornais, o rosto dela nos programas policiais da televisão, os repórteres fazendo perguntas enquanto corriam atrás dela na rua, a demissão do emprego, o cancelamento da bolsa de estudos, o Plano Collor destruindo pequenos negócios como o salão de cabeleireiros da mãe, as barreiras para pessoas como ela no Brasil, a sugestão do namorado: "Por que você não vem comigo para os Estados Unidos? Lá tem emprego para todo mundo, lá você começa vida nova". Barbara gostaria de poder falar disso com Silvio. Mas não sabe como. Não consegue concatenar todo e cada passo dado em estradas que se bifurcavam nem por que tomou a menos percorrida. Está no meio do caminho. Sem saber para onde está indo. Nem mesmo se está indo.

— Achava que dava para vir para cá e conversar em inglês e trabalhar falando inglês e... Quase deu. Quase deu. Quase. Até que aconteceram coisas em Framingham que... De repente eu fui tirada dali, enfiada num trem para cá e fiquei... Fiquei sozinha. Sozinha sem Luís Carlos, sem emprego, sem casa, sem meu próprio nome e... Eu e só eu. Entender inglês, mesmo, eu não entendo.

Dois expatriados estão frente a frente, numa sala atulhada de caixas e cacarecos necessitada de uma boa limpeza, estrangeiros reunidos por caminhos desconhecidos, párias, cada um à sua maneira, na cidade que implacavelmente devora os frágeis.

— Barbara, queridona. Barbara, você é uma menininha — Silvio cochicha em seu ouvido, penalizado. — Como você viveu até agora, naquele lugar em Connecticut e aqui em Nova York, sem falar a língua deles?

Ela não sabe como responder. Também para ela viver daquela maneira não faz sentido.

Ambos se calam, tentando processar o inesperado momento de revelações involuntárias. O canto esfuziante de Gloria Gaynor voltou a ocupar a sala, vibrando pelas paredes cobertas de pôsteres de divas de Hollywood e musicais da Broadway.

Silvio foi até o aparelho de som japonês que unia rádio, toca-fitas e leitor de CDs e o desligou. Virou-se na direção dela.

— Barbara, quantos anos você tem?

Poderia mentir. Mentira para outras pessoas. Elas sabiam que Barbara mentira. Patroas brasileiras, patroas americanas, colegas de Luís Claudio, colegas de Leonardo, vizinhos em Framingham, clientes do salão em Framingham, outras manicures e cabeleireiras do salão de Framingham, o senhorio do conjugado do Queens, a amiga de Leonardo que lhe apresentou o senhorio do Queens, os moradores peruanos do apartamento ao lado do seu, a tantas pessoas tantas vezes mentira, e a cada vez que isso acontecia elas se calavam, em dissimulada indiferença. Que pouco lhe importava. Ou achava que não importava. Mas não se viesse de Silvio.

— Não me pergunte isso, por favor — foi sua resposta, firme e triste. Manteve-se imóvel. Baixou a cabeça. Sentiu vergonha e não percebeu por quê.

— Ok, queridona, *ok*. Não perguntarei. Mas quero saber como você chegou aqui.

— Não posso dizer.

— Você está ilegal, não está? Levanta a cabeça, Barbara. Olhe para mim. Isso. Agora fale. Pode falar. Eu também cheguei ilegalmente nos Estados Unidos. Vim de férias com um amigo diretor de teatro e fugi dele. Saí do hotel só com uma mala de roupas e deixei ele lá. E fui ficando. Você entrou aqui pelo México? Está ilegal aqui?

— Estou — admitiu após alguma hesitação. — Mas tenho documentos. Entrei por Atlanta.

— Que documentos?

— Este — diz, abrindo a bolsa, retirando dali o passaporte comprado com os dólares enviados pelo irmão de Luís Carlos e estendendo-o.

Silvio olhou a capa, abriu-o, folheou as páginas, devolveu-o.

— Desde quando você é argentina e se chama Barbara Jannuzzi?

— O Leonardo, o irmão do Luís Claudio, aquele namorado que me trouxe, arranjou tudo. Eu só tive de arrumar o dinheiro.

— Um passaporte desses é caro. Quanto custou? Dez mil dólares? Quinze? Vinte? De onde veio esse dinheiro? Já pagou? Pagou para quem? Ainda está pagando?

— Não me pergunte essas coisas, Silvio. Por favor não pergunte — ela pediu, fazendo força para não chorar nem revelar o temor da lembrança do que lhe parecia uma enorme quantia ainda devida a Leonardo e a agiotas arrumados por seu padrasto no Brasil.

— Esse passaporte é falso.

— E daí? — Ela reagiu, com delicada irritação. — São meus.

— Se a imigração te pega, te deporta.

— E daí? — repetiu, tentando parecer madura e indiferente.

— E daí como você vai pagar, de volta ao Brasil, todo o dinheiro que ficou devendo para ter esse passaporte?

Silvio tem razão, e ela sabe disso. A imigração é um medo constante. Há outro, talvez pior, pelo formato sempre mutante. Não sabe exatamente quanto Leonardo pagou pelo passaporte, apenas que ainda lhe deve muitos mil dólares. E outros tantos mil, crescendo a cada mês, aos agiotas de São Paulo, sempre a pressionar sua mãe e o marido.

— Não sei. Não quero pensar nisso.

O belo rapaz chegado ao Rio no fim dos anos 1960, estudante de Enfermagem sem experiência nem dinheiro para mais de uma refeição por dia, percebeu a fragilidade de um errante, como ele fora um dia. Tomou suas mãos de quase menina, juntou-as e as apertou. Elas desaparecem dentro de suas mãos grandes.

— Você é tão frágil, Barbara. Como te deixaram vir para cá?

O corpo da jovem, que apenas umas poucas vezes roçara a pele contra a pele de um homem, foi tomado por uma sensação desconhecida, um frêmito que a incomodou e encantou.

— Você está tremendo. — Silvio percebeu.

— Eu? Eu? — Barbara perguntou, sem saber o que mais dizer, se dando conta que enrubescia. — Não. Não estou, não.

— Eu te amedronto?

— Não. Não me amedronta. Não é isso, não é...

— Eu te amedronto. — Ele acreditou. — Você está com medo de que eu te denuncie. Você acha que eu posso te entregar para a imigração e eles te devolverem para o Bra...

— Não! — ela interrompeu. — Não acho isso, não.

Ele apertou suas mãos com mais força ainda. Olhou nos olhos amarelados dela. Reparou:

— São lágrimas, isso?

Eram, mas ela respondeu:

— Não, Silvio! Não.

Barbara queria tirar as mãos de dentro das mãos dele, mas também queria que ele continuasse a envolvê-las e que a sensação de proteção e amparo não passasse.

— Você é uma criança, Barbara. Como seus pais permitiram que viesse para cá?

— Eu que decidi. Meu pai morreu, eu te disse.

— E sua mãe?

— Eu sou uma adulta. — Barbara tenta cortar o assunto. — Faço o que eu quiser.

— Você não tem ninguém, Barbara?

Ela não respondeu.

— Ninguém cuida de você, ninguém está esperando por você em casa? No Queens? No Brasil? Ninguém?

Barbara se mantém em silêncio, de cabeça baixa, as mãos abrigadas nas mãos de Silvio.

— Ninguém, Barbara? Ninguém?

O choro dela irrompe, incontrolável, a sacudir o corpo magro. Geme em voz baixa, como um balido. Quer esconder o rosto nas mãos, mas Silvio as prende. Consegue, apenas, abaixar a cabeça e fechar os olhos, como se no escuro do que não vê tudo pudesse desaparecer.

Silvio a abraça e puxa para perto de si.

Barbara sente a pele de seu rosto contra o corpo cálido dele. Suas lágrimas se misturam ao suor do peito de Silvio.

INHACA

Fisksätra — setembro de 1976

Inhaca.

Nem se lembrava de que essa palavra existia.

Inhaca.

Aflorou com o asco do cheiro a exalar da própria pele. Fedor humano. Cárcere. Suor. Sujeira. Sangue. Vômito. Fezes. Mijo. Azedo. Impregnado. Prisão. Pau de arara. Choque. Mijo, vômito, fezes, fezes, fezes, mijo, dor, suor, fedor. Dias seguidos de fedor azedo.

Inhaca.

Isso, aqui, agora, nele: inhaca.

Essa catinga, esse fedor grudado a cada poro, passado para ele pelo jagunço que lhe dera mais uma porrada nos rins e um pontapé nos colhões, levando Paulo a mijar-se gemendo, logo agarrando-o e apertando seu pescoço enquanto Antonio deixava claro: exigia obediência servil, impunha-lhe abdicar de seu horror e sua honra, dava-lhe como única opção à vida de Anna e Edward colaborar com a mesma corja que trucidara Orlando Letelier em Washington, provocara o acidente fatal de Juscelino Kubitschek na rodovia Rio–São Paulo, chacinara operários, sindicalistas, padres, estudantes, jornalistas, líderes camponeses, impunha-lhe cooperar com os mesmos militares e civis que o torturaram e ainda hoje continuam fuzilando, sufocando, estrangulando, afogando, estuprando, dando choques e cacetadas e porradas na boca e no saco e nos ouvidos e...

Aqui, Antonio exigiu. Bem aqui.

Não lá, não no dops, não nos porões do aeroporto do Galeão, não na Casa da Morte de Petrópolis, não no doi-codi, não na rua Tutoia, não em...

Aqui.
Na Suécia.
Aqui.
Em Fisksätra.
Aqui.
Dentro da minha casa.
Dentro da minha sala.
Colaboração em troca da vida do meu filho e da minha mulher.

Meu irmão me oferece a vida de meu filho e da minha mulher em escambo pelas vidas e pelos destinos dos que tiveram de abandonar o Brasil e o futuro dos que ainda vivem lá.

Tomou um banho demorado sob o chuveiro europeu de água sem pressão, segurando-o com uma das mãos e se esfregando intensamente com a outra. A pele ficou dolorida e avermelhada. Mas o futum não sumiu.

Encheu a banheira.

Despejou na água morna todo o sabonete líquido que encontrou, depois o vidro de xampu inteiro. Um adocicado aroma industrial dominou o ambiente da anódina sala de banhos. Sentiu náuseas. A dor nos rins não passava. A inhaca não se dissipava.

Entrou na banheira.

É curta para um homem como ele, os pés ficam de fora. Dobra as pernas, coloca-os sob a água. Os joelhos pontudos emergem, duas ilhas escuras em um mar de espuma.

Escorrega até a água cobrir-lhe a cabeça.

Mantém-se submerso e imóvel por um tempo.

Emerge.

Vem uma ânsia de vômito. Passa.

Tenta pensar em algo desligado dali, trivial, como acredita que façam os cidadãos de existências pacatas. Justificar sua ausência no turno da madrugada no Hotel Gruner, por exemplo. Mais banal, ainda, ele busca. O nome dos legumes da sopa em sueco. A quantidade de moedas no bolso do casaco, em qual bolso, quais os valores de cada uma. Quantos cigarros restam no maço comprado anteontem. As ferramentas necessárias para consertar o vazamento do sifão sob a pia da cozinha. A graxa nas botinas funciona como impermeabilizante nas poças d'água formadas pela neve derretida? Em qual round Muhammad Ali derrubou George Foreman naquela luta no Congo, dois anos atrás. O autor do gol que deu vitória à Alemanha sobre a Holanda na Copa de 74, quem foi? Em que mês do ano passado morreu o general Franco, o ditador da Espanha? Por quantos anos comandou seus fiéis fascistas? Em que dia deste mês morreu Mao Tsé-Tung. A independência de Angola, o Khmer vermelho, a retirada americana do Vietnã, a vitória eleitoral de Margaret Thatcher, o bombardeio de Beirute, o...

Esse cheiro.

Esse fedor.

Essa Inhaca.

Não passa.

Afunda novamente na banheira.

Ouve o barulho das borbulhas de sua respiração subindo e estourando na superfície. Ali, coberto por água e espuma de sabão, não sente o cheiro. A inhaca. Quer ficar ali mais tempo. E mais. E mais. E mais.

Aflora, sem ar.

Anna está sentada no chão, ao lado da banheira, enrolada no roupão.

— Te acordei — ele lhe diz, em inglês — Me desculpe. Não percebi que fazia tanto barulho.

— Não fez. Eu não estava dormindo. Não consegui.

— Perdão, Anna — ele pede, em português. E, em seguida, misturando palavras em sueco e inglês: — Me perdoe, por favor me perdoe, Anna, por colocar a sua vida e a vida de Eduardo em perigo, por não conseguir proteger a você nem a meu filho dessa... — Ele busca a palavra, em que língua seja, que possa exprimir sua perplexidade, sua ira, seu desamparo, sua culpa, sem encontrar em nenhuma. — Eu queria apenas que pudéssemos ter uma vida boa e pacífica e permanente e...

Anna coloca o dedo sobre os lábios de Paulo.

— Não precisa me dizer. Nada.

— Eu preciso falar, Anna. Preciso que você entenda. E que me perdoe por não conseguir proteger nem meu filho, nem você. Eu acreditava, eu ingenuamente acreditava que aqui na Suécia nós estaríamos a salvo desses... Desses... — Novamente lhe falta a palavra adequada para mostrar o quanto lamenta ser um cidadão brasileiro impotente diante da voracidade da ditadura brasileira, mesmo vivendo em uma democracia fora do Brasil.

— *You don't have to ask me for forgiveness, Paulo.* Não precisa dizer nada — ela fala, no melhor português que consegue.

— Preciso, Anna. Preciso falar. Preciso falar agora. Porque eu não disse a verdade quando me perguntou se eu tinha irmãos e irmãs. Naquela noite, se lembra? Eu menti. Disse que não tinha. E que meu pai tinha morrido. Eu menti, Anna. Menti porque tinha vergonha.

— *Ashamed of what?* Vergonha de quê?

— Vergonha de ter um irmão torturador. Assassino, talvez. Assassino, seguramente. Vergonha de não saber, nem querer saber, por onde anda meu pai e nem ele ter interesse em saber onde estou, se estou vivo ou morto, aonde fui, o que aconteceu comigo. Vergonha de não ter te contado que eu tinha um irmão. Esse homem que estava aí. O da cadeira de rodas. O louro.

— Ele me contou.

— Disse que era meu irmão?

— Sim, disse. No momento que abri a porta, ele disse. Foi a primeira coisa que me falou. *I am your husband's brother.*

— Você acreditou?

— Não. Não entendi por que ele me dizia aquilo, mas não acreditei. Vocês são diferentes.

— Ele é branco como nosso pai. Eu saí mulato. Negro como a família da mãe. Imagino que sou como a família dela. Não sei, não conheci nenhum parente da minha mãe. Só vi uma foto dela. Foto pequena. Nosso pai também é forte, como o Antonio. Mas tem olhos azuis. Eu acabei ficando mais alto que os dois. Mais alto e magro. Pode ser que sejam assim no lado da minha mãe. Nunca saberei.

Paulo utiliza palavras em inglês, em sueco, uma ou outra em português, sem perceber a mistura que faz. Usa tudo o que sabe, pode e se lembra para se comunicar com Anna, quer destruir a mentira interposta entre eles, um recurso para deixar o passado para trás, não compreendendo que seu passado e o passado do Brasil não podem ser abandonados como uma mala inútil a ser descartada, que não poderia haver construção alguma com Anna sem enfrentar aqueles demônios e misérias. O Brasil está dentro dele, não do outro lado do planeta. Agora, mais que nunca, não pode haver barreira separando-o da mulher que lhe deu um filho.

— *The wheelchair*. Por que seu irmão está em cadeira de rodas?

— Ele disse que foi ferido numa emboscada. Por guerrilheiros no Araguaia.

Anna nada sabe sobre a guerrilha do Araguaia. Paulo passa para ela as esparsas informações que circulavam entre os exilados. Em Goiás, algumas dezenas de estudantes, médicos, professores, lavradores, dentistas, bancários, comerciários e engenheiros tentaram criar uma resistência armada contra o regime militar no início da década de 1970. Ninguém sabe direito quem eram, parece que dissidentes do Partido Comunista. Menos de cem militantes, ao que tudo indica.

Anna quer saber o que aconteceu com eles.

Com a censura aos meios de comunicação, mais a conivência de vários donos de jornais e revistas, Paulo explica, pode-se contar somente com rumores, passados de informante para informante, com todas as possíveis deturpações, enganos, desinformações propositais divulgadas por serviços de segurança da ditadura. O que se sabe é que houve, realmente, uma operação militar contra os insurgentes no Araguaia. A maioria foi morta. Ou está desaparecida. Há alguns presos. Talvez. Sempre há um "talvez".

— Seu irmão me ameaçou. Ele me disse: "Posso estrangular seu filho se assim eu decidir. E você também. Ou deixar que um dos meus seguranças sufoque você. Ou lhe aplique uma injeção com veneno. Seu marido chegará em casa e encontrará a mulher e o filho mortos. Os dois por ataque cardíaco".

Na Argentina os torturadores treinados por instrutores brasileiros abriam com maçarico o ventre de mulheres grávidas, Paulo se recorda. Estrangular uma criança não seria problema para meu irmão.

— Antonio lhe disse isso para que você me contasse, Anna. Ele sabe que você me contaria. Antonio sabe que eu acreditaria. Porque é verdade.

— *Han är ett monster*. Ele é um monstro — ela diz em voz baixa, em sua língua natal, horrorizada.

— Antonio tem a convicção de estar do lado certo e que é preciso eliminar o mal. O mal somos nós. E começar essa limpeza pela América Latina.

Desde o início de seu ativismo político em Paris, e mais profundamente após passar a atuar como advogada na Anistia Internacional, Anna acompanha as diásporas do século xx, as ondas de pessoas forçadas a fugir de suas terras de origem, deixar famílias, propriedades, raízes para trás, deslocando-se pelo planeta segundo os caprichos, as vontades, as ideologias cambiantes dos donos do mundo. Tem particular aversão pela política externa norte-americana e suas alianças.

— O mundo está mudando. — Ela acredita. — Richard Nixon acabou, Gerald Ford tem apenas três meses até a posse de Jimmy Carter. Carter é um liberal. Os conservadores estão a perder terreno nos Estados Unidos, Paulo. Essas mudanças irão provocar alterações no balanço de poder na América Latina.

Paulo vê o caso Watergate e a derrocada de Nixon como apenas um acaso que derrubou um presidente, mas não a estrutura conservadora que colocou um escroque na Casa Branca. Um cara de quem você não compraria um carro usado, ele acrescenta, lembrando-se de como definiam Nixon.

— Nixon caiu, Gerald Ford vai sair, mas o esquema que colocou os militares no poder na América Latina continua. Tão forte quanto antes. Jimmy Carter não vai fazer nada, Anna. Não vai conseguir. Carter vai ficar preso nas redes da cia e do fbi e nas maquinações do Partido Republicano. A Operação Condor, essa de que meu irmão faz parte, armada pela cia, não será desbaratada. Antonio e esses cúmplices da cia vão continuar assassinando opositores das ditaduras. E aterrorizando gente como nós.

Anna segura a mão de Paulo e pede:

— Não seja tão pessimista. Por nós. Por Edward.

A força dessa mulher, ele pensa, a doçura dela, ele entende, o que eu seria, o que eu teria me tornado se Anna não tivesse surgido em minha vida?

Essas força e doçura são seus esteios, e ele não quer perdê-los, sabe que fará tudo a seu alcance para não os perder, e mesmo além, onde quer seja preciso buscar, o que quer que seja necessário buscar, para garantir que Anna esteja sempre a seu lado, assim como está, ali sentada agora no piso do banheiro, enrolada no roupão, ainda acariciando sua mão.

A paz é um momento doméstico. Ou uma trégua. Os bárbaros continuam preparando suas tropas de ataque em alguma parte lá fora, além das defesas erguidas pela confiança e pelo afeto entre o perseguido vindo de outro hemisfério e a mulher que o acolheu ali dentro, e dentro de si lhe permitiu criar uma nova vida.

Algum tempo se passa sem que se deem conta, cada um refletindo sobre o poder e alcance dos inimigos sobre suas existências. Ou extermínios.

O estrangeiro, grato, diz:

— Você é europeia, Anna. Você é sueca. Você acredita que a razão há de vencer a irracionalidade. Eu admiro isso em você. Eu me alimento da sua esperança. Eu me fortaleço com a sua esperança. Mas você não sabe como são as coisas no Brasil. As pessoas aplaudem o ditador Garrastazu Médici nas arquibancadas de um jogo de futebol, no maior estádio do país. Aplaudirão esse novo ditador, Ernesto Geisel. E aplaudirão o próximo, e o que virá depois, e o seguinte. As pessoas no Brasil não querem saber se há torturados. Ou se presos são arrastados por pistas de decolagem, com os braços amarrados a para-choques de jipes e o cano de descarga enfiado em suas bocas, como fizeram com um rapaz de 25 anos chamado Stuart Angel. Ou se Kubitschek foi assassinado. As pessoas no Brasil, hoje, querem comprar carros e tevês coloridas em suaves prestações a perder de vista, assistir a novelas, passar férias na praia ou na Europa, ganhar dinheiro na caderneta de poupança.

Na maneira sempre ensolarada de encarar o mundo, Anna acredita em mudanças. Coletivas e pessoais. Cita a si mesma, a jovem inconsequente sempre em busca de diversão, hoje parte de um esforço global de apoio e relocação de tantos errantes. Lembra a Paulo as tantas superações desde as sevícias no Brasil, as vitórias após a tentativa de acabar com a vida na neve de Alvesta, a retomada de estudos na Universidade de Estocolmo, a satisfação de estar vivo para gerar Edward.

— Edward é o futuro — ela acrescenta. — Nosso, seu, dele, do mundo. Você não pode deixar de acreditar nas mudanças.

Talvez se eles mesmos se destruírem, ousa pensar, haja mudanças. Eles estão brigando entre si. A direita com a direita. Chico Nelson tem informações de que estão realmente surgindo novas lideranças entre os operários. Especialmente no ABC Paulista, alguns formados por organizações católicas progressistas. Estarão surgindo mesmo, Paulo não consegue evitar a dúvida. Não seriam fantoches barbudos controlados pelos militares? Antonio se mostrou tão confiante na impunidade, que confirmou a suspeita levantada por Ernesto, a do assassinato de Kubitschek. Morte planejada para conter a aliança que ele, um político centrista, tecia com outros influentes opositores, o esquerdista João Goulart, presidente deposto pelos militares, e o ex-governador do Rio de Janeiro, o conservador Carlos Lacerda.

Jango e Lacerda serão as próximas vítimas fatais da Operação Condor, Ernesto acredita.

Paulo tem medo. Não por ele. Teme por Anna. Teme por Edward. Teme pelos outros exilados e pelos filhos deles. Ninguém mais está a salvo. Não aqui, não mais em Portugal, na Itália, na Argélia, na França, no México, na Alemanha, na Inglaterra.

— Somos tantos desenraizados, Anna. Tanta gente a ouvir línguas estrangeiras todos os dias, de todas as semanas, de todos os meses longe do Brasil, a falar mal e com sotaque línguas estrangeiras, tanta gente sem saber quando volta para o Brasil, sem saber, sequer, se um dia volta para o Brasil.

Involuntariamente, inevitavelmente, Anna se lembra dos fugidos da guerra civil espanhola que conheceu, os perseguidos por Francisco

Franco que viu envelhecer e morrer exilados em terra estrangeira. E tantos palestinos. Russos. Vietnamitas. Cambojanos, persas, angolanos, ruandenses, congoleses, iraquianos, indonésios, chineses, tibetanos. Todos num mesmo desolador destino. Acontecerá o mesmo com brasileiros? Chilenos, uruguaios, argentinos?

Desta vez Anna não consegue encontrar palavras para animar o homem jovem que, até poucas horas atrás, acreditava ter deixado para trás uma vida provisória.

— Estamos vivos por sorte — Paulo fala entre os dentes, com amarga surpresa. — Por descuido de nossos algozes, por suborno de um guarda corrupto, por relações de parentesco, por obra do acaso. Isso é estar vivo? Por quanto tempo seremos jovens e poderemos acreditar na volta? Não só na volta, Anna. Mas na volta e na reconstrução das vidas que deixamos para trás. Disso é que começo a duvidar. Disso é que tenho medo. E disso é que sinto raiva. Muita raiva. Porque a presença de Antonio cá na Suécia é mais uma prova do poder bem assentado deles. Sinto raiva pela desfaçatez das leis internacionais que permitem a Antonio, e a gente como Antonio, invadir nossa casa, fazer ameaças, esmagar nossas vidas como uma espécie superior que estraçalha insetos.

— Talvez — Anna começa a dizer, logo se calando, sem saber como continuar.

— Não sinto medo, Anna. Sinto raiva. Do deboche de Antonio, de sua insolência em circular em liberdade neste país, pela certeza de que não será preso nem punido. Sinto raiva por ele ter destruído minha ilusão de segurança e paz. Sinto raiva de saber que não posso fazer nada contra isso nem contra ele. Sinto raiva porque minha raiva não tem força para alterar nada.

Cala-se.

Anna continua com os olhos fixos nele. Nunca vira Paulo tão transtornado. Nunca o ouvira falar tão longamente, nem com tanta veemência, sobre o Brasil.

***

Levanta-se, pega a esponja e começa a passar nas costas dele, suavemente. Paulo se reclina, fecha os olhos e encosta a cabeça na borda da banheira. Vez por outra Anna aperta a esponja, deixa a água escorrer pelos cabelos dele.

— *Would you go back?* Você voltaria? Tem vontade de voltar para o Brasil? Você voltaria para o Brasil se pudesse? Gostaria de viver novamente no Brasil?

Paulo mantém-se calado, os olhos fechados. Quer responder com sinceridade. Para ela e para si.

— Você gostaria de viver de novo no Brasil, Paulo? — ela repete.

— Não sei, Anna — ele finalmente responde. — Não sei mais. Eu sabia antes de conhecer você. Antes de Edward nascer. Eu queria, eu gostaria de viver lá e ajudar a construir um país diferente daquele que fui obrigado a deixar. Isso era o que eu sabia.

— E agora? Hoje, neste momento?

"Agora, neste instante, eu penso em você, em Edward, nos outros filhos que eu quero ter com você e nos filhos de homens e mulheres como você e eu no Sudão, no Timor-Leste, nas favelas ao redor de Lima e de Recife, e penso na urgência de salvar cada um deles, e penso que eu poderia estar morto e que este momento, então, não teria acontecido. Mas estou vivo. Tenho você. Tenho Edward."

Abre os olhos. Percebe que nada dissera. Sente-se invadido por uma compulsão cálida e vigorosa vendo Anna debruçada junto à banheira, um chamado à urgência da vida.

— Anna — murmura, encantado e ardente. — Anna, Anna, Anna — repete, enquanto pega sua cabeça, traz para junto da sua, encosta seus lábios nos dela, esfrega-os nos dela, enfia a língua dentro de sua boca, puxa-a pela gola do roupão.

Anna despe o roupão, entra da banheira.

Água, em ondas, se espalha pelo piso, encharcando o tapete onde ela esteve sentada.

Paulo segura seus seios pesados, cheios de leite, mete o rosto entre eles, beija-os, rodeia os mamilos rosados com a língua, chupa-os. Abre as pernas, Anna senta-se entre elas, sentindo Paulo lentamente penetrá-la.

Mexem-se com cautela, é a primeira relação desde o parto, Paulo receia causar-lhe dor. Anna percebe que está pronta. Age, com o membro de Paulo dentro de si, em movimentos suaves e ritmados. Não têm pressa. Ela o sente dentro de si, ele sente-se dentro dela, como se unidos formassem uma única, pulsante, humana, criatura. Querem, ambos, juntos, prolongar ao máximo aquele momento.

Mais água se espalha pelo soalho conforme prosseguem em busca do prazer, e mais ainda, em novas ondas, uma após a outra, até que cessam.

Abraçam-se, satisfeitos.

Anna beija a cabeça de Paulo, depois coloca o rosto junto à cicatriz que lhe desce do pescoço ao peito.

No quarto, o filho dorme.

A água começa a esfriar. Ele não quer se mover. Na posição em que está não tem como abrir a torneira da água quente.

— Para onde iremos? — Anna fala em seu ouvido.

— Ir, Anna?

— Sair da Suécia. Ficar longe de Antonio. Longe deles. Poderíamos nos mudar para Berlim Oriental. Num país comunista eles não teriam como ir atrás de você. De nós. Eu falo bem alemão, conseguiria um emprego, nós poderíamos...

— Mudar para Berlim Oriental? Confiar na proteção dos comunistas da Stasi? Num país onde vizinhos espionam e denunciam vizinhos? Apenas trocaríamos um terror por outro, Anna. Você teria que abdicar de seu trabalho, de sua missão na Anistia Internacional. Eu nunca me perdoaria por isso.

— Talvez pudéssemos nos esconder em alguma cidade pequena do Norte da Suécia. Na fronteira da Finlândia. Ou na...

— Por quê? Para quê?

— Para criarmos nosso filho em paz, onde seu irmão não possa nos encontrar. Algum lugarejo longe de Estocolmo, fora do mapa, uma pequena fazenda, alguma...

— Antonio pode nos encontrar em qualquer lugar.

— Mas o que podemos fazer, então? O que, me diga. O que, Paulo?

Fugir nunca mais, Paulo decide. Chega. Neste momento eu digo "basta". Seria inútil, ademais, tentar escapar deles. Têm estratégia para nos eliminar. Alguns, fisicamente. Outros, destruindo intimamente. Mas não a mim. Fizeram uma vez. Nunca mais. Não permitirei. Eles armaram a estratégia criada dentro das masmorras da tortura e no interior das salas da CIA. São bons nisso. Estão confiantes em sua vitória.

Torcendo lentamente o tronco para não afastar Anna de seu peito, Paulo consegue abrir a torneira de água quente. Aos poucos a temperatura vai ficando mais confortável. Passa as mãos pelos cabelos de Anna, pensando: "Minha mulher. A mãe de meu filho". Percebe a inquietação dela.

— Antonio confia no poder enfraquecedor do meu afeto por você e por Edward. Tem certeza do meu medo das ações que eles podem fazer contra minha mulher e meu filho. Está seguro de que, dessa fraqueza e desse medo, pode conseguir de mim o que quiser.

No apartamento silencioso, no bairro periférico de poucos barulhos, na madrugada fria de outono em Fisksätra, um expatriado encontrou seu abrigo.

— Talvez pudesse mesmo. Antes. Antes do nascimento do meu filho, antes de eu encontrar você, antes de eu tentar me matar. Eu não sou mais o garoto que ele fez se mijar, se cagar e gritar de dor naquela sala do DOPS, no Brasil. Ele não sabe que minha força está em minha fraqueza.

A água morna começa a transbordar da banheira cheia, novamente encharcando o piso.

— Não posso fazer nada contra Antonio — ele admite, com serenidade. — Mas posso arruinar os planos dele. Utilizando os recursos que ele, inadvertidamente, me deu.

Anna o abraça. Ainda treme um pouco.

— Vou tornar público que o torturador capitão Molina é meu irmão Antonio Antunes. Que o capitão Molina me livrou da prisão e me ajudou a ir para o Chile. Que foi o meu irmão, o capitão Molina, quem me infiltrou entre os refugiados na embaixada argentina no dia do golpe de Pinochet. E que ele, meu irmão, o capitão Molina, me procurou aqui, na Suécia, e conta comigo para espionar os outros exilados. Tal como sempre circularam os rumores.

— Você se tornará um pária entre os brasileiros. Perderá amigos. Ficará isolado entre os expatriados.

— Sim. — Paulo confirma, triunfante. — Ninguém mais confiará em mim. Ninguém me fará confidências. Ninguém me contará nada sobre a movimentação dos exilados. Ninguém me deixará saber se um parente veio ou virá visitá-lo, se trouxe cartas, se trouxe fotos, se trouxe denúncias. Não saberei quais políticos de lá tentam ou conseguiram fazer contato com os refugiados daqui. Ativos ou cassados. Inimigos declarados dos militares ou supostos colaboradores. Nada. Ninguém me dirá nada. Ficarei à margem. Quem acreditava que eu pudesse ser um traidor confirmará a suspeita. E contará aos outros. Que passarão o aviso a outros brasileiros. E estes a mais outros. Até que ninguém fale comigo.

— É um preço muito alto, Paulo.

— Faço por você, Anna. E por Edward. Faço por nós. Antonio não terá as informações de que precisa. Desta vez Antonio não venceu. Nunca mais vamos fugir.

UM OUTRO DOMINGO

Nova York — setembro de 2001

"Até que enfim, queridona", Silvio talvez dissesse.

Talvez.

Porém Silvio não existe mais.

Não existe ninguém com quem possa partilhar essa luminosa manhã de outono em Nova York e essas descobertas da cidade onde mora há dez anos e dois meses.

"Até que enfim, queridona", com certeza diria.

Com certeza.

Não mais. Nunca mais.

"Que pena", Silvio.

O vento sopra mais frio a cada momento no píer descampado. Barbara se arrepia. Repara nos casais a passear com carrinhos de bebê, duplas de rapazes e moças com suas filhas e filhos, algumas levando pela mão crianças mais grandinhas com traços asiáticos, meninas, principalmente, adotadas da China, onde não eram desejadas por famílias às quais só era permitido ter uma criança e optavam por garotos. A política chinesa do filho único acabou por povoar Nova York com garotas de pele morena, olhos oblíquos, lisos cabelos pretos, todas lindas, como bonecas, adotadas por gays e lésbicas a quem, nos Estados Unidos, adoções eram vetadas ou fortemente evitadas na maioria dos estados. Todas, ali no píer do West Village, bem acolhidas. E bem agasalhadas, reparou.

"Devia ter trazido um cachecol."

O céu continua azul, límpido como um primeiro dia do Mundo. Assim ela se sente: no primeiro dia de um novo mundo. "Ah, Silvio, Silvio, o que teria sido a minha vida sem você, Silvio?"

Ela abaixa a cabeça, não quer que a vejam chorando.

De cabeça baixa, caminha para fora do píer.

Seguiu, andando pela calçada à margem do rio Hudson, depois tomando a esquerda, atravessando a West Street, entrando por uma rua qualquer, em seguida à direita, por outra rua, e mais outra, sem atenção para onde ia, sem realmente ver por onde passava, *diners*, cafés, bistrôs, sushi bares, vitrines de cacarecos *made in China*, ambulantes oferecendo relógios, bonés, agasalhos, gorros de pele, alheia à loja de tatuagem, à de leitura de cartas de tarô, algumas garagens, um posto de gasolina, o neon piscando no sobrado a anunciar uma escola de dança, pizza em pedaços, locadora de vídeos pornôs, indo, indo, a gola do casaco levantada, as lágrimas escorrendo pelos cantos dos olhos.

Caminhava pensando em tudo o que Silvio adorava naquela parte da cidade, e que, agora...

Nunca mais.

"*I will survive*", Silvio cantava em mímica, dançando pelo apartamento, naquela longínqua manhã abafada de agosto de 1991. "Eu vou viver, queridona, vou sobreviver, todos os índices dos meus exames deram negativo!", exclamava, cheio de esperança nos primeiros resultados de um dos muitos tratamentos experimentais a que foi se submetendo, até que...

Que pena, que pena, que pena, Silvio, dizia para si mesma, sempre de olhos baixos.

Quando os ergueu, finalmente, cinco, dez, vinte, nem se deu conta quantos minutos depois, engoliu em seco, pasma.

Ziguezagueando sem perceber por avenidas, ruas e vielas do sul de Manhattan, chegara aos pés dos 110 andares dos dois prédios do World Trade Center.

Sentiu-se pequena.

Sentiu-se estonteada.

Parou.

Baixou os olhos.

Viu bancos de granito branco, compridos e sem encosto, à volta de uma escultura esférica de metal dourado, pousada sobre um espelho d'água.

Foi até eles.

Sentou-se.

Era a única pessoa na praça. Alguns turistas fotografavam, de longe.

Enxugou os olhos.

Não chorava mais.

Retomou lentamente o fôlego.

"*At first I was afraid, I was petrified*", lembrou-se. Petrificada, sim, era como o medo a deixava. Apenas perto de Silvio sua agonia se dissipava. Mesmo conforme testemunhava o avanço inexorável da doença. Cujo nome nem ele, nem ela, jamais pronunciavam.

Uma sensação de prazer, semelhante à que a tomara no domingo da descoberta da catedral da Grand Central Station, tomou-a.

Respirou fundo.

Foi subindo o olhar, andar por andar das Torres Gêmeas, contando cada um deles, mas perdeu-se após o quadragésimo sétimo.

Deitou-se no banco.

Uma nuvem, estreita, ilógica e solitária no límpido céu azulíssimo, passou devagar no espaço azul entre as duas torres.

Fechou os olhos.

Imaginou-se, logo ela, tão pouco dada a devaneios, no topo do World Trade Center, girando e vendo a cidade como no deque de um navio, da ponta da frente (popa? Proa?) até a ponta de trás (proa? Popa? Estibordo? Bombordo?). Rumo ao desconhecido. Sem temores. Adiante. Sempre e apenas adiante.

Farei isso um dia, pensou. Virei aqui uma outra vez e, dessa outra vez, vou tomar coragem e vou subir até a parte mais alta deste prédio, o mais alto deles, até o centésimo-alguma-coisa andar, em que vai aparecer Nova York inteira pequenininha lá embaixo, e quando eu estiver lá, no centésimo-alguma-coisa andar, eu vou fazer uma fotografia de mim lá, no topo do World Trade Center, e essa foto, quando eu fizer, eu vou mandar essa fotografia para... Vou mandar para... Para...

Não é que eu não tenha para quem mandar.

Até tenho.

Podia mandar para a minha mãe, podia mandar para a minha avó, podia mandar para alguma colega de quem eu ainda tenha o endereço, se eu quisesse até para o Luís Claudio eu podia mandar, para mostrar para ele que eu estou bem e que ele não precisa se preocupar comigo, se é que ele se preocupa, deve de se preocupar se eu estou bem, se eu estou mal, se eu voltei para São Paulo, se eu fiz como ele e me casei e tive filho.

Até podia.
Mandar.
Mas não preciso.
Nem quero mandar.
Quando eu tirar. A fotografia. Peço para ampliar e ponho num porta-retratos no meu apartamento e pronto.
Basta.
Não preciso mandar essa fotografia para ninguém.
Aqui é bonito e eu estou aqui. No primeiro dia do novo mundo. Demorou para eu vir, demorou para eu chegar, mas eu vim. Eu cheguei até aqui. Aqui estou. Basta. Isso basta.
Basta hoje.
Hoje é apenas o primeiro dos dias, ela se ouve dizer, em voz alta, na praça entre as duas torres do World Trade Center, em frente à escultura esférica de metal dourado. É o mundo, deduz, essa grande bola de metal representa o globo terrestre, constata, *The World*, diz, sem receio de estar pronunciando errado. Olha novamente para as paredes envidraçadas dos cem andares das torres espelhando o céu, como se fundindo com ele. (A nuvem solitária sumiu.) É o mesmo extenso paredão de minutos atrás, porém a maneira como as vê é outra. Não se sente pequena. Não se sente esmagada. Nem estonteada. É natural que ela esteja ali. Apenas isso. Barbara Costa e o espelho de mais de quatrocentos metros de altura.
Tomou uma decisão que a ela mesma surpreende.
Quero ir lá em cima, no alto do andar número cem.
Não agora. Não hoje.
Num outro dia.
Num próximo domingo.
Virei aqui num outro dia, decidiu, levantando-se e saindo à procura da estação de metrô mais próxima.
Voltou para o Queens em meio a devaneios, ainda esquecida de si mesma.

Mas então viu-se em casa.
No bairro do Queens.

De volta ao conjugado da *Calle 43*, como a vizinhança, agora maciçamente hispânica, passara a denominar a *34th Street*.

De volta ao silêncio dos domingos.

De novo quieta e calada, a se perguntar: há quanto tempo estou quieta e calada? Desde que horas? Desde que acordei? Desde que comprei a passagem de volta para cá? Quando pedi um *token* ao vendedor de fichas do metrô por trás do balcão na estação do City Hall?

Não pedi.

Não lhe disse nada, nem ele a mim.

Estendi uma nota de um dólar, duas moedas de dez *cents* uma de cinco *cents*, e ele, ou era uma mulher, ela, me deu o *token*.

Sentou-se, levantou-se, foi à janela, voltou a deitar-se e sentar-se e levantar-se e chegar à janela, e outra vez fazer tudo de novo, com uma chegada à geladeira para pegar água ou ao armário de onde tirou uma caixa de biscoitos ricos em fibra, que passou a carregar, sem comer, mais uma vez daqui para ali, e outra vez de novo, de novo à janela, à cadeira, ao sofá-cama, os pés nos chinelos de feltro verde-escuro sobre o carpete em tons de grafite, sem fazer barulho, sem incomodar os vizinhos enquanto perambula daqui para lá e de volta, em passos leves, calada, calada e calada, tem quanto tempo? Quanto tempo?

Algumas vezes tentava escapar dali buscando pensamentos eróticos, inventando memórias de prazer com Luís Claudio, o único homem com quem tivera relações físicas, imaginando-os na cama de algum motel das redondezas de Framingham, iluminados por um neon piscante da fachada, ela nua montada sobre ele, também nu, fogosos como atores de vídeos pornôs, dizendo-se ardentes palavras de amor, cavalgando-o até atingir um clímax arrebatador.

Mas nunca tivera um momento de gozo com Luís Claudio. Nem em Framingham, tampouco em São Paulo, onde ele conseguiu emprestado o apartamento de um colega de serviço por um par de horas no meio da tarde, e Barbara deixou de ser virgem sob o corpo do rapaz desajeitado, apressado, preocupado em não darem nenhum gemido que alertasse vizinhos, sem permissão para tomarem uma chuveirada antes ou depois, aflito para devolver as chaves na hora combinada.

Nessas tentativas de fuga do Queens, Barbara apagava todas as luzes do conjugado da Calle 34, acariciava-se sem tirar nenhuma peça de roupa, nem mesmo quando levava a mão à calcinha, e toda vez que se sentia próxima a gozar, o corpo nu que cavalgava transmutava-se no de Silvio, suado e ágil como na manhã de agosto em que o encontrou cantando e dançando, gemendo e murmurando "Queridona, queridona, queridona, queridona". E Barbara terminava chorando.

As tardes intermináveis dos domingos.
    Os domingos são longos demais.
    As tardes intermináveis dos domingos.
    Os domingos são dias sem utilidade.
    As tardes intermináveis dos domingos.
    Os domingos são insuportáveis.
    As tardes dos domingos são longas demais, sem utilidade para nada, as tardes dos domingos são... São...
    Parece. Às vezes. Que. Não. Consigo. Respirar.
    Não consigo aguentar.
    Não consigo.
    Não consigo.
    Recorreu, então, ao mesmo bote de salvação de tantos outros nova-iorquinos a afogar-se no isolamento do dia mais longo da semana: trabalho.
    Pediu a Nadja para trocar para domingo a faxina habitual dos sábados, de limpeza minuciosa e mais demorada do apartamento onde atendiam as Brazilian Girls para mantê-lo ordenado e asseado até metade da semana. A ex-atriz não estranhou nem se importou. No domingo o apartamento ficava vazio mesmo, era o dia de folga de suas operárias do amor, suas *Love Workers*, como também gostava de chamá-las, dedicado aos maridos e filhos, ao churrasco no *backyard* com amigos e vizinhos, a passeios pelos *malls* e compras nos *outlets* de Nova Jersey e Long Island.
    Barbara passou a finalizar as caminhadas dominicais rumando ao apartamento da Rua 62 Leste.
    O silêncio, ali, não a incomodava.
    Não era seu.
    Não era causado por seu isolamento.

E podia aplacá-lo com os ruídos inevitáveis da lavadora de louças, do aspirador de pó, da máquina de lavar roupas e da secadora instaladas há poucos meses no espaço antes ocupado pelo armário de casacos, forma encontrada por Nadja para evitar descidas com os lençóis e toalhas usados pelas meninas e clientes à lavanderia do subsolo comum aos moradores do prédio, por mais que adotassem a atitude do "Viva e deixe viver," por trás da qual nova-iorquinos embalam sua indiferença a quem não lhes possa ser útil ou trazer benefícios.

Em sua nova rotina dominical Barbara cruza o lobby do Greenwich Building, vazio exceto pelo sonolento porteiro dos fins de semana, no início da tarde fria do segundo domingo de setembro, toma o espelhado elevador vazio até o quarto andar sem se olhar, atravessa o corredor também vazio tirando a touca (não precisava, nem está tão frio assim, mas teme a volta da sinusite), o cachecol (ventava um pouco no Queens), as luvas de lã (já que saiu com elas, que fiquem) e o casaco (é leve), chega ao apartamento 412, enfia a chave, abre a porta, encontra o vácuo que não lhe pertence e portanto não lhe assusta.

Está quente lá dentro. Sempre está muito quente lá dentro. É estratégia descoberta por Nadja para descontrair clientes tensos e deixar suas funcionárias mais à vontade. As meninas vieram de cidades de constantes temperaturas altas e lhes agrada assim. Sentem-se em casa.

Barbara vai ao termostato, diminui a temperatura do aquecedor, dirige-se à cozinha.

Está colocando copos e pratos na lavadora quando ouve um som. Um gemido. Estranha. Não pode haver ninguém ali. Hoje não é dia de trabalho. Nadja não gosta nem permite.

Um novo gemido. De uma única voz. (Alguém desobedecendo à ordem de Nadja? Deve parar a faxina? Interromper o trabalho? Voltar para a rua? Até que horas? Continuar? Ignorar o que estão fazendo no quarto?)

Põe os talheres na máquina, fecha a porta e vai ligar a lavadora de pratos quando um novo gemido, mais forte, chega até ela.

Não é de prazer, lhe parece.

Para o que está fazendo.

A mulher (a voz é de uma mulher) geme, longa e continuamente.

Deixa a cozinha.

A porta do quarto mais próximo da sala está aberta.

Os gemidos parecem vir dali.
Caminha, sem certeza de estar fazendo a coisa certa, até o quarto.
Vê.
Susana está sobre a cama, nua. Tem os olhos, a boca e o rosto inchados.
Vê.
Há sangue escorrendo de suas pernas abertas.
Parece inconsciente.
Barbara corre à mesa de cabeceira, pega o telefone, começa a discar o número de emergência. Antes que o complete, Susana segura sua mão.

— Não, Barbara — murmura, com dificuldade.
— Vou chamar o *nine-one-one*. Vou pedir uma ambulância.
— Não...
— Você precisa de ajuda.
— Por favor, não.
— Você está machucada, está ensanguentada, está...
— Não, Barbara.
— Um médico, um paramédico, enfermeiro, você precisa de...
— Não, Barbara. Nem o *nine-one-one*, nem a Nadja, ninguém.

Susana pega o fone, coloca-o no gancho.

— Me leva daqui, Barbara. Me leva para sua casa.
— Mas o que te aconteceu, Susana? O que aconteceu? Quem fez isso com você?
— Me leva para casa, Barbara. Apenas isso. Me leva para a sua casa.

ADEUS

Estocolmo — setembro de 1979

MAIS TARDE TENTARIA RECORDAR-SE dos detalhes daquela despedida, com grande pena e sem muito sucesso. Estava azul aquela tarde de fim de setembro? Já fria, com a folhagem das árvores mudando de cor, como nos outros cinco finais de verão passados em Estocolmo? Chico Nelson usava mesmo uma touca de lã, tal como lhe aparecia na recordação? Aquela sob a qual sua rebelde cabeleira encaracolada ficava amassada? Tinha em torno do pescoço um cachecol listrado de vermelho e azul, o mesmo cachecol vermelho e azul com que o vira durante sabe lá quantos invernos? Ernesto estava sem agasalho? Apenas com um suéter sobre a camisa de manga comprida? E ele próprio? Que roupa vestia?

Três anos haviam se passado, até aquele fim de tarde da despedida, desde a invasão de Antonio e seus jagunços ao apartamento de Fisksätra. Três anos desde as ameaças de morte a seu filho e sua mulher em troca da delação de atividades subversivas de exilados. Três anos após a determinação de deixar todos saberem ser irmão de um dos verdugos da ditadura. Três anos após a decisão: fugir, nunca mais.

A estratégia do vencido funcionara.

Paulo tornou-se um pária na comunidade de exilados brasileiros. Traidor, dedo-duro, araponga, alcaguete, delator filho-de-uma-puta, tantos xingamentos e aversão à sua presença. Apenas Chico Nelson e Ernesto continuavam seus amigos, sabiam os motivos da divulgação do boato de Paulo ser um infiltrado da ditadura, ajudaram a difundi-lo, confirmaram as suspeitas e assim ajudaram Paulo na farsa que protegia a vida de Anna e Edward, e dos opositores do regime militar brasileiro eventualmente reunidos em Estocolmo, sem que ninguém jamais soubesse do sacrifício voluntário do irmão do capitão Molina, o torturador da Casa da Morte.

Em alguns domingos, Ernesto, Chico Nelson e Paulo se reuniam no apartamento de Fisksätra, longe dos olhares de outros brasileiros, para lembrar de acontecimentos divertidos — e os havia, muitos — das escapadas dos meganhas no Brasil e no Chile, da falta de entes queridos caídos em perseguições ou desaparecidos, da escorchante saudade de amigos e de trivialidades da juventude, como *prises* de lança-perfume em bailes de Carnaval ou músicas de Celly Campello. Ernesto instruía os outros dois sobre como apreciar os filmes caipiras de Mazzaropi, a que nem Paulo, nem Chico Nelson, jamais tinham assistido. O paulista, o fluminense do interior e o carioca do subúrbio descobriram a admiração em comum pela comédia popular de Dercy Gonçalves. Chico Nelson, o único a tê-la visto no palco, mais de uma vez, até, em teatros da Praça Tiradentes, no Centro do Rio, atestava ser uma atriz de improvisos desconcertantes e hipnotizante carisma no palco, só comparável ao de, Paulo não tinha certeza qual havia sido a citação, Maria Bethânia ou Fernanda Montenegro?

O trio se aglomerava na estreita cozinha, onde cada um preparava o prato que sabia fazer melhor, ou assim acreditava, sob olhares divertidos de Anna e intensa curiosidade do menino Edward. A feijoada de Chico Nelson, uma adaptação do prato brasileiro usando feijão-branco, era a favorita do menino. À Anna deliciavam os manjares de coco e brigadeiros feitos por Ernesto, doces desconhecidos para ela até unir-se a Paulo, encarregado de preparar uma *caipirinha exilada*, como apelidaram a mistura de aguardente nórdica *aquavit*, limão amarelo vindo, talvez, do norte da África ou sul da Itália, e açúcar mascavo, capaz de tornar palatável aquela peculiar contrafação. Ernesto uma vez tentou assar uma cuca da banana, mas as caipirinhas exiladas afetaram sua vigilância, e o bolo, comum no interior de São Paulo, de onde vinha, acabou queimando. Comeram assim mesmo. Edward, refratário a doces, dessa vez comeu, repetiu e ainda raspou as partes grudadas na forma.

No verão de 1978, livre para circular entre fronteiras, não incluída na lista de terroristas nem de exilados políticos, Regina aproveitou as férias da escola secundária na qual lecionava em Montpellier, viajou para a Suécia e se juntou a eles por três domingos seguidos. Logo tomou-se de amores por Edward, encantada com a facilidade com que o filho do brasileiro Paulo e da sueca Anna transitava entre os idiomas dos pais. Diante da habilidade linguística do guri, passou a falar-lhe também em francês para, logo, divertir-se com o sotaque peculiar sueco-brazuca com que pronunciava palavras e frases como Mon P'tit chou, pain petillant, haricot verts, gentilhomme, s'il te plaît, la vache qui rit.

"Gostaria tanto que um dia Ernesto e eu pudéssemos ter um molequinho como o seu", Regina certa noite desabafou com Anna. "Mas eu infelizmente acho que...", e não completou a frase. Em sua discrição nórdica, Anna não se sentiu à vontade para ir adiante no assunto. Mas passou a reparar a atenção afetuosa que a mulher de Ernesto dispensava ao menino. Percebia uma disfarçada melancolia no olhar de Regina.

Depois de sua volta à França, vez por outra Edward perguntava: "Quando verei *tante Régine* de novo? Ela vai voltar e me chamar de *Mon P'tit chou* e me ensinar palavras novas?".

Mas *tante Régine* não retornou a Fisksätra. Naquele verão de 1979 Ernesto foi encontrá-la numa das ilhas Faroé, na casa alugada por uma semana por amigos dinamarqueses. Quando voltou a Estocolmo, o quinteto retomou os encontros dominicais, regados por *caipirinhas exiladas*. Edward, percebendo que Ernesto não citava o nome de *tante Régine*, absteve-se de continuar pedindo notícias dela.

Riam, e riam muito, nessas tardes em Fisksätra, como acontece nos almoços de domingo corriqueiros de famílias comuns, e em família o quinteto se transformara e continuava sendo, pai, mãe, filho e dois tios, numa rotina afirmativa de melancolias afastadas para alguma parte distante da memória enquanto celebravam a extraordinária banalidade, especialmente para três sul-americanos expatriados, de estarem ali, juntos, mais uma vez, tocando em frente. Pelo tempo que durasse. Fosse quanto fosse. E não seria por muito mais.

***

O fim daquela família não aconteceu num desses almoços de domingo.

A despedida foi no fim de tarde de uma quinta-feira, ou quarta, Paulo tenta, sem sucesso, se recordar.

Era setembro.

Estava fria aquela tarde de fim de setembro, disso tem certeza. Lembra-se de ter mantido as mãos dentro da jaqueta de lã, então estava usando uma jaqueta de lã, enquanto caminhavam. Por onde? Tinham marcado o encontro no Museu de Arte Moderna ou foram caminhando pela beira d'água até tomar a ponte e chegar ali? Pararam junto às esculturas de Calder? Ernesto sempre comentava o contraste entre os grandes móbiles coloridos e o cinza do sóbrio prédio do Moderna Museet na frente do qual estavam instalados. Disso se recorda. E o que mais? O que mais?

Despedir-se de Ernesto e Chico Nelson era dizer adeus para sempre aos três jovens que tinham sido. Lembrar-se, um mínimo que fosse, preservava-os um pouco, os garotos fugidos, sofridos, quase mortos em Buenos Aires, Santiago, São Paulo, Rio, unidos pela dor e, por que não o dizer, pela esperança que os manteve vivos em Estocolmo e Alvesta.

Sabiam que nunca mais se veriam?, Paulo se pergunta. Sentiam que nunca mais se veriam? Fingiam que não acreditavam que nunca mais se veriam? Chico Nelson poderia ter imaginado o infarto que sofreria dali a alguns meses, dentro da redação do jornal em que reiniciaria a carreira interrompida dez anos antes, a ida para o hospital dentro de um táxi Fusca, a morte com a cabeça no colo de Angela Dutra, por quem se apaixonaria e não teria a chance de revelar porque a acreditava feliz no casamento, "e com mulher casada e feliz não me meto", conforme contara na única carta que escrevera a Paulo e ele demorara tanto a responder? Que talvez não tivesse respondido? Teriam falado desses anos no exílio? Dos amigos mortos, dos amigos sumidos, dos amigos enlouquecidos, dos amigos para sempre desassossegados? Dos almoços domingueiros, das risadas, das contrafações de feijoada e caipirinha?

Talvez. Talvez.

Ernesto e Chico Nelson estavam entre os últimos a deixar a Suécia após a decretação da Lei de Anistia, assinada há pouco mais de um mês pelo general-presidente João Figueiredo.

A maior parte dos exilados, prevenida por parentes, amigos e advogados desde a intensificação da campanha no ano anterior, se programara, fizera os contatos necessários, estava de volta ao Brasil. Poucos ainda se encontravam na Suécia, menos ainda entre os refugiados em Lisboa, quase nenhum mais em Roma e Paris. Todos os exilados brasileiros em países europeus, respeitados os compromissos com aulas em universidades e empregos que sabiam temporários, haviam decidido retornar.

— Todos, menos você, Paulo! — reclamava Chico Nelson.

— A Lei da Anistia é falha e poupou os torturadores, mas isso não é razão para você não voltar — insistia Ernesto. — Mais cedo ou mais tarde a lei será revista.

— Venha conosco, Paulo.

— Não sente saudades? Não quer rever o Brasil?

— Sinto. Quero. Quero muito.

Isolado e evitado desde a passagem de Antonio pela Suécia, só por meio daqueles dois únicos amigos, Paulo tinha informações sobre o movimento de agentes da repressão, como o irmão. Conforme a possibilidade de anistia avançava, torturadores e arapongas foram sumindo de vista, entrando em zona nebulosa, sem que seus paradeiros e movimentação fossem conhecidos. Antonio, o capitão Molina da Casa da Morte, também sumira. Chico Nelson, sempre bem-informado, soubera que o irmão de Paulo teria se mudado para alguma biboca na fronteira entre o Mato Grosso e o Paraguai, onde se unira a outros remanescentes da Operação Condor e praticavam lucrativos sequestros de chefões de contrabando e tráfico de drogas, os quais Antonio seviciava e em quem, se achasse necessário, praticava pequenas mutilações, como pedaços de orelha, dedo, lábio, até receber o resgate exigido. Mas nenhuma fonte de Chico Nelson garantia a veracidade dessas informações. Exceto a de que Antonio continuava vivo.

— Antonio não tem mais poder. Esses canalhas foram escorraçados. Venha conosco, Paulo.

— Com a anistia será possível refazer os documentos que seu irmão mandou destruir. — Chico Nelson tem certeza. — Você pode recuperar sua identidade, seu passado, seu nome...

— Um economista e pedagogo formado pela Universidade de Estocolmo, com especialidade em planejamento educacional, deve ser raro no Brasil. Será essencial para a reconstrução do nosso país. Quem sabe na Universidade de Campinas eu possa indicá-lo e...
— Não, Ernesto.
— Paulo, este é o momento de ir embora.
— Não, Chico. Ainda não.
— Vai, Paulo. Leve seu filho, sua mulher, eles gostarão do Brasil.
— Talvez. Mas não agora.

Ernesto iria retomar o posto de professor na Unicamp, de onde fora cassado em dezembro de 1968, logo após o AI-5. Chico Nelson, fugido desde o sequestro do embaixador norte-americano Charles Elbrick, em setembro de 1969, pudera escolher entre o cargo de chefe de reportagem numa revista semanal em São Paulo e o de editor internacional na redação de *O Globo* no Rio de Janeiro. Preferira o segundo. E listava as razões.
— Brotos de Copacabana. Garotas de Ipanema. Morenas do Méier. Gatas do Flamengo. Gurias da Tijuca...
— Gurias? — Paulo riu. — Ninguém fala *gurias* no Rio de Janeiro.
— Mas em São Paulo vocês falam *gurias*, não falam, Ernesto?
— Falamos? Não me recordo. Creio que sim. Não sei. Faz tanto tempo.
— Pois, então: gurias da Tijuca, meninas de Botafogo...
Riram. Assim, pelo menos, é como Paulo se recorda. Se lembra, também, da longa lista que Chico Nelson fez das outras razões que animavam sua volta, pronunciadas na voz rouca e com os chiados de seu cadenciado sotaque distintamente carioca.
— Moela, espetinho de coração de galinha, torresmo, angu do Gomes. Frango assado de padaria, daqueles que a gente apelidou de televisão de cachorro. Pele de porco crocante. Leitão pururuca, xinxim, mocotó com...
Enumerava, com minúcias e evidente prazer, couvert, entradas, pratos principais, sobremesas, locais no Centro, no subúrbio e na Zona Sul onde eram mais bem preparados, mais bem servidos, mais fartos ou mesmo em doses mesquinhas, porém saborosíssimas, botequins do

Méier, bares de Copacabana, biroscas nas redondezas da Central do Brasil, um ambulante vestido de branco dos pés à cabeça, na qual equilibrava um tabuleiro sobre um turbante, de quem comprava cocada preta sempre que encontrava. Cada lembrança conduzia a outra — caldo de cana a pastel, filé à Oswaldo Aranha a um restaurante de nome Lamas, no Largo do Machado, perto do Cinema Paissandu, onde assistia a filmes de Godard e Pasolini, depois indo com um grupo de apaixonados pela Nouvelle vague comer lasanha à bolonhesa da La Fiorentina, uma cantina no bairro do Leme, no canto esquerdo de Copacabana, frequentado por boêmios e mulheres fabulosas como Norma Bengell e Marina Montini, Tônia Carrero, Irma Álvarez, Zélia Hoffman, Márcia de Windsor...

Era para aquele Brasil que Chico Nelson voltava. Um país pelo qual ansiara todos esses anos de exílio, uma terra de sabores exuberantes e mulheres esplendorosas, uma nação de gente cordial batendo papos intermináveis em torno de mesas de bar, tomando chope gelado enquanto ia comendo uns tira-gostos, uns tremoços, umas linguiças cortadas em fatias, combinando uma praia no fim de semana, talvez uma chegada ao Teatro Opinião para assistir a Nara Leão, João do Vale e Zé Kéti...

Um país muito distante do Brasil das lembranças de Paulo desde 12 de abril de 1961, quando era apenas um menino matando aula ao lado do amigo Eduardo, deslumbrado com o voo além da órbita terrestre do Major Yuri Gagarin, acontecido naquela manhã, e tropeçou no corpo de uma mulher morta e mutilada, vítima de racismo e preconceitos, destruída por uma rede de ilustres poderosos, identificados, mas nunca punidos. Da mesma teia ainda e sempre em comando por lá.

O Brasil tem dono, pensa.

Donos, plural, ele mesmo se corrige.

—... E sapoti! Sapoti comprado na banca de frutas em frente à Confeitaria Colombo, na rua Gonçalves Dias, no Centro do Rio, bem perto da Livraria Civilização Brasileira, que os milicos odiavam e mandaram demolir, mas continuou em outro lugar. Ali perto também existe o Bar Luiz, na rua da Carioca, frequentado por Olavo Bilac e João do Rio, de chope tirado na perfeição e abundante comida alemã, que antes da Segunda Guerra Mundial se chamava...

Paulo desconhecia a história centenária do Bar Luiz, antigo Bar Adolph, não tinha comido sapoti nem se lembra de ter visto um.

— Parece um seixo rolado, meio esverdeado. Tem sabor de areia adocicada — Chico Nelson lhe explicou. — Lá na Confeitaria Colombo você também pode comer rissoles de camarão, empadinhas de palmito, bolinhos de...

Gostaria de ter lembranças amenas assim, ser dotado dessa maneira amável de ver o mundo, mesmo consciente de todas as misérias que o compõem, mesmo tendo testemunhado a perversidade de contínuos atos contra povos e etnias, mesmo tendo atravessado pessoalmente experiências ignóbeis e, ainda assim, tocar em frente acreditando em um futuro composto basicamente por elementos prazerosos, ser um homem como Chico Nelson, inabalável em seu propósito de construir uma existência destituída de zonas sombrias.

Num daqueles sábados em Fisksätra, Chico Nelson revelou que, nos momentos quando pressentia a chegada de angústias e pânico capazes de dominá-lo, especialmente nos dias e noites de setembro de 1973, entre o bombardeio do Palácio de Moncada, de onde tinha escapado, até a fuga pelas ruas, becos e vielas de Santiago coalhadas de tropas, tanques e cadáveres, acalmava-se pensando numa comida favorita, das que sua mãe preparava quando era criança e repetia, já adulto, sempre que a visitava.

— Carne seca desfiada, com purê de abóbora e couve frita. E tutu de feijão-preto, algumas vezes. E um ovo frito. Na banha de porco. Com a gema mole.

Comida não é apenas comida. Alimentar um filho ou um amigo ou um desconhecido abrigado do frio sob uma marquise são formas de demonstrar afeto naquilo que há de mais básico e primitivo em nossa identificação com o outro da espécie, Paulo se dá conta. A mãe de Chico Nelson demonstrava seu amor e acolhimento colocando à sua frente um prato quente, preparado para o prazer e a nutrição do filho. Paulo não conheceu isso. Mas sabe que isso é o que faz desde a manhã em que colocou uma panela com água no fogão, acendeu-o, e pôs dentro a mamadeira que, morna, aplacaria a fome de Edward. É preservação da própria espécie, sobrevivência de sua cria, amor pelo próximo, o leite morno dado ao bebê a choramingar no meio da madrugada, o ovo frito sobre o arroz, junto à carne seca desfiada, o purê de abóbora, o tutu de feijão-preto.

Para esse acolhimento amoroso, Chico Nelson estava voltando.

— Eu não ligo para comida, às vezes passo horas sem sequer me lembrar de comer, um dia inteiro até, e sou gordo — reclama Ernesto. — Enquanto você, Chico Nelson, você é um Pantagruel dos trópicos e ainda assim consegue ser mais magro do que o Paulo. Que é pouco mais que um fiapo.

Chico Nelson deve ter dado uma gargalhada, Paulo acredita, daquelas sonoras e fáceis, capazes de fazer revirar os olhos desaprovadores de suecos descontentes com a invasão de estrangeiros ruidosos em seus ambientes circunspectos.

— Meu caro Ernesto, herdeiro da elite branca do nosso Brasil, enquanto seus bisavós e tataravós se empanturravam de risotos, ossobucos e mortadelas no norte da Itália, os meus antepassados morriam de fome atravessando o oceano Atlântico nos porões dos navios negreiros. Nossa fome é ancestral. Você é geneticamente saciado, resultado de séculos de abundância. Eu, de séculos de inanição na África e nas senzalas.

— Chico, não vem outra vez com essa história de raízes africanas. Você nem mulato é. Você é moreno. De cabelo crespo, porém não passa de um moreninho brasileiro. O nosso mulato aqui é o Paulo.

— Mulato, não — corrige Paulo. — Sou negro.

Chico sorriu, exageradamente, e chegou o rosto junto a Ernesto.

— Olhe minhas gengivas.

— Para que vou querer olhar suas gengivas?

— Veja como são arroxeadas. Sinal inequívoco de minhas raízes africanas. O Paulo é falso mulato: as gengivas dele são rosadas.

— Não sou mulato, sou negro. Não é pela cor das gengivas que se define a etnia de uma pessoa. Especialmente se for brasileiro.

— Qual é a cor das gengivas de seu filho? — Chico Nelson pergunta, de supetão.

— Que importa a cor das gengivas do meu filho?

— Edward tem inequívocos olhos azuis, como os da mãe. Você vai dizer que ele é negro, branco ou mulato?

— Para mim não faz diferença. Nem para Anna.

— Nos Estados Unidos, um descendente de africanos podia ser comprado ou vendido como escravo até a quinta geração. Mesmo se tivesse pele branca.

— Eu não vivo nos Estados Unidos, Chico. E a lei dos direitos civis que proíbe a discriminação de cor e raça foi aprovada há mais de dez anos.

— Há 15 anos — corrigiu Ernesto, sempre preciso quando se tratava de datas e estatísticas. — O *Civil Act Rights* que proíbe discriminação de cor, raça, religião, sexo e nacionalidade é de julho de 1964.

— Três meses depois do golpe militar — acrescentou Chico Nelson —, que esses mesmos americanos incentivaram e ajudaram a organizar.

— Esses mesmos americanos que não consideram brancos nem os judeus, nem os italianos, nem os hispânicos, muito menos os brasileiros. Mas, se vamos acatar a premissa do Chico Nelson, eu, neto de italianos, de pela clara há muitas gerações — Ernesto diz, falsamente grave. — Admito que sou gordo porque sou elite branca. Mesmo não sendo considerado branco nos Estados Unidos.

Riram, Paulo tem certeza, e deve ter sido entre risadas que Chico Nelson reincitou a antecipação aos prazeres culinários a esperá-lo no Rio de Janeiro. Chegara às sobremesas.

— Goiabada com queijo, pé de moleque, quindim, ambrosia, doce de banana, doce de mamão ralado... E a maconha! — exclama. — Larica e baseados! Não podemos esquecer de mencionar a formidável *cannabis* brasileira, muitos pontos acima deste insosso haxixe vendido nos becos de Estocolmo. Maconha brasileira! Doideira da boa! Adquirida diretamente dos fornecedores no aprazível morro Dona Marta, no aprazível bairro de Botafogo, dali tomando um ônibus da linha Urca–Leblon e seguindo para a ainda mais aprazível República Livre do Baixo Leblon!

Emendou mencionando os locais onde baseados, doces e salgados podiam ser encontrados, a qualquer hora do dia ou da madrugada, nomeando bares e restaurantes totalmente desconhecidos para Paulo: Real Astória, Pizzaria Guanabara, Diagonal, Bozó, Final do Leblon e outros impossíveis de se recordar agora, tanto tempo depois. Nunca os vira, deles nunca ouvira falar antes. Sua vida no Rio de Janeiro se limitara a subúrbios próximos a Bento Ribeiro, na Zona Norte, onde vivera nos primeiros tempos com o pai e Antonio após a chegada da cidade pequena; o Centro, onde estudara e morara em abrigo de estudantes, próximo à avenida Presidente Antônio Carlos; e um trecho de Copacabana, nas cercanias da rua Bolívar, onde fora preso no primeiro apartamento alugado sozinho, um conjugado, para onde levou seus livros, que os meganhas rasgaram, e dormia num colchão no piso, por falta de cama, que o fazia sentir-se afundando e que eles cortaram inteiro em busca de material subversivo. Da prisão o tinham largado numa estrada de terra vermelha, avisando-o estar no Paraná, de onde atravessou a fronteira para o Paraguai e seguiu, perplexo e debilitado, entre estações de trens e de ônibus, caronas e caminhadas, para o Chile.

— Ficam no Leblon, Paulo, numa área chamada Baixo Leblon. — Chico Nelson deve ter explicado.

Ernesto, sempre mais pragmático e realista, levantou uma possibilidade.

— Podem não existir mais. Já se passaram dez anos.

— Existem. Ainda existem — Chico Nelson teria garantido. — Quando a prima do Gabeira veio visitá-lo aqui, a Leda Nagle, eu perguntei. Ela disse que tudo estava igual no Baixo Leblon.

Leda Nagle pode ter dito mentiras piedosas, Ernesto quase comentou, lembrando-se da jovem de cabelos muito pretos e risada sonora que estivera em Estocolmo pouco antes trazendo uma bagagem repleta de bombons Sonho de Valsa, comidas típicas enviadas por mães saudosas e cartas de presos políticos, pegas na penitenciária Lemos Brito, no Rio, e escapadas da censura dentro da moldura de um quadro com um desenho de Charles Chaplin.

— Em Campinas tudo mudou. — É possível Ernesto ter-se lamentado involuntariamente. — Sei que não vou encontrar os bares e botequins da minha juventude. Viraram lanchonetes de redes norte-americanas e pizzarias anódinas de franquias.

Por alguns minutos devem ter caminhado em silêncio. Quiçá entraram no bar do Hotel Diplomat, onde as garçonetes louras e saudáveis sempre deixavam Chico Nelson extático. Uma em particular, de cabelos platinados lisos, uma franja perto de cobrir os quase asiáticos olhos azuis translúcidos, fascinava-o especialmente.

— É igualzinha à May Britt.

Explicara a Paulo quem era May Britt: uma atriz sueca cujo extraordinário colorido o encantara em medíocres fitas de Hollywood, inclusive uma versão tola de O anjo azul, assistida em uma tarde de matar trabalho pelo Centro do Rio, no Cine Vitória.

— Ela se casou com um cantor preto, Sammy Davis Jr., portanto você e eu devíamos ter chance de atrair essa gêmea da May Britt.

A suposta irmã gêmea de May Britt jamais correspondia aos galanteios de Chico Nelson. Apenas sorria seus perfeitos dentes escandinavos às palavras que lhe dizia em português.

— Oxum platinada, Iemanjá do Mar do Norte, Pomba Gira escandinava, Martha Rocha de Estocolmo, flor do meu bairro, boneca cobiçada, minha estrela Dalva, minha...

Fumaria, enquanto isso, um Gitanes de *tabac noir* ou algum dos últimos cigarros dos pacotes de Continental sem filtro trazidos por Leda Nagle. Estaria bebendo uma cerveja holandesa, alternando com *schnaps*. Em algum momento deve ter acrescentado:

— O primeiro lugar a que irei será um restaurantezinho perto da Praça xv chamado Escondidinho, no Beco dos Barbeiros, uma rua estreita que desemboca na rua Primeiro de Março.

Seguramente sorrira ao falar do futuro primeiro almoço. Chico Nelson sorria muito, e com facilidade. Paulo o invejava por isso. Agora, ainda mais, com um misto de gratidão por tantas imagens e nomes que sequer lhe ocorreriam existir na cidade onde morava antes do exílio.

— Como você pode se lembrar tanto depois de dez anos longe do Brasil?

— Pensei nisso todos os dias desses dez anos. Nos sabores e cheiros que deixei lá. Agora que vou voltar, que vou rever, vou cheirar, vou comer e vou beber tudo o que me fez tanta falta nesses dez anos, eu sinto... Sinto... Sinto algo que só pode ser chamado de... Exaltação.

Sim, lembra-se agora, foi essa a palavra que Chico Nelson usou. Exaltação. E ali, possivelmente no bar do Hotel Diplomat, voltou a insistir.

— Vem com a gente, Paulo. Vem. Vamos para o Brasil.

— Não posso. Não agora. Não ainda.

E contou a razão, com alguma alegria e indisfarçável apreensão, sem imaginar, como acontece quando se é jovem, que nunca mais teria oportunidade de rever aqueles amigos que haviam se tornado família.

Anna estava grávida de novo e era, mais uma vez, gravidez de risco. Já perdera dois bebês depois de dar à luz Edward. Estava com 37 anos. Esta era a última tentativa. Precisava de repouso e dos recursos da medicina sueca. Ficaria a seu lado.

Teria, seis meses depois, a alegria de ver nascer um saudável bebê, a quem Anna e ele dariam o nome de Joseph.

UPSIDE INSIDE OUT

Nova York — setembro de 2001

Acorda e imediatamente sente o cheiro de café fresco. Ou terá sido acordada pelo cheiro de café fresco e o ruído metálico de talheres a roçar na louça sendo posta atrás de si, sobre a mesa entre a cabeceira do sofá-cama e a janela que dá para a escada de incêndio?

Por um instante brevíssimo, como o fragmento de um sonho, passa por sua memória a imagem da avó, no interior do barraco de um cômodo, na favela de Paraisópolis, num fim de semana com o pai, determinado pelo juiz (deveria estar saindo para o quartel, porque veste a farda de policial militar que o faz parecer ainda mais alto aos olhos dela); a avó, de pé à sua frente, magra, longilínea e pálida, estende para ela, ainda deitada na cama estreita em que haviam dormido juntas (o pai dormira no chão), uma caneca de ágata azul, de onde recende o perfume caloroso de café recém-coado.

É uma lembrança tão fugaz, que sequer tem tempo de ser registrada e, assim, não pode servir como alívio, como o pequeno modesto bálsamo necessário para a jovem magra, longilínea e pálida como a avó, vestida num conjunto largo de moletom cinza (como cinza era a cor da maioria de suas roupas, ou preta, ou azul-escuro), no início da manhã do primeiro dia de mais uma semana de horários cronometrados, sprays, espumas, esponjas e pós de lavagem e limpeza, códigos alfanuméricos e chaves distintas de diferentes apartamentos de variados clientes em prédios ao norte, ao sul, ao leste e a oeste da Quinta Avenida.

Abre os olhos.

A intensa luz branca da manhã de setembro define todos os cantos, os poucos móveis e os escassos objetos do acanhado apartamento da Calle 43 no bairro do Queens, Nova York, Estados Unidos. Deve passar das oito horas.

Senta-se, sobressaltada.

Está atrasada.

— Bom dia, Barbara.

A mulher jovem à sua frente veste a parte de cima de outro de seus moletons largos, que a cobre até o meio das coxas, e meias de algodão de cano alto. Sem os habituais sapatos *fuck me shoes* de saltos sete e meio, parte da composição da *sexy Brazilian Girl*, é mais baixa que Barbara. Tem os cabelos soltos e não se deu ao trabalho de penteá-los. O rosto desinchara bastante, exceto acima da pálpebra do olho esquerdo. Os hematomas ainda estão bem visíveis. Estende-lhe uma xícara.

— Fiz café.

Barbara pega a xícara. Sem perceber, leva-a às narinas e aspira, profundamente. Há alguma lembrança naquele cheiro denso, mas não consegue trazê-la à tona. A recordação da manhã na casa da avó sumiu. Toma um gole.

— Fiz forte. Espero que goste de café forte. Está bom?

Barbara acena com a cabeça.

— Isso quer dizer sim ou não?

— Sim — Barbara responde baixo, pouco à vontade.

É a primeira vez que tem alguém dentro do apartamento. É a primeira vez em sua vida adulta que uma pessoa dorme em sua cama (Luís Claudio sempre voltava para a casa do irmão). É a primeira vez que adormece ao lado de outra mulher.

— Quis fazer ovos mexidos, mas não encontrei na geladeira. Nem queijo, nem manteiga, nem geleia...

Vai à mesa, pega uma xícara, serve-se, toma um prato com torradas, volta e senta-se no sofá-cama, próxima a Barbara. Movimenta-se com desembaraço, como se estivesse na própria casa.

— Você não come nada de manhã?

— Não sou muito de comer.

— Nem um cereal? Pegue uma torrada. Por isso está magrinha assim.

— Não, obrigada — ela diz, afastando o prato.

— Pegue uma. Só uma. Vai, pegue — Susana insiste, em vão. — Com geleia ou manteiga seria melhor — comenta depois de dar uma grande mordida. — Mas só encontrei um vidro escrito "tahine" na geladeira.

— É pasta de gergelim.

— É? Ah, é. Claro que é. Eu sabia. Você quer?

— Não, obrigada. Eu faço sanduíche com *tahine* para almoçar.

— Você gosta de comida árabe? A família do meu marido é árabe. Da Síria. Tem muito descendente de sírios no Ceará. Não vai querer mesmo esta última torrada?

— Em São Paulo tem muito também. Não, não quero, obrigada, pode comer.

Susana come com voracidade. Termina o café, volta à mesa levando o prato vazio das torradas, serve mais café, bebe. Barbara quer levantar-se para tomar o primeiro banho do dia, mas sente-se inibida pela presença da mulher que mal conhece. No silêncio que se segue, ambas permanecem quase imóveis. Até Susana encontrar um assunto.

— Usou muito a camisola?

— Camisola?

— Aquela que nós lhe demos no Natal, lembra? Uma azulzinha. Para você usar com seus namorados, lembra? "A camisola do dia, tão transparente e macia" — cantarola. — "Tinha rendas e cetins, a pequena... A pequena...", lembra que a Wanda cantou essa música?

A camisola ficou guardada por anos na mesma caixa de papelão em que a recebera. Um dia, em outro Natal, Barbara doou-a ao Exército da Salvação, num gesto de desistência e rendição.

— Usou muito?

— Ahn... Eu...

— Você namora muito?

— Não tenho tempo para isso. Eu trabalho muito. Eu...

— Hum... Duvido. Com todos esses morenos tesudos pertinho de você aqui no Queens... Esses porto-riquenhos, hein? Hein? É só passar, olhar e trazer para cá, não é mesmo? Não pega um desses latinos gostosos de vez em quando? Só para uma diversãozinha? Hum? Hein?

É o tipo de conversa que incomoda Barbara e da qual tenta fugir sempre. As mulheres devem, obrigatoriamente, ter ou estar com alguém. Qualquer alguém. Marido, namorado, noivo, amante, desconhecido arpoado na porta da bodega, não importa. Uma relação, tem que ter. Mesmo que fugaz. Desde que a possam mencionar em conversa com outras mulheres. Sempre concluída com a mesma pergunta que Susana lhe faz agora.

— Está amando alguém?

Busca uma resposta que encerre o tema. Dizer "sim" traria desdobramentos, novas perguntas, mais curiosidade: quem é, como conheceu, quando se encontram, é casado, é solteiro, é brasileiro, de onde veio, vão ficar juntos. "Não" desencadearia outro tipo de fileira de perguntas: está magoada por alguma relação passada, ficou o desgosto de algum abandono, é exigente demais na procura à pessoa certa, acha que é hora de ter filhos, acha que ainda não é a hora de ter filhos, acha que passou da hora de ter filhos, sente medo de sofrer de novo por amor, e tudo o mais.

De pé junto à mesa na qual um pequeno televisor, encontrado faz muito no lixo de um prédio da Rua 57, próximo à Terceira Avenida, divide espaço com a louça do café da manhã, um açucareiro e guardanapos de papel, a mulher miúda, com marcas de espancamento, aguarda. Da resposta, Barbara tem certeza, qualquer que seja, virá sua chance: tem uma revelação a fazer. Uma confissão. Uma confidência. Passou a noite acordada, um tanto por causa das dores, mas principalmente por... aquilo. Aquela aflição. Muitas vezes aninhou-se perto do corpo morno de Barbara, com cuidado para não a despertar. Quer falar. Precisa falar.

Subitamente o indesejado momento de aproximação de Susana é interrompido pela invasão de um ruído estridente vindo do apartamento ao lado, o som absurdo, altíssimo, ilógico da freada de pneus no asfalto, imediatamente seguido do som sincopado de pistons a vibrar pelas paredes do vizinho, acompanhado de baterias e algazarra de uma música frenética. Uma voz masculina canta.

She's into superstitions
Black cats and voodoo dolls
I feel a premonition
That girl's gonna make me fall

"Ela é chegada a superstições", é isso que alguém canta? "Gatos pretos e bonecas de vodu"? Está avisando que tem uma premonição? "Que essa garota vai me destruir", é isso, Barbara acha que compreende. O volume em que os vizinhos peruanos ouvem a canção é tão alto, que não permita ouvir direito o que Susana lhe diz.

A voz masculina berra:

> *Upside inside out*
> *Living la Vida Loca*
> *She'll push and pull you down*
> *Living la Vida Loca*
> *Her lips are devil red...*

"De ponta-cabeça, virado do avesso, vivendo a vida Louca", sim, é o que os versos dizem, ela já até decorou, é a canção mais tocada em todas as rádios, de todas as bodegas, de todo o bairro do Queens e mesmo lá, do outro lado, não só dos volumosos rádios *boomboxes* da garotada do Bronx a exibir-se e amealhar alguns trocados de turistas no Columbus Circle e na Union Square, mas também saindo de dentro das butiques e lojas da avenida Madison, dos cafés do SoHo, dos carrões da moçada do Harlem rodando pelo sul de Manhattan. Quem canta é um ex-menino prodígio da música pop chamado Ricky Martin, um moço parrudo e bonitão cuja dança, vista em algum programa televisivo, trouxe-lhe à lembrança os movimentos enérgicos, viris e femininos ao mesmo tempo, que tanto a perturbavam e encantavam em Silvio.

A lembrança inesperada de Silvio dançando, suado, dourado, quase nu, a desconcerta. Susana lhe diz alguma coisa, que não ouve, talvez mais uma pergunta, embora tivesse o ar de quem afirma algo. Ricky Martin canta, do outro lado da parede, "E a pele dela é cor de café, ela vai acabar com você, vivendo a vida louca".

> *And her skin's the color of moca*
> *She will wear you out*
> *Living la Vida Loca*
> *Living la Vida Loca*
> *Living la Vida Loca...*

Não sabe onde colocar a xícara vazia que tem nas mãos. Susana volta a sentar-se a seu lado. Pega a xícara. Segura suas mãos. Aperta-as. "Vivendo a vida louca, vivendo a vida louca, vivendo a vida louca", adverte às duas brasileiras tomando café no interior de um mirrado apartamento em cima de uma bodega de hondurenhos da Calle 34 o ex-Menudo porto-riquenho Ricky Martin através das paredes dos vizinhos peruanos.

A brasileira com marcas de espancamento explica e se estende sobre algum tema à jovem brasileira preocupada com o horário de se aprontar para as faxinas acertadas para aquele dia. A proximidade constrange Barbara. Tenta, delicadamente, retirar as mãos. Susana as segura mais fortemente. Faz um pedido.

— Não conte para a Nadja sobre ontem. Por favor. Não conte.

— Não, claro que não.

— Nadja me demite se souber. É proibido ir ao apartamento aos domingos.

— Não vou contar. Ela nunca vai saber que você recebeu um cliente ontem.

— Não era um cliente. Era a minha namorada.

O ritmo latino continua atravessando a parede entre os dois apartamentos, cada vez mais alto. "Será possível terem aumentado ainda mais o volume? Mas como, se já estava na altura máxima?" A cadela poodle de outra vizinha começa um latido ardido, forte o bastante para se misturar à voz de Ricky Martin, agora estendendo sua experiência de vida louca com a mulher cor de café. "Acordei em Nova York, num hotel vagabundo, ela roubou meu coração, ela roubou meu dinheiro, ela deve ter me apagado com alguma droga..."

Woke up in New York City
In a funky cheap motel
She took my heart
And she took my money
She must've slipped me a sleeping pill

Há uma gritaria do outro lado. Aplausos. Risadas. "Deve ser da música. Só pode ser da música."

— Não importa com quem você estava. — Barbara tenta parecer à vontade diante da informação inesperada. — Não vou dizer nada, não vou contar para a Nadja. Não vou falar nada. O importante é que você agora está bem.

Tenta levantar-se, Susana a detém.

— Não era um cliente.

— Eu sei, eu ouvi. Eu entendi. Preciso ir. Preciso me vestir.

— Era minha namorada. Ela veio a Nova York para me ver.

Barbara consegue soltar as mãos. Passa por trás de Susana, levanta-se. A cadela e Ricky Martin continuam disputando o domínio da invasão sonora.

— Não precisa me contar.

Susana a segura pelo braço.

— Eu quero contar.

Barbara prefere não saber. Já tem aflições demais, não conseguiria conviver com outras, que sequer eram suas.

— Não precisa, Susana. Deixa eu ir. Me solta. Por favor.

— Tenho que contar para alguém. Preciso, Barbara. Não posso contar para as outras garotas, não posso contar para ninguém da comunidade brasileira em Newark. Não posso e preciso contar. Não aguento mais esconder isso.

— Tem uma cliente me esperando. Estou atrasada. Me solta.

— Deixa eu falar. Deixa eu te contar, Barbara.

O som que vem do apartamento dos peruanos é cada vez mais intrusivo. Mistura-se ao ganido esganiçado da poodle do apartamento 304. A vira-latas do 201 começa também a ladrar.

Percebe: Susana está tremendo.

— Estou com medo.

Começa a chorar.

— Os seguranças disseram que vão me matar. Matar nós duas.

Barbara para de resistir. Susana percebe, larga seus braços. Chora, sem se conter.

— Quem...? Quem ameaçou? Seguranças de quem?

— O pai dela é um político muito rico. Foi governador, prefeito, senador, nem sei mais qual o cargo dele hoje em Brasília. Muito poderoso. Todo mundo deve favores a ele. Ele descobriu que a filha dele e eu tínhamos um caso e mandou me matar. Por isso fugi para cá.

— Mas você é casada.

— Meu marido é meu primo. Foi um arranjo de família.

— E se ele descobrir?

— Ele sabe. De tudo.

— Tudo?

— Tudo.
— De... Do apartamento da Nadja também?
— De tudo. O dinheiro é para ele.

Carolina também se casou, Susana conta, com um deputado filho de aliado do pai. Teve dois filhos, dois meninos. O mais velho tem o nome do avô governador, que acumulou fortuna aliando-se à ditadura militar e aos empreiteiros dependentes dela. Encheu a capital de obras, pelas quais recebia altos percentuais. É dono de jornais e canais de televisão, adulado por mães de santo e artistas, apesar de sabidamente cruel e mandante de assassinatos sem conta.

— Não pago faculdade para irmã nenhuma, não comprei casa para minha mãe, não sou cearense. É tudo mentira. Vivo de mentiras.

Esconde o rosto nas mãos. Soluça. Barbara não sabe o que fazer. "Essa música não vai parar nunca? Podiam, ao menos, baixar o volume, não podiam?" Uma cadela late, outra uiva. "Essas cadelas enlouqueceram?" Ricky Martin prossegue o relato sobre a vida louca com a mulher que lhe tira as roupas para dançarem nus na chuva, ou tira a sua dor como uma bala atravessando o cérebro.

She'll make you live the crazy life
Or she'll take away your pain
Like a bullet to your brain...

O impulso de Barbara é o de amparar Susana, mas não tem certeza se deve. Nunca imaginou uma situação como aquela. Um marido/primo sustentado pela mulher fugida da ira de um governador por ser amante da filha dele. Como numa novela. Mas o espancamento de ontem não era de novela. O estupro coletivo e o sangue na vagina e no ânus de Susana não tinham sido de mentirinha.

— De vez em quando, Carolina vem a Nova York. Nos encontrávamos nos hotéis onde ela se hospeda. Ela começou a achar que estava sendo seguida. Marcamos dentro da Bloomingdales. Como duas freguesas comuns, na seção de cosméticos. De lá andamos até o apartamento. Estávamos na cama quando eles entraram. Não sei como abriram a porta.

— Como descobriram que vocês iam para lá?
— Nos seguiram. Fizeram questão de contar. Mostraram fotos.

— Mas no outro domingo eu fui ao apartamento, fiz faxina, estava vazio.
— Saímos antes de você chegar.
— Foi a primeira vez?
— Não.
— Quantas vezes?
— Sempre que Carolina vinha a Nova York.
— E vocês achavam que ali...
— Era seguro. Nos encontrávamos na Bloomingdales, não disse?
— Sempre?
— Das últimas vezes marcamos direto no apartamento.
— Mas se ela desconfiava estar sendo seguida, por que...
— Ela chegava andando por ruas diferentes, tomava táxi, tomava metrô e voltava, esses disfarces assim. Achava que estava dando certo. Eu também achava. Até ontem.

Barbara pensa na foto do pai morto, a cabeça quase decepada pelos tiros em sequência, estampada na capa de um jornal. Pensa em como transformaram-no de vítima real dos sequestradores em cúmplice do bando, assim solucionando um caso insolúvel pela polícia desnorteada. Eles transformaram um cidadão honesto em facínora. Eles, os donos do mundo. Gente como o pai de Carolina. Olha para Susana, a face ainda deformada pelo espancamento, imagina o sofrimento de suas dores internas.

Sente o corpo tremer. Não é de medo. É raiva.

— Um dos capangas do pai dela levou Carolina embora, os outros dois ficaram no quarto. Me amordaçaram e me surraram. Depois me curraram.

A poodle uiva num apartamento, a vira-latas late sem parar, Ricky Martin entrou numa convulsão interminável, submergindo com a mulher cor de café na *Vida Loca* revirada e de cabeça para baixo: *"Upside inside out, She's livin' la Vida Loca! She'll push and pull you down, Livin' la Vida Loca!"*.

Todas as nossas vidas são loucas, incontroláveis, dominadas por forças imprevisíveis, impulsionadas por paixões pelas pessoas erradas, nos momentos errados, em circunstâncias absurdas, mas às quais nos agarramos porque são as únicas que temos, em nossas vidas definitivamente provisórias, Barbara se dá conta, admirando o espírito de sobrevivência da dona de casa de Newark, casada com o primo a quem sustenta com seu trabalho de Brazilian Girl, apaixonada pela filha de um notório, fascinante, popular governador nordestino, sem pejo nem limites para garantir seu poder e certeza de retidão moral. Nada o detém, nada o deteve.

Nada o deterá.

Barbara senta-se junto de Susana, passa o braço em torno de seu ombro. "Queridona", Silvio talvez lhe dissesse, "somos todos de uma mesma tribo, estamos cercados, e o inimigo nunca se cansará de nos atacar."

Amparada, Susana sente-se confiante para entregar-se às dores e ao desolamento. Chora ainda mais desconsoladamente. Deita a cabeça no colo de Barbara, abraça sua cintura e pergunta, repetidamente:

— O que eu faço agora? O que eu faço agora? O que eu faço agora?

CHICO NELSON

Estocolmo — setembro de 1981

Foram umas poucas frases numa ligação telefônica do Brasil cheia de estalidos e chiados, a voz embargada de Ernesto tornando ainda mais difícil entender as palavras, Paulo perguntando "O quê? O quê? O quê?" incontáveis vezes.

Anna dava o jantar a Joseph, Edward lia, ou parecia ler, sentado no chão da sala do apartamento de Fisksätra, pequenos livros estampados com multicoloridos bichos, plantas, letras e frases, espalhados em círculo à sua volta. A televisão estava desligada, como de hábito, exceto nos horários dos noticiários e de um par de programas didáticos, especialmente documentários sobre bichos africanos e expedições por florestas da América do Sul, assistidos com hipnotizada atenção pelo filho mais velho. Nos dias e semanas ulteriores Edward reproduzia as cenas e criaturas vistas nas imagens televisivas e nos desenhos de cores intensas, mais uma interpretação quase abstrata do que cópias próximas da realidade.

— Não estou ouvindo direito, Ernesto! — Paulo gritava. — Fala mais alto! Fala devagar! O que está acontecendo? Você está chorando? Parece que você está chorando. Você está chorando, Ernesto? Por que está chorando?

As primeiras caixas preparadas para a mudança de apartamento já estão empilhadas no canto oposto ao do círculo de livros de Edward. Dentro de uma semana a família estará morando em um apartamento de dois quartos no centro de Estocolmo, mais amplo e mais próximo da sede da Anistia Internacional, permitindo que Anna, a caminho do trabalho, deixe os garotos na creche, e conveniente para os deslocamentos de Paulo entre o trabalho, por enquanto em meio-expediente, na representação da Unesco e o mestrado na Universidade de Estocolmo. Na saída ele poderia pegar Joseph e Edward.

Sobre as pilhas de anotações para o texto final do mestrado e livros de referência diante de si colocou o telefone, puxando o longo fio. A ligação do Brasil, àquela hora da noite, era inesperada. Ernesto nunca ligava. Preferia escrever cartas, embora o fizesse de raro em raro.

— O que aconteceu, Ernesto? Se você está me ligando do Brasil, é porque alguma coisa séria aconteceu. É grave? O que foi? É um problema com você? Com Regina? Alguma coisa ruim aconteceu na sua família, Ernesto? Com seu pai? Com sua mãe? Fala alguma coisa, Ernesto. Fala! Para de chorar e fala. Fala!

Percebendo algo de muito inusitado se passando naquele telefonema intercontinental, Anna limpou a boca e o rosto de Joseph e o levou para se sentar ao lado do irmão. Imediatamente Edward começou a mostrar as páginas e falar os nomes dos animais em sueco e português para o caçula, instando-o a repetirem juntos. "Arara" era a palavra favorita dos dois.

Anna aproximou-se de Paulo, colocou a mão em seu ombro, ele se virou, fez um gesto de não estar conseguindo entender a razão da inesperada ligação de Ernesto.

— Já deve ser muito tarde lá no Brasil — cochichou para Anna, tapando o bocal do fone. — Ligação ruim. Ele parece transtornado. — Em seguida, disse para Ernesto: — Pelo amor de Deus, tenta se acalmar um pouco, respire fundo. Tem água aí? Tome um copo d'água e... o quê? O que foi que você disse? Ernesto, você está dizendo que...

Ernesto soluçava alto do outro lado da ligação, tão alto, que Anna podia ouvi-lo.

Paulo, lívido, calou-se.

Ficou assim, mudo, parado, o fone ainda no ouvido.

Os meninos também haviam se calado, os rostos e a atenção voltados para os pais.

Ernesto aparentemente não chorava mais, ou se distanciara do aparelho.

Toda a sala foi tomada por silêncio.

Anna acariciou maternalmente a cabeça do jovem pai de seus filhos, enfiou os dedos entre seus cabelos. Reparou em dois ou três fios prateados, escondidos entre outros grossos, crespos, densos fios anelados. *My dear beloved Brazilian boy*, sussurrou, enquanto um turbilhão de lembranças de quase sete anos de vida em comum, iniciados num encontro de celebração de Natal, numa tarde de nevasca e intensos ventos do Mar do Norte, uma outra tarde com vinho, queijos e uma canção de Barbara sobre um menino perturbador de vinte anos, a noite de medo das ameaças do capitão Molina e seus capangas dentro desta mesma sala, os papos regados a *caipirinhas exiladas* do quinteto amontoado na cozinha apertada, as brincadeiras de *tio* Chico ensinando palavrões brasileiros para Edward, chisparam por sua mente até aterrissarem e se evanescerem entre caixas de mudança, livros de histórias infantis e um telefone vermelho, de estilo modernoso, lhe ser estendido por Paulo.

— Regina pediu para falar a você. Contar o que aconteceu. Ernesto desabou. Só consegue chorar desde que soube.

Anna falou "Alô!" e mais nenhuma palavra, imóvel, retesada, por todos os longos minutos do relato de Regina, o olhar correndo de Paulo aos meninos, às vezes fixos nas anotações e nos livros espalhados pela mesa, outras na parede na qual o papel colocado por eles pouco antes do nascimento de Edward começava a estufar e descolar. Num dado momento deixou escapar um "Ah!" dolorido, ao mesmo tempo em que seus olhos se enchiam de lágrimas.

Ao final do telefonema, disse, baixo e gravemente, apenas "Obrigada, Regina" e colocou, delicadamente, o fone no gancho.

— Hora de dormir — ela comandou aos meninos depois de enxugar as teimosas lágrimas resistentes a seu instinto primevo de proteger as crias da invasão do mundo, no qual entes queridos, felizes em finalmente retornar à sua amada terra de origem, são vítimas de ataques cardíacos dentro da redação do jornal em que voltaram a trabalhar depois de dez anos de exílio, carregados por amigos desesperados para um táxi Fusca, porém não resistem e morrem, com a cabeça no colo de uma colega, numa versão tortuosa da *Pietà*, de Gian Lorenzo Bernini, que Chico

Nelson considerava a obra de arte mais bonita do mundo, junto com *O abraço*, de Egon Schiele, antes de conseguirem chegar ao hospital.

Paulo abaixou a cabeça, apoiou-a entre as mãos. De onde estavam, Joseph e Edward talvez acreditassem que o pai tinha voltado a estudar.

Chico Nelson morrera no Rio de Janeiro. Apenas um ano e cinco meses após a volta do exílio.

Tão pouco tempo, Paulo repetia silenciosamente para si mesmo, tão pouco tempo, tão pouco tempo.

Esperava que o amigo partido tivesse, muitas vezes, saboreado carne seca com purê de abóbora, couve frita, tutu de feijão-preto e um pouco de arroz com um ovo por cima. Frito na banha de porco.

AQUELA TERÇA-FEIRA

Nova York — setembro de 2001

Wanda começa a falar, mal Barbara abre a porta do apartamento.

— Nadja está louca atrás de você!

— Precisa falar contigo com urgência — avisa Lenira.

— Nós todas estávamos preocupadas — Gloria acrescenta.

As três Brazilian Girls estão sentadas lado a lado no sofá, ainda vestindo as "roupas de esposas de Newark", como define Wanda. A voz dela está mais aguda do que sempre.

— Você sumiu desde domingo! Dois dias sem aparecer, sem dar notícia, poderia estar morta, sei lá! Nem sabemos onde procurar você, nem temos o seu endereço, menina! E Susana? Cadê a Susana?

O trio tem a aparência de figurantes de comédia televisiva vespertina, das que imitam a aparência, as falas e os gestos de pessoas de verdade, porém demasiadamente arrumadas, metidas em figurinos excessivamente definidores de perfil psicológico e posição social que as tais pessoas de verdade, na verdade, só vestem nos *sitcoms* que Barbara por vezes vê, sem som, enquanto passa roupas.

— Tu somes e Susana não vem trabalhar.

— Ela também não responde a nenhuma ligação.

— Não podemos ligar para o marido para indagar sobre o sumiço dela.

A reunião do trio é inusitada, pois trabalham em duplas e sempre em dias alternados. Juntas, apenas em ocasiões especiais, como as compras desenfreadas do Natal e do Thanksgiving, o feriado do americaníssimo Dia de Ação de Graças, adotado pelas Brazilian Girls/esposas de Newark, como acabam por fazer todos os residentes estrangeiros nos Estados Unidos. Devem ter sido convocadas por Nadja, Barbara imagina.

— Você viu a Susana aqui no domingo? — Glória indaga, quase como uma certificação.

— Tu sabes do destino dela? — Lenira especula, igualmente afirmativa.

Deve mentir, chegou a ensaiar mentalmente o que poderia dizer se e quando o assunto surgisse, mas não contava com a presença das três, reunidas e inquisitivas. Impertinentemente inquisitivas.

Fecha a porta atrás de si, calada.

Wanda se levanta, vai até ela.

— O que houve, Barbara? Por que sumiu? Por que não atende ao telefone?

— Não temos teu endereço. — Lenira reclama. — Tu nunca nos deste teu endereço.

— Vocês nunca pediram — responde, atravessando a sala e passando por elas em direção à cozinha. — Eu sou apenas a faxineira. Não precisam do meu endereço. Nem nunca se interessaram em saber meu endereço.

Wanda a segue. Gloria e Lenira se entreolham, permanecendo sentadas.

— Nadja falou para você ligar assim que chegasse. Na sua casa ninguém atende. Nem a secretária eletrônica. Você sempre deixa a secretária eletrônica ligada.

— Sim.

— Seu celular está desligado, menina?

Barbara não responde.

— Nadja ligou para você várias vezes desde ontem. Está uma pilha de nervos.

— Ela está furiosa! — corrige lenira.

— Se o seu celular estivesse funcionando...

— Celular não tem utilidade para mim — interrompe, em tom demasiadamente casual para a urgência das três mulheres, enquanto coloca a bolsa grande de lona preta sobre o banco de plástico amarelo e calça as luvas de borracha. — Não tenho.

— Tem, que eu já vi.

— Cancelei o contrato. Dinheiro gasto à toa.

Tira o casaco leve, dobra-o, põe dentro da bolsa, pega atrás da porta um avental de tecido xadrez plastificado, obrigando Wanda a se afastar, coloca o avental sobre a camiseta branca e a calça jeans, amarra-o em torno da cintura, aproxima-se da pia, começa a ensaboar a louça. Age como em qualquer outro dia de faxina. Finge que é mais um dia comum de faxina.

Wanda é a mais impaciente. Chega mais perto de Barbara. A proximidade a desagrada. Principalmente quando falam alto, como agora.

— Você sumiu, a Susana sumiu. Por que não usa a lava-louças?

Barbara percebe que a rotina incluiria a máquina de lavar ao lado da pia para ser convincente (um pequeno deslize, fácil de corrigir).

— Tem pouca coisa. Prefiro lavar na mão mesmo.

— Qual é o seu nome verdadeiro?

— Ora, Wanda, você sabe.

— Seus documentos são falsos.

— Que conversa é essa, Wanda?

— Você era de menor quando chegou aqui nos Estados Unidos.

— E daí?

— Você mentiu sua idade para nós.

— E daí, Wanda?

— Você mentiu seu nome para nós.

— Que diferença faz, Wanda? O que você quer não é o apartamento limpo e os lençóis lavados, o banheiro sem cabelo no ralo do boxe nem no da pia, a lata de lixo vazia, sem sinal dos preservativos usados por seus clientes?

— Nós te tratamos como uma amiga, como uma pessoa da família — Lenira lhe diz, magoada.

— Se eu sou família, por que nunca me convidou para passar o Thanksgiving na sua casa? Ou o Natal? Ou festa de aniversário do seu filho?

— Você sabe muito bem que você não pode ir às nossas casas, que não temos como justificar convidar uma faxineira. Como vamos explicar de onde conhecemos você?

— E se te perguntarem, o que você vai dizer? Pode acabar entregando o que é nosso verdadeiro trabalho.

— Nós, mesmas, fingimos mal conhecer uma à outra.

Barbara parou sua atividade, analisou cada uma delas de cima a baixo, dos cílios postiços aos sapatos imitação de grifes famosas.

— Vocês são umas fingidas — disse-lhes, acrescentando, com uma calma que as desconcertou. — Hipócritas. Levando uma vida de mentira. Agora me dá licença que eu tenho muito trabalho pela frente.

Wanda manteve-se onde estava. Barbara não tinha como sair da cozinha.

— Que agressividade é essa, Barbara? Você nunca foi assim, o que deu em você? Como... Como pode falar desse jeito com a gente? Quem você acha que é?

— Sou faxineira e manicure, isso é o que eu sou, para isso é que eu estou aqui, para deixar este apartamento sem um grão de sujeira, para vocês poderem... Poderem fazer o que vocês fazem. Isso é o que eu sou. Isso é o que paga minhas contas. E se você não sair da minha frente, Wanda, para eu continuar fazendo o serviço, eu vou ter que te empurrar.

Wanda abriu caminho, Barbara passou com o balde de plástico cheio de produtos de limpeza. Lenira seguiu-a. Em seguida Gloria e Wanda foram atrás.

— No consulado brasileiro não existe nenhum registro de Barbara Jannuzzi. A Nadja descobriu.

— Não estou registrada no consulado.

— A Nadja foi lá, tentou encontrar seu endereço. Não encontrou nada.

— Nem vai encontrar, Barbara Jannuzzi é argentina.

— Você é argentina? Que mentira é essa?

— Por que tanto interesse por mim de repente? Sou apenas a empregada de vocês.

— Barbara, se é que seu nome é mesmo Barbara, alguma coisa aconteceu que...

— Não sou boa faxineira? — Barbara corta, voltando para a cozinha, onde não cabem mais de duas pessoas. — Seus lençóis não ficam bem limpos e cheirosos? Não tem sempre sabonete novo na pia? Os copos e as taças não estão sem manchas? As toalhas...

— Para, Barbara! Para! Não estou reclamando nem querendo ser enxerida. Fiquei preocupada com seu desaparecimento.

— Nós todas ficamos! — gritou Lenira.

— Nadja disse que precisa muito falar com você — Gloria retoma, como uma criança a se lembrar de um recado deixado por um adulto zangado. — Que é assunto urgente.

As duas permanecem imóveis no sofá. Wanda chega de novo perto demais de Barbara. Fala baixo. Não quer ser ouvida fora da cozinha.

— Eu sei.
— Sabe o quê?
— Fale mais baixo.

Continua lavando os poucos talheres e pratos. Não nota que o faz pela segunda vez.

— Da Susana.
— Sabe o quê?
— Da namorada.
— Que namorada?
— A mulher que ela encontrava escondido. Uma brasileira. Uma mulher mais velha.
— Não tenho intimidade com a Susana, não sei de nada da vida dela. Só sei que é casada com um rapaz bonito, ela mostrou a foto.

Wanda segura Barbara pelos braços, vira-a para si. A torneira continua aberta, a esponja em suas mãos enluvadas.

— Eu estava na Bloomingdales semana passada, eu vi, eu não sou boba. Susana não me viu. Mulher não consegue esconder quando está apaixonada. Eu vi quando as duas se encontraram no balcão de cosméticos da Shiseido. O beijo no rosto foi mais demorado. Só um pouquinho mais demorado. E os olhares que trocaram. Elas não se viam há muito tempo, eu percebi, comentaram suas aparências. As duas estavam bonitas. Sorriam muito. Mulher só sorri assim quando está apaixonada. Eu percebi a intimidade das duas quando uma ajeitou uma mecha de cabelo da outra atrás da orelha. Eu entendi.

— Não sei de nenhuma namorada da Susana. Não entendo por que você está me perguntando sobre ela.

— Ela sumiu, você sumiu. O que você está escondendo, menina?

— Susana nem conversa comigo. Ela me despreza.

— Susana não te despreza, Barbara. Ela tem tesão em você, isso sim, nesse seu jeitinho de fanchoninha inexperiente.

— Para com isso, Wanda.

— Mulher com mulher, homem com homem, quem sou eu para criticar? Sou uma puta. *Live and let live*, não é o que os americanos dizem? Sou uma boa puta e uma boa dona de casa. Basta para mim. Mas eu sabia que essa paixão da

Susana iria dar merda. Por que vocês saíram juntas daqui no domingo? O que ela estava fazendo aqui?

Barbara puxa o braço, solta-se. Disfarça o incômodo. Não imaginava que nenhuma das Brazilian Girls tivesse conhecimento do amor secreto de Susana. Wanda se mantém próxima, apertando-a contra a pia. Pega o detergente, levanta-o, mantém longe do alcance de Barbara.

— Deixa eu trabalhar, Wanda. Tenho muito o que fazer.

Wanda ainda resiste um pouco, percebe que está no caminho errado para conseguir tirar as informações que deseja.

— Lá na Bloomingdales essa mulher mais velha abriu a bolsa — conta, baixinho, de costas para as outras duas no sofá. — Uma dessas bolsas de grife bem caras, igual à da princesa Grace de Mônaco, sabe? Tirou um batom, passou nos lábios. Depois sabe o que ela fez? Ela deu o batom para a Susana. Aí a Susana pegou o batom e passou, várias vezes, bem lentamente, apertando nos próprios lábios. Eu vi. Eu entendi.

— Entendeu o quê?

— Era como se elas estivessem se beijando, entendeu? Uma passou na boca o que a outra passou na boca. Um beijo. Em plena Bloomingdales. Um beijo disfarçado, mas um beijo.

— Não sei de nada, Wanda, nada.

— A Susana falou na sua frente que não gostava de piroca, se lembra? E para de ficar ruborizada toda vez que ouve falar em piroca, Barbara! Você já não é mais criança!

Da sala vem um novo grito. O ruído da água não permite que distinga se a voz é de Gloria ou Lenira.

— Liga para a Nadja!

MEUS FILHOS

Paris — setembro de 1984

Quem primeiro desce correndo as escadas da escola é o filho mais novo. Joseph está sempre à frente dos comportados meninos franceses, como esteve dos meninos suecos. Tem quatro anos. Ele se parece com o pai quando criança: o corpo triangular e socado, as orelhas pequenas voltadas para fora, a pele morena como de um mouro, os cabelos encaracolados grossos. Porém louros como os da mãe. Dela também herdou o sorriso constante e a inesgotável curiosidade. Quer ver e conhecer tudo da cidade nova para onde se mudaram dois meses atrás.

Hoje irão ao *Jardin des Plantes*. Sugestão de Anna. Era o lugar onde gostava de passar as tardes durante os dezesseis meses em que viveu ali perto, na Rue des Patriarches, nos anos 1960.

Joseph já chega junto de Paulo acavalando perguntas: vamos agora, como iremos, de ônibus ou metrô, podemos ir a pé, meu irmão vai demorar muito, meu irmão vai chegar logo, onde está minha mãe, minha mãe não vai conosco, que bom que minha mãe irá também, vamos ver a mesquita que ela mostrou na foto, minha mãe se encontrará depois conosco, podemos ir andando, posso tirar o casaco, vamos comer onde, hoje posso comer um hot-dog com fritas, depois vamos para casa, você já conhece o *Jardin des Plantes*, você nunca foi ao *Jardin des Plantes*, por que você nunca foi ao *Jardin des Plantes*, meus colegas da escola todos já foram ao *Jardin des Plantes*, mamãe foi trabalhar outra vez, não acha que meu irmão demora muito, por que meu irmão demora sempre tanto?

Conversa com o pai misturando palavras em sueco, português e um tanto de francês, ensinado pela mãe desde o convite da Unesco a Paulo, seis meses antes, para transferir-se para Paris. Na capital francesa estão os escritórios das comissões para desenvolvimento de projetos de educação básica no Terceiro Mundo, seu objetivo dali em diante. Anna obteve sem problemas a própria transferência para a sucursal da Anistia Internacional na França. Joseph, ao contrário do pai, tem bom ouvido e é dotado para línguas, tal como o irmão e a mãe. Ainda não escreve palavras. É agitado. E impaciente. Como agora.

— Por que Edward demora tanto? Por que Edward sempre demora? Por que sempre temos que esperar por ele? Por que...

O irmão mais velho surge, caminhando devagar como se passeasse, quase o último a sair do prédio indistinto, como o de tantas escolas e edificações públicas construídas em Paris no pós-guerra. Edward nunca tem pressa, nunca teve. É daquelas pessoas que, desde sempre, parece seguro de que chegará, aonde quer que tenha decidido ir.

Joseph corre até ele e o abraça, como faz sempre, tornando-o o novo alvo das muitas perguntas: sabia que vamos ao *Jardin des Plantes?* Sabia que todos os meus colegas de classe já foram lá? Sabia que papai nunca foi lá? Sabia que ele disse que hoje posso eu comer cachorro-quente e fritas? Quer também? Sabia que hoje aprendi a escrever muitos números? Quer ver os números que eu aprendi a escrever hoje? Sabia que...

Chamam-se de "mano" um ao outro, em português, como aprenderam com o pai. Joseph tem um apelido, que ele próprio se deu quando ainda não conseguia pronunciar o nome inteiro: Jo-Jo. Antes só a mãe ainda se dirigia a ele dessa forma. Pai e irmão, sem o perceberem, também passaram a chamá-lo assim.

Cada um tem uma palavra favorita na língua do pai. A de Edward era e continua sendo "arara", a primeira que aprendeu e que pronuncia com acento na última vogal. As de Joseph variam. Fora "arara" por um tempo, seguindo o irmão. Mudou para "jabuticaba". Até pouco tempo atrás era "maracujá", seguida de "tico-tico", atualmente passou a ser "cocada". Ele as escolhe apontando em um livro infantil ilustrado, enviado por Regina e Ernesto pelo quarto aniversário de Edward, logo após o retorno ao Brasil, em novembro de 1979, na leva dos beneficiados com a anistia.

Foi a penúltima correspondência recebida do casal. Depois veio a carta sobre a morte súbita de Chico Nelson, com detalhes que a ligação telefônica ruim, emocionada, entrecortada de soluços e vozes embargadas, não permitira. Desde então, de parte a parte, mais nada por um longo tempo. Anna acreditava que a impossibilidade de terem filhos, por razões nunca explicitadas por nenhum dos dois, levava Regina e Ernesto a evitarem o contato até, também era crença de Anna, o momento em que pudessem anunciar uma gravidez. Os meses se passaram, depois um ano, e o seguinte, e mais outros, sem notícias de parte a parte.

Até a chegada do grande envelope pardo.

Mas isso só aconteceu em outubro de 1990, depois dos anos na França, quando os meninos já eram adolescentes e a família se mudara para Lausanne, onde a Unesco preferiu ter Paulo instruindo novos funcionários, mantendo-o em regulares viagens a países necessitados de projetos educacionais.

A morte de Chico Nelson estabeleceu, também, outras despedidas.

Sem que Paulo se apercebesse, não estabeleceu outros contatos com os poucos brasileiros que, informados sobre as verdadeiras razões da divulgação de ser irmão de um torturador, voltaram a procurá-lo antes de deixarem o exílio. As notícias sobre o Brasil, parcas, ele as lia nos jornais suecos, geralmente notas pequenas, frequentemente citando a sempre crescente inflação no país. Aqui na França leu, mais de uma vez, parcas reportagens sobre o movimento Diretas Já, que pretende devolver à população brasileira o voto direto para a eleição do presidente da república, proibido desde o golpe militar de 1964. O presidente atual, João Figueiredo, militar como os anteriores, vem reprimindo encontros e passeatas do Diretas Já. Uma publicação reproduziu uma declaração dele, general da Cavalaria: "Prefiro o cheiro de cavalos ao cheiro do povo".

Edward ouve o alegre taramelar do irmão, o braço em torno de seu ombro, com a mesma vaga atenção que parece dedicar a tudo à sua volta, reflexo de sua maneira quieta de observar, analisar e entender o mundo, até onde um menino de oito anos pode entender o mundo. Sua introspecção lembra o pai do amigo de infância em homenagem a quem foi nomeado.

Tem o rosto fino e comprido tal como o da mãe, de quem também herdou os olhos azuis com riscos escuros na íris e os cabelos fartos. Já os lábios, grossos como os de um mulato moçambicano, vieram-lhe do pai. O tom da pele mistura os dois, num tom moreno como se estivesse sempre bronzeado.

Um dia eu o levarei ao Brasil e o apresentarei a Eduardo, pensa vez por outra, e chegou mesmo a comentar a vontade com Ana, que sempre o contesta sobre a comparação com o amigo de infância, afirmando ser aquele jeito silencioso e arguto de Edward o mesmo, mesmíssimo, do pai.

Um dia eu o levarei ao Brasil, levarei os dois, levarei Edward e Joseph, e levarei Anna, quando a ditadura acabar e eu puder provar que existo, de onde vim, onde estudei, onde morei, e puder ter minha identidade de volta, ter outros documentos de identificação, documentos brasileiros, não apenas meu passaporte de refugiado político azul com o símbolo da ONU ou os documentos fornecidos pela Suécia desde meu casamento com Anna. Terei os meus papéis e eles terão os deles, como filhos de brasileiro, terão seus passaportes como Edward e Joseph Antunes. Um dia. Algum dia.

Nesse dia eu os apresentarei a Eduardo, apresentarei Anna, Edward e Joseph e lhe direi: "Veja, Eduardo, esta é Anna, a mulher que me salvou e me deu uma nova vida, e estes são os filhos que ela me deu". E ele provavelmente também me apresentará os filhos dele e a mulher dele. E conversaremos sobre tudo o que fizemos, o que nos aconteceu desde a última vez que nos vimos, o que aspiramos e o que faremos dali em diante.

Um dia.
No Brasil.
De volta.
Algum dia.

Quando um grande envelope pardo chegou, no início de novembro de 1990, com carimbos e selos brasileiros, sobrescrito com a impecável caligrafia de professora de Regina, o assunto nada tinha a ver com um anúncio de gravidez dela, com a geração de uma nova vida. Antes pelo contrário.

Inchado de edições de jornais de São Paulo, Rio e Curitiba, datados de agosto, setembro e outubro daquele ano, de pessoal a correspondência continha apenas um bilhete curto de Ernesto. Folheando os jornais, Paulo compreendeu não serem necessárias mais palavras do que aquelas dez frases. "As informações de Chico Nelson sobre teu irmão eram corretas." Seguidas de um P.S.: "Abraços para você, Anna e os guris".

Os guris já estavam, então, com onze e quinze anos.

Organizou os jornais por data, empilhou-os de um lado da mesa de trabalho, passando-os para o lado oposto conforme os lia. Ernesto adiantara sua leitura, circulando com caneta vermelha as notícias sobre o sequestro. A vítima era o filho de sete anos de Olavo Bettencourt, um publicitário célebre em São Paulo e Brasília, criador de campanhas para o governo do presidente Fernando Collor e marqueteiro de vários outros políticos bem-sucedidos nas últimas eleições. Fotos dele ao lado de alguns clientes, inclusive o presidente e seu assessor econômico P.C. Farias, apareciam ao lado da cena do crime. Havia um corpo caído ao lado da limusine de onde o garoto foi arrancado, numa operação-relâmpago, realizada por homens encapuzados, num dos bairros residenciais mais exclusivos de São Paulo.

A eficácia do ataque, com imediata retirada e dispersão sem deixar rastros, indicava planejamento minucioso e execução por homens experientes. Várias reportagens fizeram referência às semelhanças entre aquele sequestro e os praticados nas décadas anteriores pela Operação Condor. Uma testemunha jurava ter ouvido os sequestradores gritarem em espanhol.

O corpo caído ao lado da Mercedes-Benz era o do motorista, um ex-major da Polícia Militar de São Paulo. Investigações posteriores levaram a polícia a declarar que o ex-major seria parte do bando, o planejador e facilitador da ação de seus comparsas, possivelmente conhecidos da favela de Paraisópolis, onde habitara até entrar para a PM e onde ainda viviam sua mãe e a filha.

Nas fotos a garota, magra e comprida, de 17 anos, aparecia sempre com ar assustado, correndo, tapando o rosto, tentando evitar os flashes.

Chamava-se Barbara Costa, cursava um pré-vestibular de Medicina graças a uma bolsa de estudos que pagava com serviços de faxineira. Numa das fotos estava com o namorado, ou noivo, um rapaz de nome Luís Claudio.

Havia especulações sobre a quantia exigida pelos sequestradores, mas nenhuma foi confirmada. A polícia matou dois traficantes numa operação e apresentou-os como cúmplices do ex-major e motorista. Nos jornais do dia seguinte havia novas fotos da filha dele, a tal jovem Barbara de ar frágil, revoltada, acusando a polícia de montar uma farsa.

Antes do final da primeira semana, o corpo de um outro homem, morto com uma bala que lhe atravessou a cabeça, foi encontrado à beira da represa Paineiras. Tinha consigo dois passaportes, um chileno, com o nome de Carlos Prado Benevides, dentista, outro da Colômbia, emitido para o comerciante Nemesio Tejerina Borges. O grupo Tortura Nunca Mais identificou-o como Martin Huelva, conhecido como "El argentino", um dos mais ativos torturadores das masmorras de Pinochet. O jornal O Estado de São Paulo levantou a hipótese de que Huelva poderia estar envolvido no sequestro do filho do publicitário, mas a polícia desmentiu, dizendo que se tratava exclusivamente de ação de traficantes.

As notícias sobre o sequestro foram diminuindo de tamanho e passando para as páginas internas, conforme as semanas avançavam, até chegar a uma nota de pequeno tamanho, no último jornal folheado, que Paulo só percebeu por que Ernesto rabiscara círculos concêntricos em torno dela, ocupando boa parte da página do jornal. Referia-se novamente ao grupo Tortura Nunca Mais. Sua representante, a jornalista Denise Assis, confirmava que o corpo encontrado junto à represa era mesmo do argentino Martin Huelva, fiel e habitual parceiro do capitão Molina, o torturador da Casa da Morte, antes de ser cooptado pela CIA e passar a fazer parte da Operação Condor.

O paradeiro do capitão Molina era desconhecido desde a promulgação da Lei da Anistia.

O corpo do menino sequestrado nunca foi encontrado.

O carinho entre os dois filhos a caminho do Jardin des Plantes traz um prazer especial para Paulo, mesmo que não o perceba em toda profundidade. O afeto entre os dois irmãos é uma vitória sobre seu passado com Antonio.

— É longe a Rue Buffon? Entramos por lá? — pergunta o irmão mais velho, que gosta de estudar mapas e redesenhá-los em cartolinas, continente por continente, país por país e, na cidade onde recém-aportaram, quadra por quadra, e estudá-los até saber as ruas de cor. Sua precisão nesses mapas é o absoluto oposto das ilustrações, quase abstratas, de aves, felinos, árvores amazônicas e baobás, arraias, janelas, chaminés.

As ruas estreitas, os becos e as avenidas do bairro 13*ème*, onde moram, e dos vizinhos 5*ème* e do 7*ème* Edward já domina, com poucos, raríssimos enganos.

Se você prefere, sim, entramos por lá, o pai responde.

— Sim, sim, pela Rue Buffon! — Joseph concorda, entusiasmado, sem noção sequer por qual rua caminha agora, mas sempre contente em seguir o irmão mais velho.

O pai espera e confia que assim continuarão no futuro e que um apoiará e protegerá o outro sempre. Mas teme. Não consegue evitar, por mais que tente, receios, medo mesmo, de que algo lhes aconteça, aos meninos ou a um deles, ou aconteça a ele, Paulo, ou a Anna, ou a ambos, o pai e a mãe dos dois garotos seguindo à sua frente, tão seguros de suas presença e proteção, que sequer se voltam para verificar se o adulto os acompanha.

Paulo está às vésperas de sua primeira viagem pela Unesco. Vai a El Salvador em discreta missão de sondagem. Irá apresentar ao recém-eleito governo de José Napoleón Duarte projetos para a construção de escolas de baixo custo nas áreas mais devastadas pela guerra civil que se prolonga há quatro anos. A missão encerra riscos. Os esquadrões da morte e as milícias continuam ativos, já assassinaram mais de 10 mil pessoas. Informes de fontes variadas indicam que essas milícias contam com apoio financeiro e bélico dos Estados Unidos de Ronald Reagan, tal como acontecera no governo anterior, de Jimmy Carter.

Será sua primeira vez longe de Joseph e Edward. Estarão bem com a mãe, estarão seguros na escola do bairro, estarão bem instalados no apartamento de dois quartos da Rue de la Santé. Formam uma inusitada jovem família mestiça no bairro calmo, branco, habitado em grande maioria por aposentados e veteranos de guerra, para os quais prédios como o que habitam foram construídos. Os meninos estudam perto, na escola passam a manhã e a tarde. Anna os deixará antes do trabalho e os pegará na volta enquanto o pai estiver na América Central.

Paulo não gosta de admitir: tem medo de morrer. Não como quando foi torturado. Não é a agonia física que teme. Nunca sentira tanta dor, até então, e desconhecia que sofrimento tão vasto poderia ser infligido a um outro ser humano apenas pelo prazer e pelo poder de causá-lo. A constatação da perversidade, essa, sim, era uma sensação aniquiladora, que permanece muito tempo depois de ter supostamente cessado, como a que acabara por levá-lo à tentativa de suicídio no campo de refugiados de Alvesta.

Mas era jovem quando foi torturado. Tinha 24 anos. Se os choques elétricos, os chutes, os murros, os bofetões, as pauladas e estocadas o tivessem matado, não haveria o que deixar para trás.

Anna. Edward. Joseph.

Três vidas, além da sua.

Essa família, a caminho do Jardin de Plantes, onde a mãe se juntará a eles.

A família que ele construiu. Que foi capaz de construir. Apesar de... Tudo.

Hoje é diferente.

Aos 35, é pai desses dois meninos a caminhar abraçados à sua frente, vive há mais de uma década acompanhado da mulher que o acolheu. Não suporta a ideia de nunca mais estar com eles. Isso, sim, seria a morte: nunca mais ver e estar com Anna, Edward e Joseph. A reunião, a família a quem sequer chama de família, é o motivo de cada minuto de sua existência. E a cada vez que não está junto deles é tomado por essa aflição. Não sabe como se livrar dela. Espera que a separação e a distância impostas pela viagem, resultado inequívoco do reconhecimento da qualidade de seu planejamento por um órgão da ONU que admira, o ajudem a superar essa angústia aparentemente perpétua.

Anna, agora com 42 anos, pragmática e sólida cidadã de uma sociedade estável, ri de sua permanente atribulação.

"São parte das inquietações da juventude, e você é tão jovem, Paulo!"

Sabe que é absurdo, mas não sabe como se livrar desse remoer interno.

Não é a turbulência violenta de El Salvador que o preocupa. A aflição não está localizada em um ponto geográfico da América Central, nem em nenhum quadro político de onde quer que seja. Está ali mesmo, em Paris. Como já esteve em Fisksätra e Estocolmo.

Quanto mais os ama, os três, e os dois garotos em particular conforme os percebe menos abrigados das vicissitudes do mundo, quanto mais percebe que os ama mesmo evitando timidamente utilizar o verbo "amar", mais os quer proteger de tudo o que possa feri-los, magoá-los, fazê-los sentirem-se sem direito à felicidade, ou pelo menos alegrias e paz, tal como por tanto tempo se sentiu antes da existência deles.

E ao mesmo tempo... Ao mesmo tempo percebe em si um sentimento de arrebatamento, paralelo, mas diverso daquele que o toma quando está dentro do corpo de Anna, um prazer e uma assunção trazidos pela confiança de ter tido parte na concepção desses moleques que agora riem de alguma coisa dita por um deles.

— Ouviu isso, papai? — Joseph se vira e lhe pergunta em meio a gargalhadas.

Ele não ouviu. Mas não lhe diz, nem isso importa. O que importa é que os três estão juntos, a caminho do Jardin des Plantes, onde Anna os encontrará e um dos meninos comerá o cachorro-quente com fritas.

SUSANA

Nova York — setembro de 2001

Tinha uma responsabilidade: um segredo a guardar. Uma vida dependia de seu silêncio. Duas. A melhor coisa a fazer era terminar o mais rápido possível o trabalho ali e sair. Sabia que não seria capaz de continuar inventando mentiras e evasivas. Não era do seu feitio. Menos ainda tomada, como desde ontem, após as revelações de Susana, pela raiva de homens poderosos como quem manda espancar e violentar a mulher amada por sua filha, da mesma laia dos que transformaram seu pai, o motorista da criança sequestrada, vítima fatal dos captores, em líder dos criminosos jamais encontrados. Vira-se para a pia, enxuga alguma louça.

— Onde está a Susana?

— Não sei — reponde, mantendo-se de costas.

— No seu apartamento?

— Claro que não.

— No apartamento da namorada?

— Não sei, Wanda. Não sei nem quero saber. Não tenho nada com a vida de ninguém. Nem com a da Susana, nem com a sua, nem com a de ninguém, ninguém.

Wanda toma o prato e o pano das mãos de Barbara, vira-a, obrigando a encará-la.

— Olha aqui, menina, está na hora de você aprender que tem, sim, que ver com a vida de quem está perto de você. Somos estrangeiros aqui. Somos indesejados. Não porque eu seja puta, a Susana seja puta, você seja faxineira, a Nadja seja cafetina ou... Ou... Ou não importa. Nós não somos nada aqui. Eles não nos querem, entendeu? Os americanos só querem que a gente limpe a casa deles, que a gente abra as pernas para eles, que a gente gaste nosso dinheiro nos supermercados deles, que a gente se endivide no cartão de crédito deles, que a gente compre as casas vagabundas que eles constroem nos nossos bairros de imigrantes, mas eles estão se lixando para nós, para nossas vidas, para nossos problemas, para nossas doenças, entendeu? Entendeu?

Nas noites silenciosas dos domingos em Framingham, sentada no umbral da janela voltada para o beco interno onde ficavam os latões de lixo, depois da tarde em algum shopping center com Luís Claudio, seguido de um cinema, pipoca, eventualmente uma hora, ou pouco além disso, no quarto de um motel à beira da rodovia, quantas e quantas vezes ela se perguntou: então é assim? Ninguém deve se ocupar com a vida de ninguém? O que cada um faz ou deixa de fazer é problema da pessoa? O que está acontecendo comigo é única e exclusivamente resultado do que eu fiz? De ninguém mais?

"Esta é a terra das oportunidades", Leonardo sempre repetia. "Aqui quem é trabalhador esforçado, quem se dedica ao que faz e mostra ao patrão sua capacidade, esse é quem vence aqui." O irmão de Luís Claudio admirava a ambição dos americanos e sua visão pragmática de ir abrindo brechas nas multidões preguiçosas do mundo e, como dentro dos Estados Unidos mesmos, a competição era aceita como saudável e necessária para o progresso. Pessoal e do planeta.

Barbara tentava se encaixar nessa visão vitoriosa do mundo. Mas, invariavelmente, via-se falhando. Por que era mulher, talvez? Por que são os homens quem, no fundo, criam as regras?

Ou não?

Ou todos podem vencer aqui nos Estados Unidos, ela se perguntava, sentada no umbral daquela janela, de frente para o beco dos latões de lixo. O que cada um faz e sofre é consequência apenas de suas próprias ações? Quem decide como será a minha vida sou eu? Apenas eu? E tudo o que vier a me acontecer será resultado de meus atos? Meus fracassos, meu sucesso, minha felicidade, minha amargura, todos causados por mim? Mas e o mundo à minha volta? Não interfere? Ninguém tem responsabilidade senão eu?

— Este país aqui te come viva, você ainda não entendeu? — Wanda lhe diz, como uma sobrevivente de muitas batalhas, algumas ganhas, a maioria perdida. — Então entenda também, Barbara: você não pode ser neutra. Quer você queira, quer não queira, você tem que tomar partido. Tem que estar de algum lado. Imigrante não pode ser neutra. Principalmente imigrante ilegal, como você, Barbara. Será Barbara mesmo, o seu nome? Como você se chama realmente? Quem é você? O que existe de tão horrível no seu passado que faz você acreditar que pode ignorar a gente dessa forma? O que você fez? Ou o que fizeram com você? Por que você não liga se uma puta brasileira desaparece sem dar notícias?

— Não é isso, Wanda, eu não sou indiferente. Eu apenas acho que para sobreviver aqui a gente precisa se proteger, a gente não pode...

— Por que você acha que não tem nada com o sumiço da Susana? Hein, Barbara? Por quê? Por que Susana é puta? Por que é lésbica? Por que ela se apaixonou por uma mulher?

Barbara quer contestar, porém fica em dúvida se estaria ou não mentindo, se Wanda não está lhe acusando daquilo que ela mesma não tem sinceridade para encarar.

— Você vai ser neutra a vida inteira, Barbara? Vai ficar entrando e saindo das casas e apartamentos das pessoas como se fosse um fantasma? Como se fosse a mulher invisível? Ou como se nós fossemos pessoas invisíveis? Só te interessam os nossos dólares?

Tem certeza: o amor de Susana por outra mulher não a choca nem incomoda. Nem o trabalho dela como profissional do sexo. Tampouco foi indiferente a seu sofrimento. E aprendeu com ele. Algo, talvez muito, se modificou dentro dela. Ainda que não saiba reconhecer todos os contornos.

— Não, Wanda.

— E se a Susana estiver morta, jogada em algum beco por aí — Wanda prossegue, sem ouvi-la. — Sei lá, com a garganta cortada, esfaqueada, sei lá o quê! Morta, por aí, em algum lugar de Nova York. Num beco do Bronx, ou do Harlem, ou jogada no *East River*? Não vai ser possível nem identificar o corpo, porque, tal como você, ela também usava nome falso. Porque a Susana, ou seja, lá que nome ela tinha, tal como você, usava documentos forjados. Comprados de algum filho da puta de um falsificador que pode ter usado o passaporte de alguma chicana morta de sede e fome enquanto tentava cruzar o deserto e entrar nesta merda deste país cruel e indiferente. Nunca vai ser possível saber se ela se chamava Ivonete, ou Tânia, ou...

— Susana não está morta.

— Como você pode saber, metida nessa sua vidinha alheia a todo mundo, sem se envolver com nada, enfurnada na sua toca lá no Queens, se é que você mora mesmo no Queens, se é que você se chama mesmo Barbara.

— Susana não está morta.

— Como você sabe?

— Ela fugiu.

As duas mulheres se calam. Hesitam prosseguir, por razões diferentes. Uma pelo que não quer revelar. A outra porque precisa reavaliar suas conclusões sobre a jovem à sua frente, a retirar as luvas de borracha e o avental.

— Susana está viva. Fora de Nova York — diz, retirando-se.

Passa pela sala, a caminho dos quartos. Trocará lençóis e toalhas, lavará os sujos.

— Ligaste para Nadja? — pergunta lenira.

— Não — responde, tirando as fronhas dos travesseiros.

— Ela disse que era urgente — lembra Glória.

— Não — repete, enrolando em uma trouxa ampla os lençóis e fronhas usados.

— Como ela está agressiva hoje, vocês não estão achando que ela está agressiva? Eu estou achando que a Barbara está muito... Muito agressiva. Por que essa... essa... — Lenira desiste de encontrar algum sinônimo para enquadrar o comportamento surpreendente de Barbara. — Essa agressividade toda, Barbara? Hein? Por quê? E por que não quer ligar para a Nadja? Nunca te vi agressiva assim...

Depois de fazer a cama, sempre ignorando o matraquear de Lenira, Barbara segue para o outro quarto, toma as mesmas providências. Em seguida leva as trouxas à lavadora no corredor, coloca sabão em pó, enfia as roupas no cilindro, fecha a tampa, liga a máquina. Wanda seguiu-a por todo o percurso aguardando, inutilmente, mais revelações.

— Foi para onde?

— Não sei.

— Sabe, sim. Sabe e não quer contar.

Tira de um armário o aspirador de pó, leva-o até o primeiro quarto, liga-o na tomada, inicia a limpeza do carpete. Gloria e Lenira continuam sentadas no sofá da sala, interessadas na entrevista adulçorada de alguma celebridade no programa *Good Morning America*.

O barulho do aspirador obriga Wanda a falar mais alto.
— Não vai me contar?
— Não sei mesmo para onde elas foram.
— Elas? As duas? A mulher foi com ela?
— Saíram juntas. Não sei para onde. Não perguntei. Não ouvi a conversa delas. Susana só me disse que iriam embora de Nova York.
— Falou para você? Onde? Quando?
— Ontem. No meu apartamento.
— Quem é a mulher?
— É filha de um político do Nordeste.
— É um político baiano?
— Não sei.
— Como se chama a namorada?
— Cecília.
— Cecília Marques Torres? Filha do senador Marques Torres?
— Não sei.
— É casada?
— É.
— Tem filhos?
— Tem um filho. Ou dois. Tinha sido namorada da Susana no Brasil.
— Por que as duas estavam na sua casa?
— Susana pediu, eu liguei para o hotel, Cecília foi se encontrar com ela.
— Cecília? Cecília de quê?
— Não sei o sobrenome dela.
— Mas como a Susana foi parar na sua casa?
— Encontrei ela aqui no domingo.
— Aqui? — Wanda se espanta. — Aqui?
— Tinha sido espancada e estuprada pelos seguranças do pai de Cecília. Pegaram elas na cama. Susana estava muito machucada. Levei para minha casa.

Novamente Wanda tem que organizar o que acredita saber de Barbara.
— Você foi corajosa, menina. Você se envolveu numa história que não era sua. Mas você se meteu em uma *big* encrenca, sabia? Sabia?

Barbara não responde.

— *Big trouble, baby. Big*, mesmo — diz, sentando-se na cama. — Uma encrenca danada. Esses políticos do Nordeste são violentos. E poderosos. Até aqui em Nova York ele... Você viu os seguranças?

— Não.

— Eles seguiram vocês?

— Não sei.

— Eles seguiram a mulher até o seu apartamento?

— Não sei.

— O que a mulher...

— Cecília. A namorada da Susana se chama Cecília. Quando ela chegou lá em casa...

Cala-se. Wanda aguarda. Barbara desliga o aspirador.

— Wanda, você acha que duas mulheres podem se amar? Amar mesmo? Tanto quanto uma mulher ama um homem?

Wanda não sabe o que responder. Tenta ganhar tempo.

— Por que me pergunta isso?

— Quando a Cecília chegou... — Barbara inicia. Mas não prossegue.

— O que aconteceu?

— Elas se abraçaram. Choraram. Depois ficaram ali, em pé, abraçadas e caladas. Eu nunca tinha visto duas pessoas se abraçarem assim. Tão... Tão... Isso é amor, Wanda? Amor é assim? É?

Wanda levanta os ombros, novamente sem resposta.

— Saí para deixá-las à vontade. Fiquei um tempo fora. Quando voltei me contaram que iriam fugir. Susana contou.

— Enlouqueceram. En-lou-que-ce-ram! *Oh my God*, elas enlouqueceram. Se o pai da namorada for o tal senador Marques Torres, *oh dear God, have mercy on them*. Ele é um jagunço. Jagunço rico. Milionário. Dono de canais de televisão. O que elas estão fazendo é pura maluquice. Uma puta louca e uma grã-fina maluca. Malucas, malucas, malucas!

Talvez, realmente, pensa Barbara: talvez loucas. Ao mesmo tempo se pergunta, sem saber o que responder a si mesma: seria mais sensato viver como viviam antes? Encontrando-se de raro em raro, sempre clandestinamente, cada uma fingindo tocar casamentos arranjados, tendo filhos ou fingindo orgasmos, contando os dias e semanas e meses para reverem-se, cientes do tempo passando e estarem envelhecendo numa vida de mentira, longe de quem as fazia sorrir e trazia conforto num abraço sem pressa, num beijo sem medo? É melhor manter tudo como está quando as evidências apontam que nada poderá ser alterado?

— Fugir? — Wanda lança braços e mãos para cima, como se dirigisse a alguém a observá-las nas alturas. — Para onde, Barbara? Com que dinheiro? Vão viver como? No Canadá? Em Costa Rica? Aqui nos Estados Unidos? Onde? Numa cidade sumida nas pradarias de Winsconsin? Nebraska? E os filhos da mulher? O marido? A casa que ela deve ter, os cartões de crédito, as contas nos bancos, o automóvel, as joias, a herança, sei lá, tanta coisa, tudo, a vida que ela deve ter, tudo, tudo, como fica?

— Não me disseram.
— Você não perguntou?
— Não.
— Não perguntou nada?
— Não.
— É por causa delas que a Nadja está tão preocupada?
— Não sei.
— Os porteiros viram você e Susana saírem juntas?
— Não sei.
— *Oh my God, big trouble, big trouble, big trouble!* — Wanda repete, sacudindo a cabeça.

Deita-se. Cobre os olhos com o braço.

Barbara desliga o aspirador, leva-o ao segundo quarto, limpa-o. Guarda o aspirador no armário, checa a máquina de lavar. Encaminha-se para a cozinha. Entra, abre a geladeira. Quer uma água. As prateleiras estão cheias de refrigerantes diet (das meninas, raramente pedidos pelos clientes) e garrafas de cerveja belga (para os clientes, nunca tomadas pelas meninas). As garrafas de água, com e sem gás, são italianas e francesas (também para os clientes). Lembra que não passou o aspirador na sala. Vira-se. Gloria e Wanda estão junto à entrada da cozinha. Barram a passagem.

— Dá licença?
— Liga para a Nadja — Wanda lhe diz, estendendo o telefone da parede da cozinha. — Diz qualquer coisa. Mais cedo ou mais tarde você vai ter que contar para ela. Deixa a faxina para depois.

— Não. — Tenta encerrar, colocando o telefone de volta no gancho. — Não vou ligar. Não vou contar. Não sou obrigada a contar nada.

— Ligue agora. — Wanda pega novamente o telefone. — Toma. Ligue.

— Não. Isso é assunto da Susana e da Cecília. Só das duas. Ninguém tem nada com isso. Nem a Nadja, nem eu, nem você, nem ninguém.

— Não é só por causa da Susana que a Nadja está à sua procura.

— Por que, então?

— Nadja foi chamada ao consulado. Parece que houve uma denúncia sobre uma imigrante ilegal chamada Barbara Jannuzzi. Liga para ela.

— Não!

— Avisaram para a Nadja que os amigos dela no consulado não vão conseguir impedir se os fiscais de imigração cismarem de visitar um certo apartamento onde quatro Brazilian Girls recebem clientes para...

Lenira aumentou o volume da televisão. Está aos berros. (Os vizinhos vão reclamar, com certeza.) O tom da voz do locutor está mais urgente que de hábito.

— Corre aqui! — chama Lenira. — Corre aqui, gente!

Encurralada na cozinha, Barbara decide contar parte da verdade.

— Não sou registrada no consulado.

— Por que não? Você nunca votou, nunca precisou de alguma ajuda, nunca procurou ao menos ver se tinha alguém procurando *baby-sitter*?

— Barbara Jannuzzi é argentina, não preciso ter medo.

— Você é argentina?

— Não vou ligar para a Nadja — repete, esforçando-se para ignorar o impacto da informação sobre a possível caça de oficiais da Imigração, ao mesmo tempo em que tenta atravessar entre as duas mulheres, não consegue, vai tentar de novo, mas se detém ao ver o rosto lívido de Lenira a se aproximar.

— Gente... — Lenira diz, sobressaltada, os olhos indo de uma mulher para outra. — Gente... — Repete, segurando e puxando os braços de Wanda e Gloria, tentando levá-las para a sala.

— Para com isso. — Wanda a repele. — Não vê que estou tentando resolver essa merda que a Susana e a Barbara fizeram? Me solta! Me larga!

Lenira está totalmente atordoada. Barbara percebe. Estende a mão para ela.

— O que foi, Lenira? O que aconteceu?

Lenira não consegue falar. Leva-a até a sala, aponta a televisão. Barbara vê.

Há um grande rombo bem no centro de um dos prédios do World Trade Center. Muita fumaça sai lá de dentro. Em seguida aparece a imagem, gravada alguns minutos antes.

Um avião grande surge à direita, um rabisco metálico reluzente, e se choca contra o segundo edifício.

Há uma explosão.

Chamas se espalham pelos andares acima e abaixo, como uma gigante flor incandescente, emoldurada pelo azul límpido daquela terça-feira, 11 de setembro de 2001.

KEIN BLUT FÜR OEL

Iraque — novembro de 2000

Esta deve ser a quarta ou quinta carta que escrevo a você e nossos filhos, minha Anna querida.

Rasgarei e queimarei, como fiz com todas as outras desde que estou aqui. Não é seguro manter nenhuma prova de crítica ou oposição ao regime de Saddam Hussein. Como funcionário da Unesco, eu não corro risco, mas podem usar meus comentários para prejudicar nossos colaboradores, os tradutores, até mesmo o motorista. A prática de tortura nas prisões é habitual. Terríveis histórias.

Nos dois dias que passamos na Jordânia, antes de tomar a estrada, uma exilada iraquiana nos levou a conhecer o irmão de uma das vítimas da polícia de Saddam Hussein. Depois de seviciado, mataram o rapaz com uma bala na cabeça. Quando entregaram o corpo à família, cobraram o preço da bala. O pai se recusou a pagar. Revistaram a casa, encontraram cartas de parentes refugiados na Inglaterra. Foi o que bastou para levarem o pai. Continua desaparecido.

Revistam nossa bagagem e as dos iraquianos de nosso grupo a cada vez que nos interpelam. É comum pararem nosso veículo pouco à frente depois de uma checagem. Mesmo com a bandeira da onu pregada na lateral.

Queimo as cartas, jogo as cinzas ao vento.

Minhas partículas de saudades se misturam e se perdem nas areias destas dunas, que, em vagos outros séculos antes de Cristo, antes de Moisés, muito antes de Abraão, foram o Éden de mel e tâmara entre os rios Tigre e Eufrates.

Numa das cartas anteriores contei que visitei a milenar cidade de Ur, ou o que sobrou dela, e fui à casa, às ruinas, melhor dizendo, do lugar onde morou o patriarca Ibrahim, o mesmo patriarca Abraão dos judeus. Depois subi e tirei foto no topo do zigurate ali perto, de seis séculos antes de Cristo. Eu, no topo de uma construção de 26 séculos, um cafuso vindo de um país que nem existia quinhentos anos atrás.

Estranha, essa sensação de estar aqui, eu, um homem vindo de um continente do outro lado do mundo, um expatriado brasileiro descendente de expatriados da África e da Europa, filho de um país de rios largos como mares, coberto de florestas lustrosas, caminhando entre despojos de civilizações cobertas por areia, sucata de jipes e tanques de uma guerra de nosso século sendo tragadas pelo deserto, ruínas da ambição de progresso e modernidade no Oriente Médio.

Cartas, minha Anna querida, no início de um século que começa a trocá-las por mensagens por meio do ciberespaço, da *world wide web*, de que Edward tanto fala. Um anacronismo. As cartas que não escrevi e as que apenas pensei em escrever.

Mais que sempre penso em você, em Jo-Jo, em Edward.
Confio que nossos filhos estejam bem.
Confio que você esteja cada dia melhor.

Ainda vejo sua imagem, sorrindo para mim na cama do hospital, dizendo: "See you soon Brazilian boy".

Sua saúde me preocupa, mas sei que o pior já passou. A cirurgia foi um sucesso, o tumor era mínimo, não detectaram a existência de nenhuma metástase. Agora só resta o incômodo da quimioterapia. Logo você estará melhor.

Viajaremos.
Iremos a alguma praia na Sardenha.
Você sempre disse que gostaria de passar um dia debaixo do sol mediterrâneo, numa praia da Sardenha.
Nós iremos, minha Anna querida. Iremos.

Lamento não estar a seu lado neste momento.

É bom saber que você está de novo em casa. Nossa casa nova. O apartamento que você escolheu para nós.

Lausanne é um belo lugar. Gostava de Paris, mas Lausanne é melhor para você. Para nós. Genebra está tão perto, chego ao escritório da Unesco em curto tempo. Chegamos: muito breve você voltará a trabalhar. Gostei muito do nosso novo lugar. Pena ter aproveitado tão pouco o novo apartamento.

Por enquanto.

A vista do lago Lêman é uma beleza. Você escolheu muito bem. Como sempre.

Já começou a esfriar? Tem tomado sol na varanda?

Nem tive como confirmar se recebeu o e-mail que mandei antes de sair da Jordânia. No hotel de Aman havia apenas um computador funcionando no que eles chamavam de *business center*. Tentei telefonar para você. Não se conseguia fazer ligações internacionais.

Aqui no Iraque nosso rádio-telefone, supostamente capaz de fazer conexões via satélite, não funciona em nenhuma parte. Quase conseguimos, numa estrada bem ao norte, talvez porque fosse próximo à Turquia. Mas não. De Aman até a fronteira os testes foram positivos. Dali em diante, não mais.

Estamos hoje em Hatra. Uma das cidades-Estados da Antiguidade que as areias do deserto devoraram. Fica no centro do Iraque, distante uns trezentos quilômetros de Bagdá. Viemos pela estrada que liga a capital até aqui. Daqui rumaremos, mais uma vez, para o Norte, até Mossul, terra do povo curdo.

Se permitirem, se vencermos sua desconfiança das intenções de nós, ocidentais, será nessa área onde teremos mais trabalho. Boa parte das escolas de lá foi destruída. As autoridades iraquianas culpam os bombardeios americanos. Os curdos culpam a repressão iraquiana. Saddam Hussein não quer que nossas crianças estudem, eles nos dizem.

Os curdos sempre lembram que fomos nós, ocidentais, que fortalecemos Saddam Hussein, permitindo-lhe o poder absoluto em troca de apoio contra o Irã. Não adianta tentar mostrar-lhes que foram os Estados

Unidos que apoiaram o crescimento de Saddam, e não nós, ocidentais. Os curdos rebatem o argumento falando nos aliados ingleses, franceses, alemães. Meu único argumento é dizer que somos a Unesco, somos neutros, somos pela paz.

Não sei se adianta.

Passamos por Hatra a caminho de novas negociações com lideranças curdas em Mossul.

Estou cercado de areia e ruínas.

No século III a.C. Hatra era um reino independente. Foi uma cidade-Estado poderosa, como outras da região: Palmira, Petra, Baalbek.

Isso foi dois mil e tantos anos antes de França e Inglaterra amontoarem povos diferentes e tribos rivais em países inventados a que chamaram de Iraque, Jordânia, Síria, Líbano.

Hatra ficou soterrada pelas areias do deserto por séculos. Nosso motorista-guia não soube precisar quantos.

Nosso motorista era engenheiro antes da Guerra do Golfo. A mulher dele, ortopedista. O Iraque era um país rico, sem analfabetos, no qual as mulheres formavam mais de 70% do corpo médico de hospitais e clínicas. Nos hospitais, hoje, só homens têm permissão para atuar. Não há emprego para nosso motorista-engenheiro.

As ruínas de Hatra me parecem, de certa forma, representar um tanto esse esfacelamento do Iraque. *Sic transit gloria mundi*, não existe uma frase assim, em latim, para sublinhar a transitoriedade?

Hatra foi descoberta por arqueólogos alemães no início do século XX. Os trabalhos cessaram quando Saddam invadiu o Kuwait. Há dez anos nada acontece por aqui. Ainda se veem gruas, esteiras, máquinas e instalações inativas, largadas, inúteis.

Os sinais da Guerra do Golfo estão por toda a parte. Tanques destruídos. Destroços de caminhões. Carcaças de jipes. Fomos afastados de algumas áreas que as autoridades dizem estarem mais contaminadas. Afirmam que os aliados usaram armas químicas.

Edward se encontrou mesmo nessa atividade de web designer, você acha? Imaginava que os estudos de design o levariam a trabalhar em uma revista, ou um jornal, ou uma empresa de desenhos de embalagens. Desenhar uma página no ciberespaço é muito abstrato para mim. Ele continua com planos de se especializar nos Estados Unidos? Em Nova York ou na Califórnia? Eu ficaria mais tranquilo se ele fosse para um lugar onde temos conhecidos, ligados à ONU ou à Anistia Internacional. Você já conversou com Edward sobre esses próximos passos? Compreendo mal esse mundo da internet. Apenas me utilizo dele. Precariamente.

Gostaria de ter passado o aniversário de Edward ao lado dele, junto a vocês. Vinte e quatro anos. Vinte e quatro! Sairíamos para celebrar. Ou tomaríamos uma taça de vinho e comeríamos algum dos queijos que você me ensinou a apreciar. Talvez ele pedisse para eu fazer uma "feijoada do tio Chico", com feijão-branco e carnes europeias? Ele nunca se esqueceu de Chico Nelson. Nunca.

Vinte e quatro anos. A idade que eu tinha quando nos conhecemos.
Estou ficando nostálgico?
Sinto sua falta.
Sempre sinto sua falta.
Penso sempre em você.
Em nós.
Escrevo-lhe mentalmente cartas diárias.
Essas cartas estão esparramadas por aí, partículas de cinzas do nosso século, misturadas às areias que soterraram Hatra.

Hatra é bonita. O que sobrou dela. Restos de templos, torres, colunas que nada mais sustentam, anfiteatros desabados, covas secas onde havia termas e banhos. É estranho caminhar por uma cidade desaparecida por tantos séculos, abandonada até pelos fantasmas.

E agora abandonada novamente.

Até onde ainda irão as consequências da Guerra do Golfo? Aumento do terrorismo? Radicalização do Islã? Ataques em território estrangeiro, como os atentados frequentes e homens-bombas em Israel?

As possibilidades macabras são infinitas.

Encontramos muita rejeição a Saddam. Quieta rejeição. Amedrontada rejeição.

Tento não esquecer o que nos é relatado. Esqueço os nomes.

Como poderia lembrar Dokan, Arbil, Salahuddin, Sulaymaniyah, Zawita, Khabur, Derbendikhan, Safwan? Tenho-os anotados.

Tampouco consigo calcular o percentual da espantosa inflação iraquiana. Trocamos vinte dólares por um saco grande de notas, todas impressas num tom arroxeado e, não importa de qual valor, todas estampadas com a cara de Saddam. Deixam manchas de tinta nas mãos.

Os cadernos escolares têm uma página com a imagem colorida, muito retocada, de Saddam.

As crianças cantam hinos em louvor a Saddam.

Há fotos dele em todas as repartições públicas, estações de trens, rodoviárias, sanatórios, escolas, mercados, ministérios, por toda a parte. E imagens dele pintadas em muros e paredes. Pelo país inteiro.

Falta comida. Falta água. Há uma grande seca neste momento. Poeira por toda a parte. Não temos conseguido lavar as roupas pelos hotéis e pousadas por que passamos. Tenho deixado um rastro de cuecas sujas e camisetas fedidas por todo o Iraque. Trouxe muitas.

Compramos bananas, vendidas na beira da estrada. As únicas frutas frescas que comemos nesta viagem. Não sei de onde vieram. Um menino as vendia ao lado de um caminhão abandonado, sem motor e sem pneus. As bananas custaram alguns maços do tal dinheiro roxo com a cara de Saddam.

É um país de tribos. Lembro-me daquelas descrições que a Sonia Nolasco fazia sobre a inexistência do sentimento de nação no Haiti, onde passou longo tempo a serviço da ONU. Aqui é igual. Tal como eu mesmo constatei também no Timor-Leste e na Nigéria. Não são nações. São amontoados de tribos.

O país criado pelos britânicos, juntando essas tribos, era um reino, regido por alguém da mesma família haxemita do rei da Jordânia. Houve um golpe militar, cortaram a cabeça dele. Era um adolescente. Saddam veio depois.

Gengis Kahn passou por aqui. Destruiu tudo o que encontrou pela frente. Alexandre passou por aqui e fez o mesmo. E os romanos. Os britânicos também. O Iraque foi invadido inúmeras vezes. Cada invasor destruiu o que fora construído antes.

Bagdá não parece nada com a exótica Bagdá vista em filmes de Hollywood. É só um amontoado de caixotes ao estilo das construções da União Soviética. A outra cidade grande, Mossul, não se parece nada com Bagdá, nem com nada, é um outro amontoado de construções quadradas. Basra, a terceira maior cidade, é chamada de *Veneza do Oriente Médio* porque já teve canais. Atualmente parecem córregos de vilarejos do interior do meu país.

Todos os vilarejos iraquianos se assemelham. São pequenos e empoeirados, cheios de crianças a correr pelas ruelas e a jogar futebol em terrenos baldios, mulheres cobertas com roupas escuras e velhos vagando por toda a parte apoiados em muletas. Não se veem jovens, em parte alguma.

A garotada daqui gosta muito de futebol. Grita nomes de jogadores da seleção brasileira quando fazem um gol em seus campinhos cheios de barro e buracos. Romário e Ronaldo, gritam.

Tudo do que me recordo escrevo para você.
Você está em meu pensamento o tempo todo.

Será que eu entendi direto quando Jo-Jo disse que quer estudar Gastronomia em Barcelona? Por que em Barcelona? As melhores escolas para isso não são as suíças? Você aprova? Sempre me pareceu que ele seguiria alguma carreira no campo das Ciências Sociais. Ou seria advogado de Direitos Humanos, como você. Mas cozinheiro? Um menino tão curioso, tão alerta para novas descobertas... Cozinheiro? Sim, sei que pareço preconceituoso. Acha que sou?

Já marcamos dois encontros frustrados com Saddam Hussein. Fomos levados a algum de seus palácios, aguardamos, Saddam não apareceu. Não sei qual dos palácios. São vários. Grandiosos *bunkers*. Todos se parecem.

Se Jo-Jo se sente bem com essa escolha, devo aceitar. E incentivar. Teremos um chef na família. E comeremos de graça em seu restaurante. Gastronomia escandinavo-afro-brasileira?

No encontro mais recente, a que Saddam novamente não compareceu, quem surgiu foi o primeiro-ministro, Tariq Aziz. Tem o mesmo tipo do patrão: moreno, cabelos emplastrados de óleo, bigodes, metido em uniforme de campanha. Fez uma longa preleção contra a ONU, o Ocidente e o programa "Comida em troca de petróleo". Não creio que tenha a menor ideia do que nós da Unesco viemos fazer no Iraque.

O chefe da equipe tentou explicar os planos de construção de escolas supervisionadas por representantes nossos. Tariq Aziz levantou-se, fez uma continência e saiu da sala.

Lembra-se das faixas contra a Guerra do Golfo que vimos quando fomos a Berlim, em janeiro ou fevereiro de 1991? O que estava escrito ali? "Kein blut für oel"? É imoral, realmente. Vidas em troca de petróleo.

George Bush, o grande vitorioso da Guerra do Golfo contra Saddam Hussein, era o chefe da CIA na época da Operação Condor, criada por ele e Henry Kissinger. Foi o mais imoral e incompetente de todos os imorais e incompetentes presidentes americanos recentes. Foi aliado de Saddam Hussein, usou-o contra o aiatolá Khomeini, fortaleceu-o, depois o esmagou no Kuwait. Saddam é um capanga, George Bush foi o patrão do capanga.

Mas esse Bill Clinton não tem sido mais justo com os iraquianos tampouco. Vimos e ouvimos aviões americanos passarem por cima de nossas cabeças quando estávamos em território curdo.

Os turcos apoiam os curdos iraquianos, mas massacram o povo do Curdistão. Os americanos apoiam os turcos.

Queria agora estar deitado a seu lado, puxar você para perto de mim e entrar no teu corpo.
Péssimos lugar e timing, este, para te desejar tanto.

Os americanos vão acabar derrubando Saddam Hussein. É uma questão de tempo. Pouco tempo, provavelmente. Os iraquianos têm medo de Saddam Hussein. E mais medo ainda do que será do Iraque sem ele. Há terroristas da Al-Qaeda sendo treinados aqui, nos disseram, em conexão com campos de treinamento do Afeganistão. Aonde levará essa internacionalização do terrorismo? "Eles matam em nome de Deus", disse o comunista José Saramago.

Fomos ao local onde existiu Babilônia. Ruínas, basicamente. Fizeram uma réplica dos portões de Ishtar, aqueles que você e eu vimos no Museu

Pergamon, em Berlim. Os muros da cidade foram reconstruídos recentemente com tijolos estampados com as iniciais de Saddam Hussein.

Saddam é uma caricatura.

Mas a situação dos iraquianos, não.

Fomos levados a hospitais infantis nos quais as crianças sofriam de vários tipos de câncer causados por irradiação dos bombardeios lançados durante a Guerra do Golfo. Assim nos disseram. O que vimos era desolador. Não há medicamentos. Apesar do programa *"Oil for food"*. Não há dinheiro para nova aparelhagem nos postos de saúde. Não há leitos suficientes. O que teria sido de Jo-Jo e Edward se tivessem nascido aqui?

A miséria é sempre maior do que se imagina. Em toda a parte.

O programa *"Oil for food"* completou cinco anos, e não fez nenhuma diferença. Vinte e seis milhões de iraquianos dependem dele para comer. A comida não chega até eles.

Boa parte do dinheiro do *"Oil for food"* vai para compensação pelo que o exército de Saddam destruiu. Outro tanto é desviado. Sessenta e cinco bilhões de dólares de petróleo iraquiano vendido desde 1996 alimentam, na verdade, bancos em paraísos fiscais e o impressionante boom imobiliário de Aman, onde as autoridades do Iraque são grandes investidoras.

Você sente saudades de mim? Sente falta do seu Brazilian boy, já não tão boy, minha Anna querida?

Vimos incontáveis caminhões-tanque contrabandeando petróleo pelas estradas que levam à Turquia. Às vezes filas de caminhões-tanque. A cada caminhão que passa, comentamos entre nós. O motorista-guia iraquiano finge que não nos ouve.

Nossa missão não é mais composta pelos cinco membros que partiram de Genebra. Mal chegamos a Aman e já havia ordem para Nicole Bastiand retornar. Há vários relatos de estupros de europeias em hotéis e nas inspeções de comboios nas estradas. Ficamos os quatro homens. Um belga, um holandês, um sérvio e eu.

Estranham meu passaporte sueco. Acham que sou marroquino ou tunisiano. Por causa da minha cor, claro. Não acontece só aqui. Porém aqui conhecem os brasileiros. A estrada que leva da fronteira jordaniana até Bagdá foi construída por uma empreiteira brasileira. Novecentos e dezoito quilômetros de asfalto e concreto que sobreviveram aos bombardeios dos aliados. Trouxeram engenheiros e operários do Brasil para construí-la. Nenhum ficou depois que começou a guerra.

Muitos dos carros velhos a circular pelas ruas, especialmente de Basra e Bagdá, são Passat de fabricação da Volkswagen do Brasil. O comércio entre a ditadura do Brasil e a do Iraque foi intenso. A Guerra do Golfe acabou com essa parceria.

Tenho pensado em ir ao Brasil.
Voltar, depois de 27 anos. Como será, Anna? Como reagirei? Que Brasil encontrarei?

Há momentos aqui que me lembram do Brasil que deixei. Que fui obrigado a deixar. A vigilância é constante. As polícias das ditaduras parecem ser todas treinadas nos mesmos manuais. Somos parados muitas vezes. Apesar de nossa van estampar o selo da Unesco. Um em cada porta da cabine da frente, outro de cada lado do veículo e um no teto. Surgem de repente, sempre em dois carros, um nos ultrapassa e fecha a estrada, o outro fica atrás. Exigem apresentação de documentos, obrigam-nos a abrir a bagagem. Não usam uniformes. Não se identificam. Sabem que nós sabemos que são vigias do regime de Saddam Hussein.

No restaurante do hotel em Bagdá um iraquiano sentava-se à mesa ao lado da nossa a cada refeição que fazíamos. Por brincadeira passamos a nos sentar separados. Quatro iraquianos passaram a se sentar junto às quatro mesas em que estávamos.

Eles devem ter a informação de que nosso colega belga já pertenceu ao serviço de inteligência da Otan. Se nós sabemos, os iraquianos também sabem.

O interesse de Marteen é obter indicações de locais onde possam estar escondidas, ou fabricadas, armas de destruição em massa. Uma comprovação é tudo do que os americanos precisam para invadir o Iraque com aprovação do Conselho de Segurança da onu. Da imprensa americana já tem. Até o *New York Times* vem publicando reportagens sobre o assunto.

Não vi Marteen falar com ninguém. Os colaboradores seriam alguns dos agentes que nos vigiam nos restaurantes? Nos abordam em estradas?

Quando bombardearem o Iraque, as primeiras vítimas serão jovens da idade de nossos filhos. Ou mais jovens. Os primeiros mortos sempre são os mais desprotegidos. Os velhos, as mulheres e eles, os meninos que vejo jogando futebol em campinhos enlameados, gritando "Romário" e "Ronaldo" a cada gol que fazem.

Pobres crianças do Iraque.

Receio que não consigamos fazer nada por elas.

Não estou otimista sobre o futuro do Iraque, como você vê.

Não sou otimista. Nunca fui. A otimista da família é você. Ainda bem que Jo-Jo e Edward herdaram sua alegria.

Tenho pena de meus filhos não conhecerem o Brasil.
Tenho pena de você nunca ter ido ao Brasil. Haveremos de ir. Assim que você recuperar sua saúde, nos reuniremos e iremos juntos. Você, finalmente, vai conhecer o que é jabuticaba.
Iremos. Nós quatro.
Lá nos encontraremos com a família do meu amigo Eduardo e celebraremos a reunião.

Em breve haverá uma missão da Unesco a Brasília. Talvez eu me candidate a fazer parte. Há a possibilidade de colaboração entre a Unesco e o governo deste presidente Fernando Henrique Cardoso. Você já estará melhor. Irá me encontrar lá.

Caso vá mesmo ao Brasil, não sei os passos a tomar para descobrir Eduardo. Procurar onde? Começar por onde?

Sinto-me mais seguro em saber que Edward não sairá do seu lado até minha volta do Iraque. É possível que retornemos um pouco depois do planejado. Nada aqui acontece conforme o planejado.

Já lhe contei que a comida sempre presente nos restaurantes dos hotéis é espeto de frango? Eles chamam de *chick-chick*, uma corruptela de *chicken*. Importavam frango do Brasil. De onde virá agora?

Edward de mudança para os Estados Unidos, Jo-Jo estudando culinária em Barcelona, você em Lausanne, eu no Iraque.

Somos a família unida mais separada que conheço.

Somos a família separada mais unida que eu conheço.

O Jardim do Éden ficava aqui, no sul do Iraque, entre os rios Tigre e Eufrates. Qurna, é como chamam o lugar hoje. Estive lá também. Hoje o Tigre e o Eufrates são arroios poluídos, cheios de garrafas PET e lixo, rodeados por devastação.

Perto há um rio maior, o Shatt-Al-Arab. Não é mais navegável, tantos são os navios naufragados ali por conta dos bombardeios dos americanos e seus aliados em 1990.

Rasgarei e queimarei esta carta. Como fiz com as outras. Escrevo porque sinto sua falta. Escrevo porque gostaria de comentar cada trecho desta estranha viagem. Não sei se estou em uma missão inútil.

Fique bem, minha Anna querida. Vamos juntos ao Brasil. Você precisa saborear jabuticabas.
E eu, uma tal sapoti. Que, na descrição de Chico Nelson, tem sabor de areia adocicada.
Sapoti e jabuticaba.
Será nosso Brasil.

Fique bem,
Your Brazilian guy.

UM ENCONTRO (OU A ARTE DE PERDER)

Nova York — dezembro de 2001

O CHEIRO DE CARNE HUMANA QUEIMADA, acre, intruso, inevitável, durou de 11 de setembro até o início de novembro. Finalmente dissipou-se. Ou Barbara teria se habituado a ele. Não sabe, não tem certeza e não quer pensar nas quase 3 mil pessoas carbonizadas ou soterradas pelo desmoronamento dos 210 andares dos edifícios que ela nunca visitou. Os números não são definitivos. (Há mortes incertas, as famílias preferem imaginar seus filhos, pais, mulheres, tios, maridos como desaparecidos, cedem objetos, escovas de dentes, submetem-se a exames de DNA.)

Já é dezembro. As fotos e xérox de fotos com nomes, informações e referências sobre os desaparecidos, colados nos dias seguintes aos atentados em paredes, portões e vitrinas, esmaecem, apagam-se, desaparecem. As vitrinas já exibem decoração de Natal. *Life goes on.* Pois é.

Perdeu o temor do Natal. Passou a ser apenas mais um feriado, ou assim se convenceu. Com a vantagem de vagões de metrô vazios e avenidas menos barulhentas. No dia 25 de dezembro fará algum percurso no impulso do momento, passeará por novas ruas desconhecidas talvez. Não telefonará para a mãe. Há muito não se falam. Faz remessas de dinheiro a cada dois meses, para endereços que mudaram várias vezes nos últimos quatro anos. Os mais recentes são de cidades no interior de São Paulo. Desconfia que a mãe e o padrasto se separaram. Não tem interesse em saber, a mãe tampouco em partilhar com ela. Enviará um cartão de Boas Festas. Possivelmente. Talvez. Talvez na manhã do dia 25 vá a alguma igreja pelo prazer de ouvir os cânticos. Num domingo recente se encantou com o coral de uma igreja católica na Rua 16. Também gostou muito de grupos a se revezarem cantando hinos em um templo presbiteriano (ou assim acredita: todos os rituais se assemelham para quem, como ela, não teve educação religiosa) na Hudson Street, a apenas duas quadras de onde Silvio tinha a loja de flores.

Silvio.

Não quer pensar nele. Não quer se lembrar de Silvio.

Não o homem mutilado dos últimos meses.

Agarra-se, sempre que consegue, à imagem de sua dança de sobrevivência pelo apartamento atulhado de caixas com agasalhos e objetos para o Exército da Salvação, dublando Gloria Gaynor. Sua alegria, então, era contagiante.

"I will survive, Silvio, I will survive."

Não trabalha mais para Nadja Nardel.

Naquela terça-feira de setembro saiu sem rumo, metrô e ônibus pararam de funcionar, voltou a pé para casa, tomando a ponte Queensboro junto a uma multidão tão atônita quanto ela.

Nunca mais voltou aos apartamentos da ex-atriz.

Wanda tem deixado recados na secretária eletrônica. Pergunta por sua saúde, pede que ligue de volta. Nadja ligou várias vezes seguidas, depois espaçadamente. Nas primeiras chamadas gritou, xingou, chamou-a de fanchona fingida, exigiu retorno, insistiu ter direito a notícias de Susana, ameaçou denunciá-la às autoridades americanas. Mas não sabia seu endereço (nunca soube, nunca contou a nenhum cliente) e mesmo que buscasse na lista telefônica (onde deveria constar o nome de Barbara Jannuzzi, pois nunca pagou para ficar *unlisted*) os ganhos de origem duvidosa da ex-atriz não lhe permitiriam arriscar se expor. Passado algum tempo, deixou de procurá-la. Os dias dedicados a Nadja e às mulheres da Rua 64 Leste agora são para faxinas no apartamento de uma funcionária brasileira da ONU (duas vezes por semana), no de uma jornalista espanhola de revista de celebridades (uma vez a cada quinze dias, quando também lhe presta serviço de pedicure) e no loft de uma artista plástica brasileira viúva de um milionário saudita. Não simpatiza com ela, tampouco com os namorados muito mais jovens (diversos, sempre americanos, sempre louros) com quem vez por outra dá de cara fumando (maconha, com frequência) na cozinha, mas não se importa. *It's just another job.*

"Mais um dia, mais cinquenta dólares", diz, de si para si.

***

Nas semanas que se seguiram ao 11 de setembro, no caminho de casa à estação, notou primeiro o fechamento de uma mercearia de paquistaneses, logo seguido do mercadinho de outro paquistanês, este já exibindo o cartaz de "Aluga-se". A mesquita que funcionava no segundo andar de um prédio da Calle 4 talvez continue recebendo fiéis, porém não mais os vê entrando ou saindo e retiraram a placa indicativa na janela. A parede no térreo, pichada com a frase *USA Forever* na semana do atentado, foi novamente pintada de marrom.

— Eles nos odeiam — comentara Inés Prado Salcedo enquanto transcrevia uma entrevista de Penélope Cruz. — Odeiam nós todos.

Achou que a jornalista se referia ao sentimento americano em relação aos estrangeiros. Preferia não opinar, como é de seu feitio, mas contou sua impressão desde o dia seguinte do choque dos aviões contra as Torres Gêmeas, quando carros e caminhonetes passaram a circular exibindo bandeiras dos Estados Unidos.

— Parecem querer mostrar que não estão com medo.

— Os americanos?

— Estou falando dos árabes. Nunca se conformaram com a derrota para os cristãos e a perda da Península Ibérica.

Barbara desconhecia as referências citadas por Inés. Iria perguntar, mas percebeu: a jornalista estava apenas fazendo uma pausa na transcrição, falando sem interesse em dialogar.

— Queriam conquistar o mundo, ainda querem. Bin Laden e todos eles. A França será um país muçulmano daqui a trinta anos. Eles se aproveitaram das liberdades democráticas na Alemanha e na Inglaterra, utilizaram as liberdades de culto e de reunião nulas no mundo árabe para planejar esses atentados em nosso mundo, esse Mohammed Atta, esse Osama bin Laden, todos eles. Você viu *Abre los ojos*?

— Meus vizinhos muçulmanos também parecem assustados — Barbara acrescenta, sem perceber a mudança de assunto.

— Prefiro o filme original de Alejandro Amenábar, não porque seja espanhol como eu, a este pastiche que é *Vanilla Sky*. Tom Cruise é bonito, mas um canastrão. Cameron Diaz é bonita, mas é só uma comediante, sem nenhum talento de atriz dramática. Penélope estava muito melhor na versão de Amenábar.

Mas não posso escrever isso. Já está acertado que Penélope será a capa da revista na semana que vem — acrescenta, novamente colocando os fones de ouvido e retornando à transcrição.

No loft da Rua 11 raramente se encontra com Patrícia Zahrani: a pintora gaúcha dorme até o meio da tarde. Toma comprimidos. Tem insônia. Vai dormir quando amanhece. Os cinzeiros estão sempre cheios, na lata de lixo sob a pia de aço inoxidável e pelo tampo dos móveis encontra garrafas vazias de vodca. As bandejas de salmão e carpaccio ficam intocadas na geladeira até Barbara jogá-las fora. Um canto próximo à saída de emergência do que havia sido uma fábrica de artigos de couro tem pilhas de telas acumuladas, grandes, coloridas e secas, com imagens distorcidas da própria artista. Toda semana há um novo autorretrato em andamento.

Nas primeiras vezes a nova cliente colocou bilhetes sobre pilhas de roupas sujas, indicando que deveriam ser deixadas na lavanderia. Agora não é mais necessário. Barbara encontra-as jogadas sobre um dos sofás de tecido *off-white*, leva-as ao coreano da Segunda Avenida, que as entregará no dia seguinte ao *concierge* do prédio de Patrícia.

Numa das poucas vezes em que a viu acordada, falava ao telefone com alguém no Brasil quando interrompeu e proclamou, em carregados sotaque e concordância gaúchos:

— Tu te vestes pessimamente. Vou te dar umas coisas que não uso mais.

Na semana seguinte Barbara encontrou uma sacola com roupas e um bilhete: "Para ti." Ao sair levou a sacola e a deixou junto de um latão de lixo. (Não precisava de caridade, tampouco de acatar a estética milionária-despojada da herdeira Zahrani.)

São quase dez da manhã desta quarta-feira quando Barbara chega ao prédio da Segunda Avenida escolhido pela pernambucana Cybele, herdeira de três sobrenomes de senhores de engenho e traços indígenas de antepassados caetés, para se instalar após muitos anos ("anos demais, garoa demais, céu cinza demais") em Paris. É uma construção de tijolos brancos, sem estilo preciso, típica da Nova York do fim dos anos 1950, início dos anos 1960 ("estilo nova-iorquino é o Woolworth Building, o resto é amontoado"). Cybele Gadelha Correa de Mello optou pelo amplo apartamento duplex no edifício de 25 andares menos pelo aluguel baixo naquele distante 1988, menos ainda pela vizinhança repleta de lojas de roupas para secretárias e restaurantes de comida sensaborona, do que pela proximidade com o trabalho. Gosta de ir e voltar da ONU a pé. Tomou horror do metrô imundo e pichado da época de sua chegada, não acredita que tenha mudado, por mais que lhe digam e veja fotos.

Prefere que Barbara chegue depois das dez da manhã. É a hora que acorda. Dorme tarde, só precisa estar na ONU depois das catorze horas, lê madrugada adentro. Encontrará a mesa posta e o café da manhã pronto, a lista de compras (sempre: frios, queijo, pão integral, sabão em pó, detergente, amaciante, com poucas alterações — suco de toranja em vez de suco de maçã, uvas em vez de bananas — e um pacote de cigarros mentolados) resolvida no pequeno mercado do quarteirão, tarefas pelas quais pagará dez dólares extras (quantia estabelecida por Cybele). Antes de iniciar a faxina, Barbara deverá apresentar o caderno com textos seus (em português) escritos a partir de suas reações a textos (em inglês) escolhidos por Cybele.

— É inaceitável você continuar vivendo aqui sem conhecer direito a língua deles — afirmou — e se esquecendo da nossa.

A imposição, aceita com relutância, algum embaraço e quieta gratidão, levou Barbara a ler críticas de filmes iranianos jamais assistidos, artigos sobre avanços de pesquisas genéticas cujo alcance não percebia, análises de política internacional citando cidades e acidentes geográficos ignorados, dicas sobre tendências das cores para a moda da nova estação, relação de estações de esqui mais procuradas nas costas leste e oeste, listas com classificação de melhores resorts para clínicas de golfe, relatos sobre o Medicare e embates entre republicanos e democratas contra e a favor de mudanças na política assistencial do governo Bush, as atribulações do time dos Giants, os repetidos quiproquós amorosos das *soap operas*.

A todos comentava com diligência e, por vezes, franco espanto.

— Não precisa entender profundamente o assunto, minha cara Barbara. O essencial é aquilo que está contido em cada palavra. O importante é reconhecer o significado delas e usá-las para apreender o que está à sua volta. Se você irá um dia a St. Barth ou Kandahar não importa. Não pense no que pensam os outros porque os outros não importam. É para você mesma que deve aprender.

E, se quiser comentar qualquer assunto com americanos, bastará dizer "*Really?*" ou "*Is it so?*", e eles acreditarão no seu interesse e modéstia, compreendeu?

Recentemente, Cybele alternou notícias e críticas com cópias xérox de contos de Ernest Hemingway (de quem Barbara já ouvira falar), Dorothy Parker (histórias bem esquisitas, pareceram-lhe, muitas passadas em Nova York, até se habituar com "a turma do Algonquin", como Cybele chamava a roda dos excêntricos em torno de Parker), F. Scott Fitzgerald (gostou de várias, algumas lhe pareceram bastante complicadas de entender) e Henry James (im-pos-sí-veis de ler sem se perder). Gostou muito de um conto de Natal ("*A Christmas Carol*") de um escritor inglês que não conhecia e passou a procurar, espontaneamente, outros escritos dele. Tornou-se seu escritor favorito. (Nunca imaginara dizer isso um dia, "meu escritor favorito é...".)

— Primeiro a língua, depois a legalidade! — Decidira Cybele.

— Não entendi.

— Vamos dar um jeito nisso de você ser ilegal. Chega. Não tem a menor graça.

— Não escolhi ser ilegal.

— Pois vamos alterar isso, Barbara. Vamos acabar com essa falsa Barbara Jannuzzi. Conheço gente no consulado brasileiro.

— Não quero me meter com gente do consulado. Vão acabar me mandando para as autoridades americanas.

— Acharemos uma maneira de você voltar a ser Barbara Costa. E de falar bem português e inglês!

O aprendizado funcionava. Barbara percebeu que lia cada vez mais rápido a língua que por tantos anos lhe parecera impenetrável. Passara a entender os locutores de televisão e rádio. As letras de canções também (desde que não fossem rap). Conseguia responder a perguntas que lhe faziam. E falar de volta. E entabular conversações.

Perdia o medo, percebera. Perdia mais esse medo.

Duas semanas atrás Cybele entregou-lhe um livro fino, de apenas cinquenta páginas.

— É poesia — anunciou. — Boa poesia.

— Não entendo poesia nem em português, quanto mais em inglês.

— Você já pode. Poesia é abstração. Você já sabe abstrair-se. Em qualquer língua.

Barbara vê o título, estendido diante dela: *Geography* II.

— Mas, Cybele, começar com poesia em inglês?

Estavam na cozinha, Cybele terminara o café da manhã. Indicou a cadeira a seu lado:

— Sente-se.

Barbara obedeceu.

— Este livro — Cybele disse, acendendo o primeiro cigarro do dia — é de uma americana que viveu no Brasil. Uma expatriada. Que chegou ao Rio de Janeiro sem falar uma palavra de português. Estava num navio, a caminho de Buenos Aires. Ficou no Brasil. Sem saber se algum dia voltaria ou não aos Estados Unidos, onde já não tinha mais ninguém. Vivendo uma vida provisória no Brasil, mas que foi se estendendo ao longo de muitos anos. Foi muito feliz e muito infeliz lá. Este é o último livro que escreveu. Foi a tentativa dela de abarcar tudo o que passou.

— Quem era?

— Chamava-se Elizabeth Bishop. Tem tudo a ver com você. Leia, Barbara.

Há duas semanas Barbara leva na bolsa *Geography* II. Exceto pelas informações sucintas dadas por Cybele, não sabe nada da vida ou da obra de Elizabeth Bishop. Nem pretende saber. Não lhe interessa saber. O que lhe interessa e a espanta é perceber que alguém, algum dia, alguém quem nunca viu e que nunca a viu tampouco, alguém que viveu em outra época, em situação diversa da sua, seja capaz de expressar tão claramente o que, para ela, Barbara, sempre foi tão vago, tão difuso, tão incomensurável. Há duas semanas ela abre o livro no metrô, no ônibus, no banco da praça enquanto come um sanduíche; há duas semanas ela abre o livro em casa, abre onde tiver a chance, e sempre cai, comovida, na página 40. Sempre na mesma frase.

The art of losing isn't hard to master.

Desde o primeiro instante da primeira leitura do poema ela percebeu como se fosse sua a serena ironia escrita em "One Art" para encarar a dor. Perder é fácil. Perder é uma bobagem. Perder não é problema. Porque tudo na vida é feito para ser perdido (assim diz a poeta que viveu lá, ecoando a voz da faxineira que vive aqui). Perder não é um desastre.

Ela, Elizabeth, diz que perdeu chaves, nomes, lugares, o relógio da mãe e lugares que amou. Barbara não sabe, e desde então se pergunta: "Amou lugares? Casas? Amou o quê?".

I lost two cities, lovely ones. And, vaster...

Ela, Elizabeth, perdeu duas cidades que amava. Barbara não sabe quais foram. Não importa quais tenham sido. Elizabeth perdeu as cidades, como perdeu os nomes, os lugares, o relógio, as casas. Mas amou. E ela, Barbara? Casas? Amou casas? Não. Eram apenas lugares onde dormia e comia. Nomes? Quais nomes? Nomes não significam nada para ela. Lugares? Amam-se lugares? Ela nunca amou São Paulo. Muito menos Framingham. Nem sabia ser possível amar cidades. Nova York: ela amava? O bairro do Queens? A Calle 4? A Grand Central Station? O que ela, Barbara, amou? O que ama? O que é isso, afinal, amar? O que significa isso, amar?

Chega ao andar já com a chave na mão, abre o apartamento de Cybele, vai direto à copa-cozinha, mas estanca na porta.

Um desconhecido lava algo na pia.

Não é Leon, o ruivo e atarracado amante de Cybele, que só dorme ali quando a esposa vai ao Brasil. O homem de quem só vê as costas é alto, a magreza sublinhada pela camiseta cinza e as largas calças de malha.

Ele se vira.

É jovem como ela.

Os cabelos castanhos, vastos e ondulados, estão despenteados como quem acaba de acordar.

Os olhos azuis se destacam no rosto ossudo, a pele de um tom moreno como alguém permanentemente bronzeado.

Os olhos azuis têm riscos pretos como irradiando da íris.

Sorri.

Barbara estremece.

A beleza do homem jovem à sua frente a surpreende. Mais que isso. Sua beleza a espanta. Sua beleza a emociona.

A última vez que se sentiu assim foi há muito tempo, numa manhã do verão de 1991. Era agosto. Acabara de chegar a Nova York, uma garota de 17 anos, portando documentos falsos, escorraçada e assustada. Um outro homem lhe sorrira assim ao abrir a porta de um apartamento próximo à Hudson Street, atulhado de fotos, revistas e recortes de atrizes antigas de Hollywood. Abrira a porta, sorrira e lhe dissera: "Olá, você deve ser Barbara, acertei? Entre, queridona!".

O rapaz na copa-cozinha do apartamento da Segunda Avenida, em dezembro de 2001, enxuga as mãos e estende uma delas sobre a mesa onde acabou de comer o desjejum. É uma mão grande, comprida, ossuda.

— Você deve ser a Barbara — diz, em português, com um sotaque carregado cuja origem ela não identifica e onde os erres se prolongam além do comum. — Tia Cybele falou que você vem hoje.

— Sim... — Ela balbucia, apertando a mão do rapaz. — Sim, sou Barbara. Treme. O toque da mão dele, cobrindo a sua, é cálido.

— Cheguei ontem.

— Você é sobrinho da...

— Sou filho de um amigo dela.

— Seu sotaque... — Tenta entender, enquanto repara nos lábios grossos como os de um mulato, desenhados com esmero no longo e fino rosto europeu. Nota a palavra Barcelona escrita na camiseta. Aponta: — Você é...

— Espanhol? Não. Meu mano me deu esta *tee shirt*.

— Camiseta — ela corrige, e imediatamente se sente atrevida. Enrubesce.

— Camiseta — ele repete, sorrindo. — Camiseta. Não conhecia a palavra. Meu mano me deu esta... camiseta. Estuda lá. Meu mano. Em Barcelona.

A mão dele continua cobrindo a sua. Barbara é invadida por uma sensação de prazer e alívio, como alguém que finalmente chega à estação depois de uma longa viagem.

— Meu mano Jo-Jo estuda em Barcelona. Nosso pai é brasileiro. Foi quem me ensinou português.

— Você é...

— Sueco. Sou sueco. Como minha mãe. E meu mano Joseph. Meu pai era exilado. Hoje trabalha para a Unesco. Eu me chamo Edward. Edward Waltrang Antunes.

FIM

Rio de Janeiro, 24 de agosto de 2021

Corrigido e editado sobre a primeira versão
datada de 25 de novembro de 2012.

Agradecimentos

Esta é uma obra de ficção. Os personagens, situações e eventos aqui apresentados são, na maioria, criações da imaginação — exceto aqueles ligados à História, nossa e além-fronteiras, quando, então sim, envolvem as criaturas inventadas, como tantas vezes sucede nestas páginas. Estes atores da História são, então, citados pelo nome, como Fernando Gabeira, Mikhail Gorbachev, George Bush, Emilio Garrastazu Médici, Orlando Letelier, Saddam Hussein, Fernando Henrique Cardoso, Jimmy Carter, Ehrenfied von Holleben, entre outros.

A composição da trajetória e dos entrelaçamentos dos personagens de ficção deste romance com os episódios concretos em que estão inseridos, só foi possível, tanto nas tramas passadas nos Estados Unidos quanto àquelas que acontecem na Suécia, França, Espanha, Iraque e Brasil, graças a generosos depoimentos de testemunhas e amigos.

Entre estes, que me deram seu tempo e partilharam lembranças, meu melhor obrigado a Helena Celestino; Ernesto Soto; Miguel Calmon Du Pin e Almeida; Antonia Costa; Cristina Reis; Leda Nagle; Angela Dutra de Menezes; Sherman Costa; Orlando Moreira; Paulo Nogueira; Miriam Leitão; Luciana Villas-Boas.

Sou grato, igualmente, aos autores dos inúmeros textos sobre os tempos e locais referidos em *Vidas provisórias*. Três deles, particularmente, contribuíram sobremaneira para a minha compreensão daqueles tempos, e para o adensamento das ações aqui narradas. Foram "Um Homem Torturado: Tito de Alencar", de Jean-Claude Rolland (*Revista Trieb*, número 6, 1998); *Exílio — Entre raízes e radares*, de Denise Rollemberg (Editora Record, 1999); e *A ditadura derrotada*, de Elio Gaspari (Companhia das Letras, 2003).

Agradeço, igualmente, e dedico este livro, a todos que foram obrigados a deixar para trás suas famílias e seus amigos, escorraçados de suas pátrias por conta de orientações políticas, religiosas, sexuais e raciais, assim com os coagidos por pobreza, fome, desemprego e opressão econômica.

Minha solidariedade, igualmente às mulheres e homens que nunca mais puderam voltar a seus países de origem, entrar em suas casas, tirar seus sapatos gastos pela longa caminhada, deitar-se, fechar os olhos e adormecer, sem medo.

Rio, março de 2013

Posfácios

O aeroporto de Estocolmo

Nos sombrios anos de ditadura, mais do que cidades do planeta Terra, Arlanda era um cosmódromo que ligava mundos diferentes, por onde transitavam jovens com um precário passaporte azul com o símbolo da ONU e um grande carimbo comprometedor: refugiado político. O documento, envelopado por um tecido jeans e com duas trajas negras, permitiu que os brasileiros saíssem da zona de tiro dos *carabineros* no golpe do Chile e desembarcassem no aeroporto de Estocolmo, cheio de vidro fumê e populado por uma gente loura, alta, de olhos azuis, bonita e saudável. Era novembro de 1973, início do inverno.

Os exilados brasileiros rapidamente perceberam que ali começava uma vida nova da qual só tinham sinais nos filmes de arte de Bergman. Foram levados para um campo de imigrantes, no meio de lugar nenhum, coberto de neve, gelado e uma depressão pairando no ar. A intenção das autoridades era colocá-los para trabalhar em fábricas, e a primeira vitória deles na terra estranha foi fazer os suecos entenderem que ali estavam intelectuais e estudantes em Ciências Sociais, ativistas políticos, cujo sonho era voltar ao Brasil o mais cedo possível para prosseguir na luta contra a ditadura.

Foram todos matriculados em cursos de sueco, no qual homens e mulheres, considerados perigosos pelas ditaduras brasileira e chilena, abriam janela, mostravam o nariz e a boca para a professora se certificar de que estavam entendendo as primeiras palavras do idioma em que passariam a se comunicar.

"Triste destino", diria Paulo, personagem de *Vidas provisórias*. Para diminuir a angústia daqueles primeiros dias do segundo exílio, Nelson — também um figurante do romance — saía correndo pela neve, uivando para o céu. Num exame preventivo, Nelson foi diagnosticado com tuberculose e levado para um asilo de velhinhos, onde ninguém falava inglês. No dia em que se comemorava a noite mais longa e escura do ano, ele acordou em pânico, com meninas lourinhas, de velas acesas ao redor da cabeça, cantando uma música religiosa. Elas tinham ido levar luz aos asilos; ele achou que tinha morrido.

Eu fui testemunha da trajetória deles. Entre sustos culturais e trabalhos jamais pensados pelos jovens filhos da classe média brasileira, eles viraram faxineiros, porteiros de hotel, jardineiros, ajudantes de cozinha. Passaram a ver o mundo e a si mesmos com um novo olhar. Aprenderam, amaram, sofreram, e, quando voltaram ao Brasil, o país e eles já não eram os mesmos. Nunca mais deixaram de ser um pouco estrangeiros em qualquer lugar.

HELENA CELESTINO

Nossas vidas provisórias

O QUE É VIDA PROVISÓRIA? A nossa. Seja você cristão, budista ou agnóstico, sua crença é de que estamos só de passagem neste mundo. É nossa ponte para o infinito ou para o nada. Mas como são intensas e diversificadas nossas vidas provisórias, e como Edney Silvestre sabe contá-las.

Os personagens nos cativam desde que os encontramos, alguns pela segunda vez, pois são de romances anteriores do autor. Para onde fugiu Barbara, de dezessete anos, quando seu pai morreu no sequestro tragicômico de *A felicidade é fácil*? E então, em 1991, com passaporte falso, a jovem desembarca em Atlanta, EUA. Amigos lhe arranjaram emprego de babá e faxineira. Sua vida é trabalhar para pagar os documentos falsos e a passagem de avião. Não sente saudades de ninguém no Brasil, mas, na solidão avassaladora das tardes de domingo, tem vontade de chorar. Por isso, ignora que está sofrendo. "Se chorar, desmorona."

Seu único amigo é outro brasileiro, Silvio, para quem faz faxina quando se muda para Nova York. Na era *disco*, anos 1970-1980, Silvio tinha sido lindo e passionalmente gay, a sensação dos clubes da moda. Gosta de recontar suas aventuras. Fala do Brasil com carinho, mas sabe que ficou tarde para voltar. Edney escreve: "Depois de muito tempo, não existe volta. Você não sabe mais quais são as esquinas. Ninguém te quer nem te conhece".

Nelson, nome verdadeiro de Paulo, tem 24 anos quando chega a Estocolmo, refugiado político vindo do Chile. Em 1961, ele e a família deixaram sua cidade do interior por causa do assassinato de Anita, de *Se eu fechar os olhos agora*. Estudante universitário, Paulo foi preso por engano e brutalmente torturado. Asilado na Suécia, aceita trabalhos humildes para se sustentar e filosofa: "Uma família é como um país: é para sempre. Está dentro da gente. Mesmo quando não é bom".

Edney observa os personagens com compaixão enquanto os torna participantes de tragédias do mundo naqueles anos, da emboscada no Araguaia e a morte de Salvador Allende (1973) à destruição das Torres Gêmeas de Nova York (2001) e a Guerra no Iraque (2003). É impossível não embarcar na adrenalina do autor.

Sonia Nolasco
Nova York, julho de 2021

Sobre o autor

Edney Silvestre nasceu em Valença, no estado do Rio de Janeiro. Escritor, jornalista e dramaturgo, é autor de onze livros de ficção e reportagens, publicado em 7 países e ganhador dos prêmios Jabuti e São Paulo de Literatura.

O jornal francês *Le Monde* o considerou "um representante notável da efervescente cena literária brasileira". Sua obra foi, igualmente, acolhida com entusiasmo na Inglaterra, Alemanha, Holanda, Sérvia, Itália e Portugal.

Seu sexto romance, *Amores improváveis*, um romance histórico que vai da Sardenha do século XIX até a São Paulo pós-Primeira Guerra Mundial, chegou às livrarias em junho de 2021 pela Editora Globo.

Este livro, composto nas fontes Fairfield, Caecilia e The Sans, foi impresso em papel Pólen Soft 70g/m², na gráfica Corprint. São Paulo, novembro de 2021.